뇌우

雷雨

雷雨

by 曹禺(Cao Yu)

This book has been supported by 新闻出版广电总局 through "China Classics International Project".

세계문학전집 344

雷雨

차오위

오수경 옮김

민음사

차례

등장인물

수녀 갑

수녀 을

누나 15세

남동생 12세

조우푸위안(周樸園) 모 광산 회사 사장, 55세

조우판이(周蘩漪) 조우푸위안의 처, 35세

조우핑(周萍) 조우푸위안과 전처 사이의 아들, 28세

조우충(周沖) 조우푸위안과 조우판이 사이의 아들, 17세

루구이(魯貴) 조우씨 집 하인, 48세

루스핑(魯侍萍) 루구이의 아내, 모 학교의 노동자, 47세

루다하이(魯大海) 루스핑과 전남편 사이의 아들, 광산 노동자, 27세

루쓰펑(魯四鳳) 루구이와 루스핑 사이의 딸, 조우씨 집 하녀, 18세

조우씨 집 하인 갑, 하인 을, 늙은 하인

배경

서막 성당 부설 병원 안, 어느 특별 응접실
— 어느 겨울 오후

제1막 조우씨 저택 응접실(즉 서막의 응접실 배경은 이전과 비슷)
— 십 년 전, 어느 무더운 여름날 아침

제2막 배경은 앞과 동일
— 그날 오후

제3막 루씨 집의 작은 방
— 그날 밤 10시

제4막 조우씨 저택 응접실(제1막과 동일)
— 그날 밤 2시

미성 배경은 서막과 동일
— 다시 십 년 후, 어느 겨울 오후
(제1막부터 제4막까지 시간은 단 하루)

일러두기

1. 『뇌우』는 《문학계간(文學季刊)》 1934년 7월, 제1권 3기에 처음 발표되었다.
2. 부록의 『뇌우』 서(序)는 1936년 1월, 문화생활출판사(文化生活出版社) 초판 『뇌우』에 실렸던 글이다.

서막

넓은 응접실. 겨울, 오후 3시경, 한 성당 부설 병원.

응접실 가운데 두 짝의 다갈색 문이 있어 바깥으로 통한다. 문은 육중해 보이고, 위에 서양식 꽃무늬가 새겨 있다. 문 앞에는 낡아서 색이 바래고 얼룩덜룩한 두꺼운 커튼이 걸려 있다. 짙은 자줏빛이다. 짜 넣은 무늬도 이미 올이 빠지고 가운데 구멍이 나 있다. 오른쪽에(무대 위 배우를 중심으로) 한 짝의 문이 있어, 현재의 병실로 통한다. 문은 칠이 벗겨져 있다. 금빛 청동 문고리도 국화꽃 무늬가 새겨진 높고 넓은 회색빛 문틀에 매달린 채 어두운 빛을 발하며, 문에 돋을새김된 서양식 목제 조각과 함께 이 집 주인이 중국의 초기 해외 유학생으로 귀국 후 한동안 부를 누린 사람임을 짐작하게 한다. 이 문 앞에도 좀 낡은, 짙은 자줏빛 벨벳 커튼이 이미 찢어져 너덜거리는 끝자락을 바닥에 끌면서 반쯤 열린 채 걸려 있다. 왼쪽에도 두짝문이 하나 열려 있다. 문밖은 식당으로 이어지는데, 거기서 곧장 2층으로 올라갈 수 있고, 식당을 통해 밖으로 나갈 수도 있다. 이 두짝문은 거실 가운데 문보다 화려하고 색이 짙다. 가끔 사람들이 지나다니면 문틀이 아주 무겁게 움직이면서 오래 부대껴 온 듯 미끄러지는 소리를 낸다. 많은 일을 겪으며 오래도록 침묵을 지킨 부드러운 노인처럼. 그 앞에는 커튼이 없다. 문 위쪽은 낡아서 칠이 벗겨진 채 부식된 윤곽이 선명하게 드러나 있다. 가운데 문의 오른쪽 벽에 마치 신상을 놓는 감실처럼 움푹 들어간 곳이 있는데, 움푹 들어간 부분은 마름모꼴로 반원을 그린다. 위쪽에는 가늘고 긴 프랑스 창문을 가득 새겨 모서리마다 긴 창이 반짝거리고, 아래쪽에는 바닥보다 약간 높은 반원 평면이 있어 물건을 놓을 수도 있고 앉을 수도 있다. 그 앞쪽 바닥에는 무늬가 있는 두꺼운 커튼이 드리워져 있어, 커튼을 치면 벽의 들어간 부분이 완전히 가려져서 창도 햇볕도 볼 수 없고, 실내는 어둠침침하여 답답하다. 막이 오를 때 이 커튼은 닫혀 있다.

벽은 짙은 갈색으로, 오래 손보지 않아 어둡게 퇴색했다. 실내 모든 가구와 장식은 화려하지만, 이제 쇠락한 느낌을 풍긴다. 오른쪽 벽 앞에 벽난로가 있다. 난로 주위에는 긴 직사각형 대리석을 깔고 정면에는 별 모양의 채색 돌을 박았다. 벽난로 위쪽에는 아무것도 없이 텅 빈 채 십자가에 못 박힌 예수상만 걸려 있다. 지금 벽난로에는 석탄이 활활 타오르면서 낡은 팔걸이의자를 비추고 있다. 붉은빛을 발하며. 이러한 따사로움이 한 올 한 올 오래된 방 안에 생기를 돌게 한다. 벽난로 옆에는 거칠게 만들어진 석탄 나르는 통과 장작이 놓여 있다. 오른쪽 문 왼쪽에는 그림 한 폭이 걸려 있고, 다시 왼쪽 뒤편으로 벽 모퉁이 서너 자 되는 평면에는 허리 높이의 낡은 작은 자단 옷장이 비스듬히 놓여 있다. 옷장 문 가장자리는 모두 구리 장식으로 싸여 있다. 옷장 위에는 보온병과 흰 주발 두 개가 구리 쟁반 위에 놓여 있다. 옷장 앞에는 장방형의 소형 양탄자가 깔려 있다. 그 위에는 옷장과 평행으로 낮은 자단 장탁자가 있는데, 예전에는 아마도 도자기나 골동품 같은 진귀한 물건들을 진열하였을 테지만 지금은 세탁해서 개켜 놓은 흰 시트와 탁자보 등이 차곡차곡 놓여 있다. 정면에는 옷장과 벽감실 중간에 둥근 의자가 하나 세워져 있다. 감실 왼편에는(가운데 문의 오른편이다.) 장방형의 홍목 식탁이 있고 그 위에 낡은 촛대 두 개가 있다. 벽에는 커다랗고 낡은 유화가 한 폭 걸려 있다. 가운데 문 왼편에는 유리로 된 정교한 자단 장이 있다. 원래는 그 안에 골동품들이 있었으나 지금은 텅 비었다. 이 장 앞에는 길고 가는 의자가 있다. 왼쪽 벽 모서리에서 멀지 않은 곳에 소파가 모서리에 직각으로 가로 놓여 있다. 소파 뒤쪽에는 긴 탁자가 있고, 그 앞에 아무것도 놓이지 않은 작은 탁자가 있다. 소파 왼쪽에는 노란색 입식 램프가 세워져 있고, 왼쪽 벽 앞쪽이 약간 움푹 들어가서 좌우 벽과 직각을 이룬다. 움푹 들어간 곳에 차 마시는 탁자가 있고 벽에는 작은 유화 한 폭이 낮게 걸려 있다. 차 탁자 옆에는 약간 앞쪽으로 왼쪽 식당과 통하는 문이 있다. 방 안 가운데에 양탄자가 한 장 깔려 있고, 그 위에 큰 소파 두 개가 약간 비스듬히 마주 보고 있다.

가운데는 원탁이 있고, 흰 식탁보가 덮여 있다.

막이 오를 때, 바깥 먼 곳에서 종소리가 들린다. 성당에서 미사곡 합창 소리와 파이프오르간 소리가 들리고(바흐의 B단조 미사곡 「찬미받으소서(Benedictus qui venait Domini Nomini)」면 가장 좋다.) 실내는 고요하고 아무도 없다.

잠시 후, 가운데 문이 천천히 무겁게 열리고 수녀 갑이 들어온다. 복장은 흔히 보는 천주교 수녀의 복장으로, 머리는 흰 두건으로 감싸 올려서 마치 네덜란드 시골 처녀처럼 보인다. 짙은 남색의 거친 수녀복을 입고 있는데 거의 땅에 끌릴 정도다. 가슴에 십자가 목걸이를 걸고 허리에는 열쇠 꾸러미를 차고 있어 걸을 때마다 찰랑찰랑 소리가 난다. 그녀가 차분히 걸어 들어오는데, 평화로운 얼굴이다. 몸을 문 쪽으로 돌린다.

수녀 갑 (온화하게) 들어오세요.

(창백한 노인이 들어서는데, 낡았지만 매우 질 좋은 가죽 외투를 입고 있다. 문을 들어서서 모자를 벗자 머리카락은 반백이고, 눈빛은 착잡하고 우울하다. 그의 아래턱에는 짧은 수염이 희끗희끗하고, 얼굴은 온통 주름투성이다. 그는 문에 들어선 뒤 쓰고 있던 금테 안경을 벗어서 안경집에 집어넣는다. 손이 약간 떨린다. 그는 손을 한차례 비비고 약하게 두 번 기침을 한다. 바깥의 음악 소리가 그친다.)

수녀 갑 (미소를 띠고) 밖이 아주 춥죠!

노인 (머리를 끄덕이며) 네……. (관심을 표하며) 집사람은 좀 나아졌나요?

수녀 갑 (동정하며) 괜찮아요.

노인 (잠시 침묵하다가 머리를 가리키며) 정신은?

수녀 갑 (안됐다는 듯) 그건…… 차도가 없어요. (나지막이 한숨을 쉰다.)

노인 (착잡하게) 치료가 쉽진 않겠지요.

수녀 갑 (가엾다는 듯) 먼저 앉아서 몸 좀 녹이시고, 부인 보러 가세요.

노인 (고개를 저으며) 아닙니다. (우측 병실로 향한다.)

수녀 갑 (다가가서) 그쪽이 아니에요. 그쪽은 루씨 부인 병실이에요. 부인께선 위층에 계세요.

노인 (멈춰 서서 정신이 나간 듯) 아…… 알고 있어요. (우측 병실을 가리키며) 지금 그분을 좀 뵈어도 될까요?

수녀 갑 (부드럽게) 전 잘 몰라요. 루씨 부인 병실은 다른 수녀님이 돌보시거든요. 위층에 올라가서 부인부터 만나 보신 다음에, 다시 오셔서 보시는 게 어떨까요?

노인 (멍하게) 네, 그러죠.

수녀 갑 저와 함께 올라가시죠.

(수녀 갑은 노인을 인도해서 좌측 식당으로 들어간다.)

(방 안은 잠시 조용하다. 바깥에서 발소리가 난다. 수녀 을이 아이 둘을 데리고 들어온다. 수녀 을은 약간 젊고 비교적 활발하다는 것 외

에는 수녀 갑과 모든 점이 같다. 들어온 아이들은 남매로, 모두 새로 산 겨울옷을 입고 있으며, 얼굴은 모두 사과같이 빨갛고 오동통하다. 누나는 열다섯 살 정도로 양 갈래로 머리를 땋아 등 뒤에 늘어뜨렸고, 남동생은 빨간색 털모자를 썼다. 둘 다 신나서 들어온다. 누나는 약간 침착하며, 들어올 때는 누나가 앞에 서 있다.)

수녀 을　(다정하게) 동생도 들어와. (동생이 들어와서 누나를 본다. 둘은 그저 손에 입김을 불어 댄다.) 밖이 춥지? 그치? 누나가 동생 데리고 여기 좀 앉아 있을래?

누나　(미소 지으며) 네.

동생　(누나의 손을 잡고 소곤거린다.) 누나, 엄마는?

수녀 을　엄마 진료 마치면 이리 오실 거야. 여기 앉아서 몸 좀 녹여, 어때?

(동생의 눈길이 누나를 향한다.)

누나　(잘 안다는 듯) 난 여기 와 봤거든. 여기 앉아. 내가 재미난 얘기 해 줄게.

(동생이 신기한 듯 주위를 둘러본다.)

수녀 을　(흥미로운 듯 둘을 쳐다보며) 그래. 누나가 재미난 얘기 해 준대. (난로를 가리키며) 난롯가에 앉아서 얘기해. 둘이 함께.

동생 아니요. 전 이 작은 의자에 앉을래요! (가운데 문 왼쪽 장 앞에 놓인 작고 나지막한 의자를 가리킨다.)

수녀 을 (부드럽게) 그래, 그럼 여기 앉아. 하지만 (작은 목소리로) 얌전히 앉아 있어야 해. 떠들지 말고! 2층에 환자가 있거든……. (오른쪽 병실을 가리키며) 여기도 환자가 있어.

누나, 동생 (착하게 머리를 끄덕이며) 네.

동생 (갑자기 수녀 을을 향해) 엄마는 곧 오죠?

수녀 을 그럼. 곧 오셔. 앉아 있어. (남매가 나지막한 의자에 앉아 수녀 을을 바라본다.) 가만히 있어야 해. (그들을 보며) 들어갔다가 금방 올게.

(남매가 머리를 끄덕인다. 수녀 을이 오른쪽 병실로 들어간다.)

(동생이 갑자기 일어난다.)

동생 (누나를 향해서) 누구야? 왜 저런 옷을 입고 있어?

누나 (다 안다는 듯) 수녀님이야. 병원에서 환자를 돌보지. 자, 앉아.

동생 (그녀를 무시하고) 누나, 이거 봐, 멋지지! (자랑하듯이) 엄마가 사 준 새 장갑이다!

누나 (무시하며) 봤어. 자, 와서 앉아. (동생을 끌어다 앉힌다. 남매가 반듯하게 앉아 있다.)

(수녀 갑이 왼쪽 식당에서 들어와서 곧장 오른쪽 옷장으로 걸어간다. 다른 사람이 있는 것을 눈치채지 못한다.)

동생 (또 일어서며, 작은 목소리로 누나에게) 또 한 명 있다. 누나!

누나 (작은 목소리로) 쉿! 조용히 해. (다시 동생을 끌어다 앉힌다.)

(수녀 갑이 오른쪽 옷장을 열고 탁자 위의 흰 시트와 식탁보 등을 차곡차곡 옷장 안에 넣는다.)

(수녀 을이 오른쪽 병실에서 들어와 수녀 갑을 보고는 서로 조용히 목례한다. 수녀 을이 수녀 갑을 도와 세탁물을 정리한다.)

수녀 을 (수녀 갑에게 간결히 묻는다.) 끝났어요?

수녀 갑 (잘 못 알아듣고) 누구요?

수녀 을 (명쾌하게, 2층을 가리키며) 2층 말이에요.

수녀 갑 (불쌍하다는 듯) 끝났어요. 지금은 자고 있어요.

수녀 을 (궁금해하며 묻는다.) 때리진 않고요?

수녀 갑 아니, 한바탕 크게 웃더니 또 유리를 깨 버렸어요.

수녀 을 (숨을 내쉬며) 그 정도면 다행이네요.

수녀 갑 (수녀 을에게) 거기는요?

수녀 을 아래층 분? (오른쪽 병실을 가리키며) 늘 그래요. 울 때가 많고, 말을 안 해요. 저 온 지 일 년이나 되었는데,

아직 한마디도 말하는 걸 들어 본 적이 없어요.

동생 (작은 목소리로 재촉하듯이) 누나, 재미있는 이야기 좀 해 줘.

누나 (작은 목소리로) 안 돼, 저기 얘기하는 거 들어 봐.

수녀 갑 (불쌍한 듯) 안됐어요. 그 부인이 여기 온 지 벌써 구 년이죠. 위층 부인보다 일 년 늦게 왔대요. 근데 두 분 다 낫지를 않으니……. (기쁘게) 참, 방금 위층 조우 선생님께서 오셨어요.

수녀 을 (이상한 듯) 웬일이지?

수녀 갑 오늘이 섣달 그믐날이잖아요?

수녀 을 (놀란 듯) 어머, 오늘이 그믐날? ……그럼 오늘 아래층 부인도 나오시겠네요. 이 방으로.

수녀 갑 왜, 그 부인도 나와요?

수녀 을 네. (수다스레) 매년 섣달 그믐날이면 아래층 부인이 이 방으로 와서 이 창 앞에 서 있죠.

수녀 갑 뭐하러요?

수녀 을 아들이 오나 보려는 거겠죠. 십 년 전 어느 날 아들이 떠나서 아직 돌아오지 않았대요. 불쌍해요. 남편도 없고……. (작은 목소리로) 바로 조우 선생님 댁에서 일했었는데…… 어느 날 저녁 술을 너무 많이 마셔서 그만 죽었대요.

수녀 갑 (자신은 분명하게 안다는 듯) 그래서 조우 선생님이 부인을 보러 올 때마다 항상 아래층 부인에 대해 물어보죠. ……좀 있으면 조우 선생님이 아래층 부인을 보러 올 거예요.

수녀을　(경건하게) 성모 마리아께서 보우하시길! (세탁물을 넣는다.)

동생　(작은 목소리로, 보채듯) 누나, 재미난 이야기 조금만 해줘, 응?

누나　(이야기를 재미있게 듣느라 고개를 저으며 제지한다. 작은 목소리로) 너!

수녀을　(또 생각난 듯) 이상해요. 조우 선생님은 이렇게 좋은 집을 왜 병원에 팔았을까요?

수녀갑　(조용히) 잘 모르겠어요. ……듣자니까 이 집에서 어느 날 밤에 남녀 합쳐 세 사람이나 죽었대요.

수녀을　(놀라서) 정말요?

수녀갑　네.

수녀을　(절로 생각이 미친다.) 그럼 조우 선생님은 상태도 좋지 않은 부인을 왜 굳이 위층에 둘까요? 다른 곳으로 데려가지 않고?

수녀갑　그러게요. 그런데 그 부인이 정신병이 생긴 것도 바로 여기 위층에서래요. 아무리 설득해도 그 부인이 나가려 하지를 않는대요.

수녀을　그랬구나.

(동생이 벌떡 일어선다.)

동생　(항의하듯, 큰 목소리로) 누나, 난 저런 얘긴 재미없어.

누나　(타이르듯, 작은 목소리로) 착하지.

동생　(명령하듯, 더 큰 목소리로) 싫어, 누나. 재미있는 이야기 해 줘.

(수녀 갑, 수녀 을이 고개를 돌려 그들을 쳐다본다.)

수녀 갑　(놀라며) 얘들은 누구죠? 내가 들어올 땐 못 봤는데.

수녀 을　치료하러 온 아주머니 아이들이에요. 제가 여기 좀 앉아 있으라고 했어요.

수녀 갑　(조심스럽게) 쟤들 여기에 두지 마세요. ……저러다 놀라기라도 하면 어쩌려고.

수녀 을　있을 곳이 없어서요. 밖은 춥고, 병원은 만원이고.

수녀 갑　얘들 엄마를 찾아오는 게 좋겠어요. 만일 위층 부인이 뛰어내려 오기라도 하면 얘들이 놀랄 거예요!

수녀 을　(그 말에 따른다.) 그러죠. (남매를 향해, 그 둘이 모두 눈을 둥그렇게 뜨고 그녀를 바라본다.) 얘, 너희들 여기 잠시만 더 있어, 엄마 데려올게.

누나　(예의 바르게) 네. 고맙습니다.

(수녀 을이 가운데 문으로 나간다.)

동생　(희망을 가지고) 누나, 엄마 곧 올 거야?

누나　(나무라듯) 응.

동생　(기뻐하며) 엄마 온다! 집에 간다. (박수를 치며) 집에 가서 만두 먹어야지.

누나 야, 조용히 해. 앉으라니까. (동생을 밀어 앉힌다.)

수녀갑 (옷장을 닫으며 남매에게) 얘, 너 누나랑 조용히 앉아 있어. 난 위층에 갔다 올게.

(수녀 갑은 왼쪽 식당으로 나간다.)

동생 (갑자기 홍미가 생겨, 일어서며) 누나, 수녀님 뭐 하러 가셨어?

누나 (물을 가치도 없다는 듯) 당연히 위층에 환자 보러 가셨겠지.

동생 (급하게) 위에 누가 있는데?

누나 (작은 목소리로) 미친 사람.

동생 (그냥 직감으로) 남자?

누나 (단정적으로) 아니, 여자. ……부잣집 부인이래.

동생 (갑자기) 아래층에는?

누나 (당연하다는 듯) 역시 미친 사람이겠지. ……(동생이 자꾸 물을 것 같으니까) 이제 그만 물어.

동생 (호기심에 차서) 누나, 방금 이 집에서 세 사람이나 죽었다고 그랬잖아.

누나 (조금 염려가 되어) 그래. ……얘, 내가 재미난 얘기 해 줄게. 옛날에 한 임금님이…….

동생 (이미 홍미가 동해서) 싫어. 그 세 사람이 왜 죽었는지 말해 줘. 그 세 사람은 누구야?

누나　(겁이 나서) 나도 몰라.

동생　(믿지 않으며, 영리하게) 음! ……알면서 나한테 말 안 해 주는 거지.

누나　(어쩔 수 없이) 너 이 방에서는 묻지 마. 이 방에서 귀신 나온대.

(위층에서 갑자기 물건 던져 깨뜨리는 소리, 쇠사슬 소리, 발걸음 소리, 여자의 미친 듯한 웃음소리 그리고 괴성이 들려온다.)

동생　(조금 두려워하며) 들어 봐!

누나　(동생의 손을 꽉 잡아 끌며) 얘! (남매는 고개를 들어 좀 긴장한 얼굴로 천장을 쳐다본다.)

(소리가 멈춘다.)

동생　(안정이 되어, 알았다는 듯) 누나, 분명 그 위층 사람일 거야!

누나　(두려워하며) 우리 가자.

동생　(고집스레) 싫어. 이 집에서 세 사람이 어떻게 죽게 됐는지 얘기해 주지 않으면 안 갈 거야.

누나　까불지 마, 엄마가 알면 혼날걸!

동생　(개의치 않으며) 얘기해 줘.

(오른쪽 문이 열리고, 반백의 노부인이 비틀비틀 걸어 들어온다. 방

가운데 잠깐 멈추어 섰는데, 마치 눈이 먼 것 같다. 천천히 잔걸음으로 창가로 가서 커튼 사이로 밖을 바라보다가 또 잔걸음으로 탁자 앞으로 와서 무슨 소릴 듣는 것 같다. 남매가 모두 긴장하여 그녀를 바라본다.)

동생 (평소 목소리로) 누구지?

누나 (작은 목소리로) 쉿! 조용히 해. 미친 사람이야.

동생 (작은 목소리로, 비밀스레) 아래층 사람인가 봐.

누나 (목소리가 떨린다.) 모, 몰라. (노부인이 몸에 힘이 없어서 점점 아래로 고꾸라지려 한다.) 얘, 저거 봐, 넘어질 것 같아.

동생 (대담하게) 우리가 잡아 드리자.

누나 아냐, 가지 마.

(노부인이 갑자기 고꾸라지면서, 무대 가운데에 무릎을 꿇고 옆으로 쓰러진다. 무대가 점차 어두워진다. 바깥 먼 곳에서 합창 소리가 들린다.)

동생 (누나를 끌고 앞으로 나와, 노파를 보며) 누나, 이 집에서 무슨 일이 있었어? 이 미친 사람들은 뭐 하는 거야?

누나 (두려워하며) 몰라. 저 할머니에게 물어봐. (노부인을 가리키며) 아마 아시겠지.

동생 (재촉하며) 싫어. 누나가 얘기해 줘, 이 집에서 왜 세 사람이나 죽었는지, 그 세 사람이 누군지?

누나 (급히) 저분에게 물어보라니까. 모두 알 거야!

(노부인이 차츰 바닥에 쓰러진다. 무대 암전. 멀리서 미사곡 합창 소리와 오르간 소리가 들린다.)

(동생 소리 (분명히) 누나, 누나가 물어봐.
누나 소리 (작은 소리로) 싫어. 네가 물어봐. (막이 내린다.) 네가 물어봐!)

(미사곡 합창 소리가 크게 들린다.)

제1막

막이 열릴 때 무대는 깜깜하다. 십 초 후 점점 밝아진다.

배경은 대략 서막과 같다. 단, 전체 실내 분위기는 비교적 화려하다. 십 년 전 어느 여름날 오후, 조우씨 댁 응접실.

벽의 움푹한 곳은 커튼으로 가려져 있고 거기에 화려한 꽃이 핀 화분이 놓여 있다. 가운데 문이 열려 있는데 방충망 너머로 바라보면 화원에 수목이 푸르게 우거져 있고 매미 소리가 들린다. 오른쪽 옷장에는 노란 테이블보가 깔려 있고, 여러 가지 장식품들이 놓여 있다. 특히 낡은 사진 한 장이 눈에 띄는데, 다른 정교한 장식품들 사이에서 아주 생뚱맞게 보인다. 옷장 앞 낮고 긴 탁자에는 값비싼 담배통과 자질구레한 물건들이 놓여 있다. 오른쪽 벽난로에는 괘종시계와 화분이 놓여 있고, 벽에는 유화 한 폭이 걸려 있다. 난로 앞에는 안락의자 두 개가 벽을 등지고 놓여 있다. 가운데 왼쪽 유리장에는 골동품이 가득 들어 있고, 그 앞 작은 의자에는 초록색의 무늬가 있는 쿠션이 있다. 왼쪽 구석의 긴 소파에는 그리 낡지 않은 비단 재질의 두툼한 방석이 서너 개 놓여 있다. 소파 앞의 작은 탁자에는 담배 피우는 기구들이 놓여 있고, 무대 중앙의 작은 소파 두 개와 원탁은 모두 매우 화려한 물건이며, 원탁에는 시가 상자와 부채가 놓여 있다.

커튼은 다 새로 맞춘 듯, 부유함이 묻어난다. 가구들도 깔끔하게 윤이 나고 금속 장식이 빛을 발하고 있다. 실내는 무더운 열기가 가득하여 무거운 공기가 짓누르고 있는 듯 매우 답답하다. 밖은 햇빛이 없이 잿빛으로 어두컴컴한 것이 곧 폭우라도 쏟아질 모양이다.

막이 오를 때, 루쓰펑이 가운데 벽의 장방형 탁자 옆에서 관객에게 등을 돌린 채 약을 짜고 있다. 수시로 부들부채를 부쳐대며 땀을 훔친다. 그녀의 부친 루구이가 소파 옆에서 낮은 탁자 위의 은 장식품들을 힘들여 닦고 있다. 이마에 땀이 맺혀 있다.

루쓰펑은 약 열 일고여덟 살. 얼굴에 발그레하게 윤기가 흐르는 건강한 소녀다. 발육이 좋은 몸에 손도 희고 크며, 걸을 때면 꽤 큰 젖가슴이 옷 아래에서 흔들거리는 것이 뚜렷이 보인다. 그녀는 낡은 흰색 주단 윗옷에 거친 산둥 비단으로 만든 바지를 입고, 약간 낡은 단화를 신고 있다. 온몸이 정결하고 행동거지도 활발할 뿐만 아니라, 한 이 년간 조우씨 댁에서 훈련을 받아 말하는 것도 대범하고 분명하며, 또 경우가 바르다.

크고 눈썹이 긴, 물기 어린 눈은 영민하게 구르고, 때로는 미간을 찌푸리기도 하고 아주 넓은 시야로 주시하기도 한다. 입이 크고 입술은 본래 발갛고 아주 넓으며 두툼하다. 웃을 때마다 가지런한 이가 드러나고 입가에는 보조개 한 쌍이 생긴다. 그러나 그녀의 얼굴 윤곽은 진지한 무게를 띠고 성실함을 드러내 준다. 얼굴색이 그리 흰 편은 아니다. 날이 더워서 콧잔등에 땀이 송송 맺히는 탓에 수시로 손수건으로 훔쳐 낸다. 그녀는 잘 웃고 자신이 예쁘다는 사실을 안다. 그러나 지금은 미간을 찌푸리고 있다.

그의 아버지, 루구이는 마흔을 넘긴 듯 보인다. 좀 찌부러진 느낌에 특히 거칠고 어지러운 눈썹과 부은 눈꺼풀이 눈에 띈다. 입은 느슨하게 늘어져 있어서 그 눈 아래 움푹 들어간 검은 점과 함께 몸을 함부로 쓰며 방종한 삶을 살았음을 보여 준다. 몸은 좀 뚱뚱한 편이고 얼굴 근육은 이완되어 움직이려 하지 않으며, 그저 비굴하게 아첨하는 웃음을 떨 뿐이다. 그러나 대부분의 대갓집 하인들처럼 일 돌아가는 것을 잘 파악하고 예의 차릴 줄은 안다. 등이 좀 구부정한 것이 언제나 머리를 좀 숙이고 주인에게 "네."라고 답하는 것 같다. 눈은 예리하고, 늘 한 마리 늑대처럼 탐욕스럽게 무언가를 엿본다. 계산속도 밝다. 다만 담은 그리 크지 않다. 전체적으로 보면 여전히 찌부러진 느낌이다. 화려하게 차려입었지만 별로 단정하지는 않다. 걸레로 물건을 닦고 있는데 발에는 막 광을 낸 누런 가죽 구두를 신고 있다. 수시로 옷자락으로 얼굴의 땀을 훔친다.

루구이 (숨을 헐떡이며) 쓰평!

루쓰평 (못 들은 체하며, 계속해서 탕약을 짠다.)

루구이 쓰평!

루쓰평 (아버지를 한 번 흘낏 보고는) 휴, 정말 더워요. (오른쪽 옷장 옆으로 와서 파초잎 부채 하나를 찾아, 중간에 있는 차탁자 옆으로 돌아가서 부친다.)

루구이 (그녀를 보며, 일을 멈추고) 쓰평, 안 들리니?

루쓰평 (짜증스럽다는 듯, 차갑게 아버지를 바라보며) 네, 아버지! 왜요?

루구이 방금 내가 한 말 들었냐고?

루쓰평 들었어요.

루구이 (줄곧 딸에게 이런 취급을 받는 데 대해 항의라도 하듯) 빌어먹을 계집애!

루쓰평 (고개를 돌려 정면으로 관객을 향해서) 쓸데없는 얘기 좀 그만하세요. (부채질을 하며 한숨을 쉰다.) 아이, 날씨가 이렇게 더운 걸 보니 곧 비라도 쏟아질 모양이네요. (갑자기) 나리 나가실 때 신으실 구두 닦아 놓으셨어요? (루구이 앞에 가서 구두 한 짝을 집어 들고는 저도 모르게 웃고 만다.) 이게 닦은 거예요? 이렇게 대충 솔질 몇 번 해 놓고 됐다고요? ……나리 성미 잘 알면서 그래요.

루구이 (획 구두를 채 가며) 내 일은 상관 마. (신을 바닥에 던져 버린다.) 쓰평, 잘 들어. 다시 말하는데, 네 엄마 오거든 잊지 말고 새 옷들 다 꺼내서 보여 줘.

루쓰핑 (못 참겠다는 듯) 알았어요.

루구이 (잘난 척) 내가 안목이 있는지 자기가 안목이 있는지 네 엄마도 좀 봐야 해.

루쓰핑 (경멸하듯 웃으며) 당연히 아버지가 안목 있죠!

루구이 그리고 또 너 조우 나리 댁에서 잘 먹고 잘 입고, 낮에만 마님 도련님 모시고 밤에는 엄마 말대로 집에 돌아와서 잔다고 말해야 돼.

루쓰핑 그건 말할 필요도 없죠. 당연히 엄마가 물을 텐데 뭐.

루구이 (득의양양해서) 그리고 돈도, (탐욕스레 웃으며) 너 돈도 꽤 모았잖아!

루쓰핑 돈요?

루구이 두 해 동안 받은 임금에다 상으로 주신 것까지, 그리고 (천천히) 이리저리 그들이 준…….

루쓰핑 (얼른 말을 받는다. 더 듣고 싶지 않다.) 그건 한 푼 두 푼 다 가져갔잖아요? 마시고! 도박하고!

루구이 (웃으며, 핑계를 찾는다.) 이거 봐, 또 나온다. 뭐가 그리 급해? 내가 돈을 달라는 것도 아닌데. 그래, 내 말은, 내 말은 말야……. (작은 목소리로) 그가…… 계속 네게 돈을 주잖아? 쓰라고.

루쓰핑 (놀라서) 그요? 누구요?

루구이 (내친 김에 말한다.) 큰 도련님.

루쓰핑 (얼굴이 붉어진다. 다소 소리를 높여 루구이 면전으로 다가간다.) 누가 큰 도련님이 내게 돈을 줬대요? 아버지, 빈털터리 되니까 또 이상한 소리 막 해요?

루구이 (비굴하게 웃으며) 그래, 그래, 아냐, 아니라니까. 어쨌든 지난 두 해 동안 돈 좀 모았잖아? (인색하게) 너한테 돈 달라는 거 아니니까 안심해. 그저 네 엄마 오면 그 돈도 좀 보여 주라고, 네 엄마도 눈 좀 뜨라고.

루쓰펑 흥, 엄만 아빠하곤 달라요. 돈만 보면 눈이 뒤집히진 않는다고. (가운데 차 탁자로 와서 약을 거른다.)

루구이 (긴 소파에 앉아) 돈이건 아니건, 너 이 아빠 없으면 뭐가 될 거 같아? 너 이 조우 나리 댁에서 도련님들 시중 안 들고 두 해 동안 엄마 말만 들었으면, 너 매일 먹고 마시고 이 더운 여름날에 그래도 이런 시원한 비단옷 입을 수 있을 것 같아?

루쓰펑 (고개를 돌리며) 아이, 엄만 분수를 아는 분이죠. 공부도 했고 체면도 알고. 자기 딸 아무 데서나 심부름하게 하고 싶지 않은 거지.

루구이 무슨, 체면이 밥 먹여 주냐? 꼭 네 엄마 같다! 네가 무슨 대갓집 규수라고……. 빌어먹을. 아랫것 딸이 남의 집 일 좀 한다고 뭐 신분이 어떻게 돼?

루쓰펑 (한참 아버지를 보고 있더니) 아버지, 그 얼굴에 기름이 번들번들해. ……나리 구두나 좀 다시 닦아 놓으세요.

루구이 (사납게) 체면? 네 엄마 그 거렁뱅이 철학 나온다. 네 엄마는 체면 때문에! 빌어먹을 팔백 리나 떨어진 여학교에서 일하고 있잖아. 한 달에 겨우 8원 벌면서. 이 년 만에 겨우 한 번 집에 돌아오고. 그게 분수냐? 공부했다고? 별 볼 일도 없으면서.

루쓰펑 (참으며) 아버지, 남은 말은 집에 가서 하시죠? 여긴 조우 나리 댁이에요!

루구이 뭐? 조우 나리 댁이라고 딸하고 집안일 얘기도 못해? 있지, 네 엄만…….

루쓰펑 (갑자기) 정말 저 지금 참고 있는 거예요. 먼저 확실히 얘기하는데, 엄마 어렵사리 집에 한 번 오는 거예요. 그것도 오빠랑 저 보려고요. 만약 이번에 엄마 속상하게 하면, 지난 두 해 동안 있었던 일 오빠한테 다 말할 거예요.

루구이 내, 내가 뭘 어쨌다고? (딸 앞에서 체면이 깎인 것 같아) 술 좀 마시고 도박 좀 하고 놀았다. 나 쉰이 다 된 사람이야, 겁날 게 뭐야?

루쓰펑 오빠야말로 아버지 그런 거 상관하고 싶겠어요? ……하지만 오빠가 매월 광산에서 엄마 쓰시라고 부친 돈, 몰래 다 꺼내서 썼잖아요? 그거 알면 가만있지 않을걸요?

루구이 안들 어쩔 건데? (큰 목소리로) 제 엄마가 내게 시집왔으니 내가 제 아빈걸.

루쓰펑 (창피해서) 소리 좀 죽여요! 뭐 큰소리칠 게 있다고. ……위층에 마님 몸도 안 좋으신데.

루구이 흥! (꾸역꾸역 얘기한다.) 내가 네 엄마랑 살게 된 거 사실 나도 억울한 게 있단 말이다. 나처럼 영리한 사람이 또 어디 있냐고? 이 조우 나리 댁 아래위 수십 명이 다 루구이 따라갈 사람이 없다 하지. 여기 온 지 두 달도 안 돼서 딸내미도 일을 얻고, 네 오라비도 내가 없었다면 조우 나리 광산에서 노동자 대표가 됐겠냐 말야? 네 엄마더러 말해 보라 그래, 그렇게 할 수 있겠냐고? ……근데 네 오라비가 네 엄마하고 똑같이 나한테 반기를 들다니! 이번에 돌아와서도 네 엄마가 여전히 그런 얼굴로 대하면, 네 오라비 지긋지긋해서 그만 끝장낼 거야. 내게 딸 낳아 준 거는 있지만, 재수 없는 네 오라비 데려온 거 생각하면, 아예 이혼해 버릴지도 몰라.

루쓰펑 (듣기 싫어서) 네, 아버지.

루구이 흥, (욕을 하다 보니 신이 나서) 어떤 개자식 아들인지 알 게 뭐야?

루쓰펑 오빠가 아버지한테 뭘 잘못했다고 이렇게 퍼붓고 난리예요?

루구이 나한테 잘한 건 또 뭐야? 군대 갔을 때, 인력거 끌 때, 기계 노동자 할 때, 학교 다닐 때, 뭐 하나 제대로 한 게 있어? 겨우 조우 나리 광산에 일 얻어 줬더니, 대표라고 감독한테 맞서기나 하고, 사람까지 팼다잖아.

루쓰펑 (조심스레) 듣자 하니, 우리 나리께서 광산의 경찰한테 노동자들을 총으로 쏘라고 했대요. 그래서 노동자들 데리고 함께 때려 준 거 아니에요?

루구이 어쨌든 그놈은 멍청이야, 남의 돈 받아 살면, 그 말을 들어야지. 아무 일 없이 웬 파업이야? 이제 또 내 상판대기 가지고 나리께 빌어야 할 판이니!

루쓰펑 잘못 들은 거 아니에요? 오빠는 오늘 나리 만나러 온다고 했어요. 아버지한테 부탁하려는 게 아니고.

루구이 (득의양양해서) 하지만 그래도 명색이 아빈데, 내가 모른 척할 수는 없지.

루쓰펑 (경멸하는 눈빛으로 아버지를 보다가, 한숨을 쉰다.) 좋아요, 좀 쉬세요. 위층 마님께 약 가져다 드려야겠어요. (약그릇을 들고 왼쪽 식당으로 간다.)

루구이 잠깐. 한마디만 하자.

루쓰펑 (끼어든다.) 점심시간이에요. 나리 푸얼차는 우려 놓았어요?

루구이 그건 네가 신경 안 써도 돼. 아래 애들이 벌써 다 해 놨겠지.

루쓰펑 (얼른 피하며) 그래요? 잘됐네. 저 가요.

루구이 (길을 막으며) 쓰펑, 잠깐. 의논 좀 하자.

루쓰펑 뭘요?

루구이 글쎄, 어제가 나리 생신이었잖아? 큰 도련님이 내게 상으로 4원을 주셨다.

루쓰펑 잘됐네요. (입바르게) 나 같으면 한 푼도 안 줄 텐데.

루구이 (비굴하게 웃으며) 그래 맞다! 4원으로 뭘 하겠니? 빚 좀 갚으니 없더라.

루쓰펑 (영리하게 웃으며) 그럼 가서 오빠한테 달라세요.

루구이 쓰펑, 그러지 마라……. 아빠가 언제 빌리고 안 갚은 적 있던? 지금 있으면, 되는대로 7, 8원만 좀 집어 주렴.

루쓰펑 돈 없어요. (멈춰 서서 약을 내려놓고) 정말 빚 갚은 거

맞아요?

루구이 (맹세하듯) 내가 내 친딸한테 거짓말하면 개자식이다.

루쓰펑 거짓말하지 마세요. 사실대로 말해야 나도 아빠 위해서 생각해 보지.

루구이 정말? ……사실 내 잘못이 아냐. 어제 그 몇 푼 가지고 큰 빚을 갚으려니 모자라고 작은 빚을 갚으려니 남고, 그래서 두 판만 했어. 이기면 다 갚을 거니까. 근데 억세게 운이 나빠 술값에다 지기까지 해서 도리어 10원가량을 빚졌다.

루쓰펑 그건 정말이에요?

루구이 (진심으로) 이건 거짓말 한마디도 안 보탠 거야.

루쓰펑 (일부러 야유를 하며) 그럼 나도 사실대로 얘기하죠. 나도 돈 없어요! (말을 마치고 약사발을 든다.)

루구이 (급해서) 펑, 너 지금 그게 무슨 마음보냐? 넌 내 친딸이잖아.

루쓰펑 (조소하듯) 친딸이라고 자기 팔아서 아버지 도박 빚 갚을 수는 없잖아요?

루구이 (엄중하게) 너, 잘 알아 둬. 네 엄마가 널 아낀다지만, 그건 입으로만 그런 거고, 나야말로 네 일이라면 어떤 중요한 일이라도 다 네 입장에서 생각한다.

루쓰펑 (알아듣는다. 그러나 그가 또 무슨 장난을 하려는지 알지 못한다.) 또 무슨 말을 하려고요?

루구이 (멈추었다가, 사방을 돌아보고, 더 가까이서 루쓰펑을 압박하며 웃음을 띤다.) 저, 큰 도련님이 종종 내게 네 얘길 하신다. 큰 도련님이, 있지…….

루쓰펑 (참지 못하고) 큰 도련님! 큰 도련님! ……미쳤어요? 저 가요. 마님이 부르셔요.

루구이 잠깐. 한마디만 묻자. 그저께! 큰 도련님이 옷감을 사 시더라.

루쓰펑 (눈을 내리깔고) 그래서요? (싸늘하게 루구이를 본다.)

루구이 (루쓰펑의 몸을 가늠하며) 음……. (천천히 루쓰펑의 손을 잡아 올리며) 이 반지도 (웃으며) 도련님이 주신 거 아니냐?

루쓰펑 (혐오스러워하며) 그 말하는 투랑 정말 토할 것 같아.

루구이 (좀 화가 나서, 단도직입적으로) 그렇게 이리 빼고 저리 빼고 할 것 없다. 넌 내 딸이야. (갑자기 탐욕스레 웃으며) 하인의 딸이 남의 선물 좀 받고 돈 좀 받아 쓰기로, 뭐 안 될 것 있냐? 그건 괜찮아. 나도 알지.

루쓰펑 알았어요. 말해 봐요, 얼마나 필요한데요?

루구이 별로 많지 않아. 30원이면 된다.

루쓰펑 뭐요? (얄미워서) 그럼 큰 도련님께 달라고 하세요. 난 가요.

루구이 (좀 화가 나서) 얘, 너 내가 정말 모르는 줄 아니? 네가 그 빌어먹을 도련님과 한 일을 모르는 줄 알아?

루쓰펑 (화를 내며) 아버지 맞아요? 아버지가 딸에게 이런 식으로 얘기하는 법도 있어요?

루구이 (비열한 얼굴로) 난 네 아비다. 널 챙겨야지. 묻겠는데, 그저께 밤…….

루쓰펑 그저께 밤?

루구이 난 집에 없었다. 넌 한밤중에 돌아왔지. 그때까지 뭐 했니?

루쓰펑 (숨기며) 마님 대신 뭘 찾느라고요.

루구이 왜 그렇게 늦게 왔는데?

루쓰펑 (경멸스러운 어조로) 그런 아버진 내게 아무것도 물을 자격이 없어요.

루구이 아주 신식이구나! 왜 어딜 갔는지 말을 못하지?

루쓰펑 말 못 할 게 뭐가 있어요?

루구이 뭐? 말해 봐!

루쓰펑 마님이 나리께서 막 돌아오셨단 얘길 듣고, 나더러 나리 옷을 살피라고 했어요.

루구이 어……. (낮은 목소리로, 겁주듯) 하지만 밤늦게 널 집으로 데려다준 건 누구지? 차를 타고 흥건히 취해서, 너한테 엉터리 얘길 지껄이던 그놈은 누구야? (자신에 차서 미소 짓는다.)

루쓰펑 (화들짝 놀라며) 그, 그건…….

루구이 (크게 웃으며) 어……, 말 안 해도 돼. 우리 루씨 집안의 굉장한 사윗감이니까! ……흥! 우리네 두 칸짜리 집까지 자동차를 탄 남자 친구가 이 하인 놈의 딸을 찾아오다니! (갑자기 차갑게) 그래, 그게 누구냐? 말해 봐.

루쓰펑 그, 그건…….

(루쓰펑의 오빠, 루구이의 반쪽 아들인 루다하이가 들어온

다. 건장한 몸에, 검고 짙은 눈썹이 날카로운 눈매를 가려준다. 두 볼이 좀 안으로 들어가서 더욱 두드러진 광대뼈가 날카롭게 빠진 턱과 함께 그의 강한 성격을 말한다. 그의 크고 얇은 입술은 남방의 열렬함을 담은 여동생의 붉은 입술과 강렬한 대조를 이룬다. 그는 이야기할 때 약간 더듬거리지만, 감정이 격해지면, 언설이 예리해진다. 막 육백 리 떨어진 탄광에서 온 그는 탄광 파업 선동자 중의 하나다. 몇 개월을 끌어온 긴장감으로 피로한 기색이 역력하다. 수염이 텁수룩한 것이 마치 루구이의 동생쯤으로 여겨질 만큼 늙어 보인다. 그러나 가까이에서 보면 눈빛이나 목소리가 여동생처럼 젊고 열정적이어서 막 폭발하려는 화산처럼 농축된 열기를 지닌 인물이다. 노동자가 입는 남색 괘자를 걸치고 기름 먹인 밀짚모자를 손에 들고 있다. 검은 구두를 신었는데, 한쪽 구두끈은 어디에서 잃어버렸는지 보이지 않는다. 문을 들어설 때 좀 어색했는지, 거친 남색 괘자의 가슴을 풀어헤쳤다가 다시 거칠게 단추 한두 개를 잠근다. 말은 간결하고 겉모습은 냉랭하다.)

루다하이 평!

루쓰펑 오빠!

루구이 (루쓰펑에게) 말해 봐. 왜 갑자기 벙어리가 됐냐?

루쓰펑 (루다하이를 보고 일부러 주의를 돌린다.) 오빠!

루구이 (상관하지 않고) 오라비가 와도 말은 해야지.

루다하이 무슨 일이야?

루구이 (루다하이를 보고는 고개를 돌려) 넌 좀 가만있어.

루쓰펑 오빠, 별일 아냐. (루구이에게) 알았어요. 아버지, 좀 이따 얘기해요. 네?

루구이 (알아들었다는 듯) 이따가 상의해? (확인하듯 다시 루쓰펑을 노려본다.) 그럼 그러자. (고개를 돌려 루다하이를 보고 오만하게) 아니, 어딜 이렇게 맘대로 막 들어와?

루다하이 (간단히) 현관에서 한참을 기다려도 아무도 신경을 안 쓰니, 그냥 들어올 수밖에요.

루구이 다하이, 넌 탄광에서 거친 일 하는 노동자라 그러냐? 대갓집 예법이라고는 하나도 모르는구나.

루쓰펑 조우씨 댁 하인도 아닌데요, 뭘.

루구이 (분명한 이유가 있다는 듯) 탄광서 벌어먹는 것도 조우 나리 댁 밥이다.

루다하이 (냉랭하게) 어디 있어요?

루구이 (일부러) 누구?

루다하이 사장요.

루구이 (훈시하듯) 나리면 나리지. 사장은 뭐야? 여기 오면 다 나리라고 해야 돼.

루다하이 좋아요. 좀 전해 주세요. 탄광에서 노동자 대표가 만나러 왔다고.

루구이 알았다. 집에 가 있어. (뭔가 파악한 듯) 탄광 일은 이 아비가 너 대신 처리할 테니, 가서 엄마랑 동생이랑 며칠 지내라. 네 엄마 떠나면 너도 탄광에 돌아가서 일해. 노동자 대표 그대로 하면 돼.

루다하이 다 같이 파업하고 있는데, 나만 아버지가 청탁 넣어서 다시 돌아가라고요?

루구이 뭐 못 할 일도 아니지.

루다하이 (어쩔 수 없다는 듯) 좋아요. 우선 말 좀 전해 주세요. 다른 일도 있어서 그 사람과 얘길 나누어야 해요.

루쓰펑 (그가 가기를 바라며) 아버지, 나리 손님이 가셨는지 먼저 보고 오세요. 그러고 나서 오빠 데리고 들어가 나리를 뵈어요.

루구이 (머리를 저으며) 아마 널 만나려 하시지 않을걸.

루다하이 (당당하게) 반드시 날 만나야 해요. 나도 탄광 노동자 대표인걸. 그저께도 이곳 회사 사무실에서 함께 만났어요.

루구이 (의아해하며) 그럼 먼저 가서 여쭤 볼게.

루쓰펑 가 보세요.

(루구이가 나리 서재 앞으로 걸어간다.)

루구이 (돌아와서) 만약 나리께서 널 보겠다고 하셔도, 쓸데없는 거친 말은 좀 하지 마라, 알았니? (루구이가 노련하게 거들먹거리는 집사의 걸음으로 서재로 들어간다.)

루다하이 (눈으로 루구이가 들어가는 걸 지켜보다가) 흥, 자기가 사람이란 것도 잊었나 봐.

루쓰펑 오빠, 그렇게 말하지 마. (잠시 머뭇거리다 탄식한다.) 어쨌든, 우리 아버지잖아.

루다하이 (루쓰펑을 바라보며) 네 아버지지. 난 아냐.

루쓰펑 (겁먹은 듯 오빠를 바라보다가 갑자기 생각난 듯, 서재 앞으로 달려가 바라본다.) 소리 좀 죽여. 나리께서 바로 안쪽 옆방에 계신가 봐!

루다하이 (경멸하듯 루쓰펑을 바라보며) 그래, 그래. 엄마도 곧 오실 거야. 너도 조우씨 집 일 그만두고 집으로 돌아가는 게 좋겠다.

루쓰펑 (깜짝 놀라) 왜?

루다하이 (간단하게) 여긴 네가 살 곳이 아냐.

루쓰펑 왜?

루다하이 난…… 그들을 증오해.

루쓰펑 어?

루다하이 (독하게) 조우씨 집안에 좋은 사람은 없어. 지난 두 해 동안 난 탄광에서 그들이 한 일을 다 봤어. (잠시 끊었다가 천천히) 그들을 증오해.

루쓰펑 뭘 봤기에?

루다하이 펑, 너 이런 굉장한 저택에 혹하지 마. 모두 그 음침한 탄광에서 파묻혀 죽어 간 노동자들 피 값으로 산 거야!

루쓰펑 그런 말 하지 마. 이 집엔 귀신이 나온대.

루다하이 (갑자기) 방금 젊은이를 하나 봤어. 정원에 누워 있는데, 얼굴이 창백하고 눈을 감고 있는 게 죽은 사람 같더라. 조우씨 집 큰 도련님, 사장 아들이라나? 쳇, 인과응보지.

루쓰펑 (화가 나서) 아니, 오빠……. (참으며) 아주 좋은 사람이야, 알아?

루다하이 아비가 온갖 못된 짓으로 사람을 해치고 돈을 모으니, 아들은 당연히 자선을 베풀겠지.

루쓰펑 (루다하이를 보며) 이 년 동안 못 봤더니 변했어.

루다하이 내가 탄광에서 일한 이 년간, 난 변하지 않았는데 네가 변했다.

루쓰펑 오빠 말을 잘 못 알아듣겠어. 어쩜 둘째 도련님 얘기하는 것과 비슷해.

루다하이 날 모욕하는 거야? 도련님이라고? 흥. 이 세상에 그런 말은 없어져야 해! (루구이가 왼쪽 서재에서 나온다.)

루구이 (루다하이에게) 나리 손님이 막 가셔서, 내가 얘길 하려는데 또 한 분이 오셨어. 아무래도 돌아가서 좀 쉬었다 오자.

루다하이 그럼 내가 그냥 들어가죠.

루구이 (그를 막는다.) 어쩌려고?

루쓰펑 안 돼, 안 돼.

루다하이 알았어. 그러면 우리 노동자들이 예의도 모른다고 하겠지?

루구이 불쌍한 놈. 내가 안 만나실 거라고 했잖아? 아래채에서 기다려. 그게 뭐 대수라고. 내가 같이 가지. 이렇게 큰 저택에서 함부로 아무 데로나 다니다간 길도 못 찾지. (가운데 문으로 가며, 고개를 돌려) 쓰펑, 넌 가지 마. 내가 곧 돌아올 테니. 알겠니?

루쓰평 다녀오세요.

(루구이, 루다하이와 함께 퇴장한다.)

루쓰평 (혼잣말로) 어머, 이를 어째!

(바깥 정원에서 한 젊은이의 쾌활한 소리가 들린다. "쓰평." 하고 부르며 빠른 걸음으로 점차 가운데 문으로 다가온다.)

루쓰평 (당황하여) 어머, 둘째 도련님.

(문 앞에서 나는 소리
소리 "쓰평, 쓰평, 어딨니?"
루쓰평이 황급히 소파 뒤로 숨는다.
소리 "쓰평, 너 집 안에 있니?")

(조우충이 들어온다. 체구는 작지만, 즐겁고 쾌활하며 어린아이 같은 공상으로 가득하다. 젊다. 겨우 열일곱 살이다. 많은 불가능한 일들을 꿈꾸며, 아름다운 꿈속에 산다. 지금 그는 눈을 유쾌하게 굴리며, 얼굴이 발개진 채 땀을 흘리며 웃고 있다. 왼손에 라켓을 들고, 오른손에 든 흰 수건으로 땀을 닦는다. 테니스를 칠 때 입는 흰 운동복을 입고, 작은 소리로 루쓰평을 부른다.)

조우충 쓰평! 쓰평! (사방을 둘러본다.) 어? 어디로 갔지? (발꿈

치를 들고 오른쪽 식당으로 다가가 문을 열고 작은 소리로) 쓰펑, 나와 봐. 쓰펑, 네게 알려 줄 일이 있어. 쓰펑, 좋은 일이야. (다시 살금살금 서재 앞으로 가서 더 작은 소리로) 쓰펑!

(안에서 나는 소리 (준엄하게) 충이냐?)

조우충 (위축되어서) 네, 아버지.

(안에서 나는 소리 지금 뭐하는 게냐?)

조우충 저, 쓰펑을 찾고 있어요.

(안에서 나는 소리 (명령조로) 저리 가라, 여기 없어.)

조우충 (조우충이 문 입구에서 고개를 빼서는 혀를 내밀고 인상을 쓰며) 어? 이상하다. (실망한 듯 오른쪽 식당으로 걸어가며 내내 나지막하게 루쓰펑을 부른다.)

루쓰펑 (조우충이 나가는 걸 보고 한숨 돌린다.) 이제 갔네! (초조하게 정원으로 통하는 문을 바라본다.)

(루구이가 가운데 문으로 들어온다.)

루구이 (루쓰펑에게) 방금 누가 널 그렇게 찾았니?

루쓰펑 둘째 도련님이요.

루구이 왜 널 찾는데?

루쓰펑 난들 어떻게 알아요?

루구이 (나무라듯) 근데 왜 모른 척해?

루쓰펑 응? 그냥……. (눈물을 훔친다.) 나더러 기다리라고 했잖아요.

루구이 (위로하듯) 왜 그래? 우냐?

루쓰펑 안 울었어요.

루구이 얘, 울긴 왜 울어? 뭐 슬픈 일 있어? (연극이라도 하듯) 누가 우리더러 가난하게 살라 하던? 가난한 사람들이야 어쩔 수 없지. 그저 참는 수밖에. 우리 딸이 착하다는 건 모르는 사람이 없지.

루쓰펑 (고개를 들고) 됐어요. 돌리지 말고 시원하게 말해요.

루구이 (민망해서) 봐라. 내가 아래채에 갔더니 그 나쁜 놈들이 이 댁에까지 빚을 받으러 왔잖냐? 아랫것들 앞에서 내가 20원이 없어 가지고, 얼굴을 들 수가 있어야지.

루쓰펑 (돈을 꺼내서) 이게 다예요. 좀 이따가 엄마 오시면 옷 한 벌 사 드리려고 했는데. 먼저 가져다 쓰세요.

루구이 (사양하는 체하며) 그럼 너 쓸 돈이 없잖니?

루쓰펑 됐어요. 그렇게 점잔 빼실 거 없어요.

루구이 (웃으며 돈을 받아서 세어 본다.) 겨우 12원?

루쓰펑 (솔직하게) 현금은 이것뿐이에요.

루구이 그럼, 조우 나리 댁까지 와서 빚 갚으라고 버티는 놈들을 어찌 돌려보내냐?

루쓰평 (화를 누르며) 밤에 우리 집에 와서 받으라고 하세요. 조금 이따가 엄마 오시면 다시 방법을 생각해 보죠. 이 돈은 그냥 뒀다 쓰세요.

루구이 (좋아서) 이거 나 준다고? 그럼 이건 네가 내 용돈 준 걸로 생각하마. ……하하 착한 딸! 나야 네가 효녀인 줄 알지.

루쓰평 (어쩔 수 없어) 그럼 이제 위층에 올라가도 되죠?

루구이 아니, 내가 언제 널 붙들었냐? 올라가. 마님께 인사 전해라. 루구이가 병세를 여쭙더라고.

루쓰평 알았어요. 절대 잊지 않을게요. (약을 가지고 간다.)

루구이 (신나서) 그래, 쓰평. 네게 알려 줄 게 있다.

루쓰평 나중에 얘기해요. 얼른 약 갖다 드려야 해요.

루구이 (암시하듯) 이건 네 일이야. (가식적으로 웃는다.)

루쓰평 (눈을 내리깔고) 또 무슨 일이에요? (약그릇을 내려놓고) 그럼 오늘 따질 거 다 따져 보죠.

루구이 이런, 이런, 또 급하긴. 아주 아가씨 티를 내는구나. 성미 부리려거든 부려 봐.

루쓰평 참을 테니 다 말해 보세요.

루구이 얘, 그러지 마. (정색하고) 너 조심하라고.

루쓰평 (조롱하듯) 돈 한 푼 없는데 뭘 조심하라는 거예요?

루구이 말해 줄까? 요 며칠 마님 기색이 좋지를 않아.

루쓰평 마님 기색이 좋지 않은 게 나하고 무슨 상관이에요?

루구이 마님이 널 보면 기분이 좀 안 좋을 거 같아서.

루쓰평 왜요?

루구이　왜냐고? 경고하는데, 나리가 마님보다 나이가 많잖아? 두 분이 별로 안 좋거든. 큰 도련님은 이 마님이 낳은 아들이 아니고, 마님과 나이 차이도 별로 나지 않고.

루쓰펑　그건 나도 다 알아요.

루구이　하지만 마님은 큰 도련님을 자기 아들보다 더 아끼지. 더 좋아해.

루쓰펑　계모라면 응당 그래야죠.

루구이　너 밤이면 이 방에 왜 아무도 안 오는지 알아? 나리께서 광산에 가 계실 때면 대낮에도 아무도 안 오잖아.

루쓰펑　한밤중에 귀신이 나왔다면서요?

루구이　너 그게 어떤 귀신인 줄 알아?

루쓰펑　예전에 이 방에서 탄식 소리가 들리고 때로는 울기도 하고 웃기도 하고 했다면서요? 이 방에서 사람이 죽은 적도 있다던데, 억울하게 죽은 귀신.

루구이　귀신이라! 물론이지. ……내가 몰래 엿봤지.

루쓰펑　뭐라고요? 봤다고요? 뭘요? 귀신을요?

루구이　(자랑스레) 그건 네 아비 능력이지.

루쓰펑　말해 봐요.

루구이　네가 아직 여기 오기 전이다. 나리께서 광산에 가 계실 때 이렇게 크고 음침한 집에 마님과 둘째 도련님, 큰 도련님만 있었거든. 그때 이 집에 귀신이 나왔지. 둘째 도련님이야 어린애인 데다 겁도 많아서 나더러 그 방문 앞에서 자라고 했거든. 가을날이었지. 밤중에 둘째 도련님이 갑자기 날 불렀어. 거실에 또 귀신이 나왔다고. 나더러 가서 보고 오라는 거야. 둘째 도련님 얼굴이 파랗게 질리고 나도 털이 쭈뼛쭈뼛 서더라. 하지만 그때 난 막 들어온 하인이고 도련님이 가라니 안 갈 수 있겠니?

루쓰펑 정말 갔어요?

루구이 내가 소주 두 모금 마시고 연못을 가로질러 몰래 이 문 밖 복도까지 왔더니 이 방 안에서 여자 귀신 하나가 흐느끼고 있었어, 아주 처절하게! 겁은 나지만 그럴수록 더 보고 싶은 거야. 내가 억지로 문틈을 들여다봤지.

루쓰펑 (숨 가쁘게) 뭘 봤는데요?

루구이 바로 이 탁자 위에 꺼질락 말락 하는 흰 양초가 켜 있었는데, 검은 옷을 입은 귀신 둘이 나란히 앉아 있는 게 희미하게 보였어. 남자하고 여자 같았지. 내게 등을 돌린 채 그 여자 귀신이 남자 귀신에게 기대어 울고 있었고, 남자 귀신은 고개를 숙이고 한숨을 쉬고 있었어.

루쓰펑 어머, 귀신이 나온 게 정말이네.

루구이 정말이고말고. 내가 술기운에 창틈에 대고 살짝 기침을 했더니, 두 귀신이 후다닥 갈라지면서 내 쪽을 봤어. 그들 얼굴이 바로 정면으로 날 향했거든. 내가 정말 귀신을 본 거야.

루쓰펑 귀신이에요? 어땠는데? (잠깐 멈추고, 루구이가 사면을 둘러본다.) 누구예요?

루구이 내 비로소 그 여자 귀신이 누군지 봤지. (고개를 돌리고, 나지막이) ……우리 마님.

루쓰펑 마님? ……남자 귀신은?

루구이 너 겁먹지 마. ……바로 큰 도련님.

루쓰펑 그가?

루구이 바로 그. 그가 계모와 함께 이 방에서 귀신 노릇을 하고 있었다고.

루쓰펑 거짓말. 잘못 봤겠지.

루구이 자길 속이면 안 돼. 그러니까 너 잘 생각해야 돼. 멍청하게 굴지 말고. 조우 나리 댁 사람들은 다 그렇고 그렇다니까.

루쓰펑 (고개를 저으며) 아냐, 그가 그럴 리가 없어,

루구이 너 잊었니? 큰 도련님은 마님과 겨우 예닐곱 살 차이밖에 안 나.

루쓰펑 못 믿겠어. 아니, 아닐 거야.

루구이 그래. 믿건 말건 그건 네 마음이지. 어쨌든 마님이 널 대하는 게 좀 이상해. 네가, 네가 큰 도련님과…….

루쓰펑 (루구이가 정말 그런 일이 있었다고 말하지 않도록) 아버지가 문 앞에 있었다는 걸 마님이 알았다면 가만두지 않았을걸.

루구이 물론 나도 놀라서 온통 땀범벅이 됐지. 그들이 나오기 전에 튀었지만.

루쓰펑 그럼, 둘째 도련님이 묻지 않았어요?

루구이　물었지. 난 아무것도 못 봤다고 했어.

루쓰펑　음, 마님은 그리 쉽게 그만두지 않으셨을 텐데?

루구이　물론 대단한 사람이니까. 한 열 번은 물었을 거야. 그래도 난 한마디도 안 흘렸어. 이 이 년 동안 어쩜 그들은 그날 밤 귀신이 기침한 거라고 믿고 있을지도 몰라.

루쓰펑　(혼잣말로) 아냐, 난 안 믿어. ……그런 일이 있었다면, 내게 얘기했을 거야.

루구이　큰 도련님이 그런 얘길 네게 해? 생각 좀 해 봐. 넌 누구고, 그는 누구냐? 넌 좋은 아비를 두지 못해, 남의 집에서 아랫사람 노릇이나 하는데, 그들이 널 진심으로 대해 줄 것 같니? 너 또 공주 꿈을 꾸고 있구나, 넌, 네 능력으로…….

루쓰펑　(갑자기 견디기 어려운 답답함을 느껴 소리를 지른다.) 그만해요! (갑자기 일어서서) 오늘 엄마가 와서 내가 너무 즐거워 보여요? 그래서 이런 쓸데없는 얘길 하는 거예요? 이런 말도 안 되는 얘길! 자, 저리 좀 비켜요.

루구이　이거 봐라! 사실을 알려 주는 거야. 좀 현명하게 굴라고. 도리어 화만 내네. 너! (아무것도 아니란 듯 오만하게 루쓰펑을 훑어보고는, 마치 자기가 한 얘기의 효과에 매우 만족한 듯, 자기가 누구보다도 총명하다고 느끼는 것 같다. 차탁자 옆으로 가서 담배통에서 담배를 한 대 꺼내 불을 붙이려 한다. 그러다 갑자기 여기가 조우 나리 댁인 걸 깨닫고 생각을 바꿔, 아주 노련하게 담배 몇 개비와 시가 몇 개비를 훔쳐, 낡아서 은도금이 벗겨지다 못해 구리 바닥이 다 드러난 자신의 담뱃갑에 집어넣는다.)

루쓰펑 (루구이가 물건을 슬쩍하는 모습을 혐오스럽게 바라보다 경멸하는 듯) 아…… 그런 거예요? 알았어요.

(루쓰펑이 약그릇을 들고 가려 한다.)

루구이 잠깐. 내 말 아직 끝나지 않았다.

루쓰펑 아직요?

루구이 이제 막 문에 들어섰지.

루쓰펑 죄송하지만 어르신, 더 듣고 싶지 않아요. (몸을 돌려 간다.)

루구이 (손을 잡아채며) 들어야 돼!

루쓰펑 놔요! (급해서) ……소리 지를 거예요.

루구이 내 이 한마디 하고 나거든 소릴 지르든 말든 맘대로 해. (루쓰펑의 귀에 대고) 네 엄마가 곧 여기로 올 거다. (손을 놓아준다.)

루쓰펑 (얼굴빛이 변하며) 뭐라고요?

루구이 네 엄마가 기차에서 내리면 곧장 이리 올 거야.

루쓰펑 엄만 내가 여기서 일하는 걸 원치 않는데, 왜 여기로 곧장 오게 해요? 내가 매일 저녁 집에 가면 볼 수 있는데. 엄마가 여기 와서 뭐하게?

루구이 내가 아니에요, 쓰펑 아가씨! 마님이 보자고 한 거지.

루쓰펑 마님이 보쟀다고?

루구이 음. (비밀스레) 이상하지? 별일도 없이. 마님이 굳이 네 엄말 청해서 얘길 하자니.

루쓰펑 정말! 세상에! 그렇게 우물우물하지 말고 얘기 좀 해 봐요.

루구이 너 마님이 왜 혼자 위층에서 시 짓고 글씨나 쓰며 병을 핑계로 내려오지 않는지 알아?

루쓰펑 나리께서 돌아오시면 늘 그러잖아요.

루구이 이번엔 아니잖아?

루쓰펑 그럼 왜요?

루구이 전혀 모르겠니? ……큰 도련님이 아무 말도 안 하던?

루쓰펑 한 반년 넘게 큰 도련님이 마님과 별로 얘길 나누지 않는다는 것만 알아요.

루구이 정말이냐? 마님이 널 대하시는 건?

루쓰펑 요 며칠은 예전에 비해 특별히 잘해 주세요.

루구이 바로 그거야! ……자기가 직접 널 내보내면 내가 좋아하지 않을 걸 알고, 이번엔 네 엄마한테 얘기해서 네 짐을 싸게 하려는 거야, 빌어먹을.

루쓰펑 (작은 목소리로) 날 내보내려 한다고요? ……아니…… 왜요?

루구이 흥! 그거야 네가 잘 알잖아. 그리고…….

루쓰펑 (작은 목소리로) 엄마한테 어쩌려고?

루구이 그래. 네 엄마에게 중요한 얘기를 하려는 거겠지.

루쓰펑 (갑자기 깨달은 듯) 어머, 아버지. 무슨 일이 있어도 여기서 있었던 일은 엄마가 알면 안 돼요. (두렵고 후회스러워 통곡한다.) 어, 아버지. 작년에 엄마가 떠날 때, 날 잘 돌보라고 부탁했잖아. 날 이런 데 보내서 심부름 하게 하지 말라고. 근데 그 말 안 듣고 날 여기서 일하게 하고. 엄만 이런 것도 모르고, 날 사랑하고 아끼는데. 난 엄마의 착한 딸인데, 죽어도 엄마한테 이런 거 알게 하면 안 돼. (탁자에 엎드려) 엄마!

루구이 아가! (그는 이 판을 어디서 어떻게 풀어 가야 하는지 잘 안다. 가볍게 딸을 안아 주며) 자, 이제야 아비가 좋은 거 알겠지? 아비가 널 얼마나 아끼는데, 겁내지 마! 괜찮아! 마님이 널 어쩔 거야? 내보내지 못해.

루쓰펑 어떻게? 날 미워하는데. 미워하잖아.

루구이 미워하지. 하지만 자기가 두려워하는 사람이 있다는 걸 모르진 않겠지.

루쓰펑 누굴 두려워하는데요?

루구이 흥! 네 아빌 두려워하지. 내가 두 귀신에 대해 얘기해 준 거 잊었구나. 이 아비가 귀신 잡는 사람이거든. 어제 저녁에 내가 너 대신 휴가를 청했더니, 네 엄마 오면 보자는 거야. 요 며칠 기색을 보고 내가 짐작을 하고서 그날 밤 얘길 좀 꺼냈지. 마님은 영민한 사람이니 모르진 않을 거야. ……흥, 만약 날 물먹이려 하면 나리도 계시겠다, 우리 때문에 골치 좀 아프겠지. 마님이 보통 분은 아니지만, 누구라도 내 딸한테 함부로 하면 가만두지 않아.

루쓰펑 아버지, (고개를 들고) 함부로 일 벌이면 안 돼요!

루구이 난 이 집에서 나리 외에는 아무도 겁 안 나. 서둘지 마

라. 이 아비가 있잖아. 어쩌면 내가 넘겨짚은 건지도 몰라. 그런 뜻이 아닌지도. 말로는 내게 네 엄마가 공부도 하고 해서 함께 얘기나 나누고 싶다 하더라.

루쓰펑 (갑자기 귀 기울여 듣더니) 아버지, 쉿. 누가 식당에 있는 거 같아. (왼쪽을 가리키며) 기침 소리 같아.

루구이 (듣는다.) 마님은 아니겠지? (식당 문 앞에 가서 열쇠 구멍으로 들여다보더니 급히 돌아온다.) 어쩐 일이래? 이상하군. 아래층에 내려오다니.

루쓰펑 (눈물을 닦고) 아버지, 눈물 자국 없어요?

루구이 당황하지 마. 드러내지 마. 아무 말도 하지 마. 나 간다.

루쓰펑 네. 엄마 오면 알려 줘요.

루구이 그래. 엄마 보면 아무것도 모르는 척해, 알았지? (가운데 문으로 가서 돌아보며) 잊지 마. 마님께 루구이가 안부 전하더라는 거.

(루구이가 황급히 가운데 문으로 나간다. 루쓰펑이 약그릇을 들고 식당 문으로 다가가 문 앞에 이르자 조우판이가 나온다. 척 봐도 과감하고 음험한 여인임을 알 수 있다. 얼굴은 창백한데, 입술만 약간 붉다. 크고 어두운 눈은 높은 콧대와 함께 그녀에게 무서운 인상을 더 한다. 하지만 눈썹 사이로는 우울한 성격이 드러난다. 조용하고 긴 속눈썹 아래로, 때로 마음속 깊은 곳에 쌓인 억눌림이 불꽃처럼 타오른다. 그녀의 눈빛에는 젊은 여인이 실망 후에 느끼는 고통과 원망이 가득하다. 그녀의 입꼬리는 약간 뒤로 휘어 있어, 억압받고 있는 여인이 자신을 힘겹게 억누르고 있음을 보여 준다. 눈처럼 희

고 가는 손은 그녀가 가볍게 기침을 할 때마다 깡마른 가슴을 누르곤 한다. 겨우 숨을 쉴 때면, 비로소 붉게 상기된 뺨을 문지르며 가쁜 숨을 내쉰다. 그녀는 중국의 구식 여인이다. 다소 문약하고 애잔하고 총명하다. 시문을 좋아하지만, 그보다 더욱 원시적인 야성을 지니고 있다. 그녀의 마음속에는 담력과 열광적인 생각, 자기도 모르게 뭔가 결단을 내릴 때 솟아나는 힘 같은 것이 있다. 전체적으로는 한 알의 수정처럼 남자에게 정신적인 위안을 줄 수 있는 인상이다. 밝은 이마는 충분히 이지적이어서 맑은 이야기를 할 것 같다. 하지만 명상에 잠겼다가 갑자기 유쾌하게 웃기도 하고, 좋아하는 사람을 만나면 쾌락으로 발그레한 빛이 얼굴에 퍼진다. 마음속으로부터 깊이 웃고 난 후 한 쌍의 보조개가 파이는 것을 보면 당신은 그녀가 사랑받을 만한 여인, 사랑받아 마땅한 사람이라고 느낄 것이며, 모든 젊은 여성과 마찬가지로 한 사람의 여성이라는 사실을 느낄 것이다. 그녀는 사랑할 때 사흘 굶은 개가 가장 좋아하는 뼈다귀를 물어뜯듯 사랑할 것이고, 싫어할 때는 못된 개가 낯선 사람을 향해 짖어 댈 때처럼 사나울 것이다. 아니, 그녀는 소리 없이 먹어 치울 것이다. 그러나 그녀의 겉모습은 고요하고 우수에 차, 마치 가을 저녁의 낙엽처럼 가볍게 당신 곁에 내려앉을 것이다. 그녀는 인생의 여름이 이미 가 버렸고, 자신은 시든 장미처럼 가을바람 속에 떨어져 내리며 서쪽 노을이 점차 어둠으로 물들어 가는 것을 깨닫게 될 것이다.

그녀는 검은색 옷을 입고 있다. 은회색 단을 두른 검소한 옷이다. 둥근 부채를 손가락에 걸고 걸어 들어온 그녀가 움푹 들어간 눈으로 자연스레 루쓰평을 바라본다.)

루쓰펑 (이상해하며) 부인, 어떻게 내려오셨어요? 막 약을 가져가려던 참인데요!

조우판이 (기침을 한다.) 나리는 서재에 계신가?

루쓰펑 손님 만나고 계셔요.

조우판이 누가 오셨지?

루쓰펑 방금은 새로 집을 지을 건축 기술자가 왔고요, 지금은 누군지 잘 모르겠어요. 나리 뵈시려고요?

조우판이 아니…… 어멈이 그러는데, 이 집이 벌써 성당에 팔려서 병원을 짓는다는데, 사실이니?

루쓰펑 네. 나리께서 작은 물건들은 정리하라고 하셨어요. 큰 가구들은 벌써 일부 새집으로 옮겼고.

조우판이 누가 이사를 간대?

루쓰펑 나리께서 돌아오신 후 이사를 서두르셔요.

조우판이 (잠시 멈추었다가, 갑자기) 어쩜 내겐 한마디 말도 안 하고?

루쓰펑 나리께서 마님께서는 몸이 좋지 않으시니 이사 얘기 들으면 번거로워하실 거라고.

조우판이 (또 잠시 멈추었다가, 사면을 보며) 이 주 동안 내려오지 않았더니, 방이 완전히 바뀌었구나.

루쓰펑 네. 나리께서 보기 안 좋다고 마님께서 새로 갖다 놓으신 가구들을 옮기라고 하셨어요. 이건 나리께서 직접 배치하신 거예요.

조우판이 (오른쪽의 옷장을 보며) 그이가 제일 좋아하는 옷장이지. 또 가지고 왔구나. (한숨을 쉬며) 뭐든 자기 맘대로

지. 조금도 바꾸려 하질 않아. (소파에 앉는다.)

루쓰펑 마님, 얼굴에 열이 있는 것 같아요. 위층에 가서 쉬시지요.

조우판이 아니다. 위층은 너무 더워. (기침을 한다.)

루쓰펑 나리께서 마님 병이 심각하니 2층에서 잘 조리하시게 하라고 분부하셨어요.

조우판이 침대에 누워 있기 싫어. ……아, 깜박했네, 나리께서는 광산에서 언제 돌아오셨지?

루쓰펑 그저께 밤에요. 그날 마님께서 열이 펄펄 나서 깨우지 못하게 하셨어요. 혼자 아래층에서 주무셨죠.

조우판이 낮에도 나리를 보지 못한 것 같구나.

루쓰펑 네. 요 며칠 나리께서는 광산 이사들과 매일 회의세요. 저녁때 2층에 올라가셨는데, 마님께서 또 문을 잠그셨던걸요.

조우판이 (대충대충) 어, 그래……. 어쩜 아래층까지 이렇게 덥지?

루쓰펑 정말이에요. 너무 답답하죠? 아침부터 먹구름이 가득한 게 오늘 한바탕 비가 오려나 봐요.

조우판이 좀 큰 부채로 바꾸어 다오. 정말이지 숨을 쉴 수가 없구나.

(루쓰펑이 둥근 부채 하나를 그녀에게 건네주자, 그녀를 바라보다가 일부러 고개를 돌린다.)

조우판이 요즘 큰 도련님이 안 보이네?

루쓰펑 바쁘신가 봐요.

조우판이 큰 도련님도 광산에 간다지? 사실이니?

루쓰펑 잘 모르겠어요.

조우판이 그런 얘기 못 들었어?

루쓰펑 큰 도련님 시중드는 아이가 요 며칠 서둘러 옷을 챙기더라고요.

조우판이 네 아버지는 뭘 하니?

루쓰펑 나리 쓰실 향을 사러 갔을 거예요. 참, 마님께 안부 여쭈라고 했어요.

조우판이 그 사람이 내 안부를? (잠시 멈추었다가, 갑자기) 아직 안 일어났니?

루쓰펑 누구요?

조우판이 (루쓰펑이 이렇게 물어볼 줄 생각지 못했다가, 급히 주워 담는다.) 응, 물론 큰 도련님 말이지.

루쓰펑 잘 모르겠어요.

조우판이 (그녀를 한 번 건너다보고) 그래?

루쓰펑 오늘 아침에는 못 뵈었어요.

조우판이 어젯밤에는 몇 시에 돌아온 거지?

루쓰펑 (얼굴이 붉어지며) 저, 전 매일 저녁 집에 가서 자는걸요. 제가 어찌 알겠어요?

조우판이 (모질게) 음, 매일 밤 집에 가서 잔다고? (실언했다고 느끼며) 나리께서 집에 돌아오셨고 집 안에는 시중들 사람도 없는데, 너까지 매일 저녁 집에 가 버리면 어쩌니?

루쓰평 마님께서 제게 집에 가서 자라고 하셨잖아요?

조우판이 그땐 나리가 안 계실 때지.

루쓰평 나리께서 독경하시고 고기도 안 드시기에 저희가 시중드는 거 안 좋아하시는 줄 알았어요. 나리께서는 여인네들을 안 좋아하신다면서요?

조우판이 그래? (루쓰평을 보고 자신의 경험을 떠올리며) 음. (작은 소리로) 알 수 없지. (갑자기 고개를 들고 눈을 크게 뜨며) 그럼 며칠 있으면 곧 가겠구나. 도대체 어디로 간다는 거지?

루쓰평 (소심하게) 큰 도련님 말인가요?

조우판이 (훌겨보며) 그래!

루쓰평 못 들었어요. (좀 머뭇거리며) 큰 도련님은 대개 거의 두세 시나 돼야 돌아오신대요. 아침에 아버지께서 중얼중얼거리며 한밤중에 문을 열어 드렸다고 하던걸요.

조우판이 또 취해서 왔대?

루쓰평 잘 모르겠어요……. (다른 얘깃거리를 찾느라) 마님, 약 드셔야죠.

조우판이 누가 내가 약을 먹어야 한다던?

루쓰평 나리께서 분부하셨어요.

조우판이 의사에게 진료받은 적도 없는데, 무슨 약이람?

루쓰평 나리께서 마님 간이 안 좋으시다고, 오늘 아침 예전에 쓰셨던 약방문이 생각나셨는지, 한 제 지어 오게 하셨어요. 깨시면 드시게 달여 놓으라고요.

조우판이 다 달여졌니?

루쓰펑 네. 벌써 한참 돼서 식었겠는걸요.

(루쓰펑이 약사발을 건넨다.)

루쓰펑 약 드세요.

조우판이 (한 모금 마시고는) 정말 쓰구나. 누가 달였니?

루쓰펑 제가요.

조우판이 영 못 마시겠다, 쏟아 버려!

루쓰펑 쏟아요?

조우판이 응? ……그래. (조우푸위안의 엄한 얼굴을 떠올린다.) 아니면, 우선 거기에 두렴. 아니다. (혐오하며) 쏟아 버리는 게 낫겠어.

루쓰펑 (머뭇거리며) 네.

조우판이 이 몇 년 동안 계속 이렇게 쓴 약을 먹어 댔지. 이젠 충분해.

루쓰펑 (약사발을 들고) 그래도 참고 드세요. 입에 쓴 약이 몸에 좋대요.

조우판이 (마음속으로 갑자기 그녀가 얄미워져서) 누가 너더러 약 권하라고 시켰니? 쏟아 버려! (너무 체통이 없었던 듯하여) 어멈이 이번에 나리 돌아오신 걸 보고는 여위셨다고 하던데?

루쓰펑 네. 많이 여위셨어요. 볕에 많이 그을리셨고요. 광산 파업 때문에 힘드셨나 봐요.

조우판이 나리 기분이 많이 안 좋으시니?

루쓰펑 여전하세요. 손님 만나시는 거 외에는 독경하시고 참선하시고, 집에선 아무 말씀도 안 하세요.

조우판이 도련님들과도?

루쓰펑 큰 도련님 보시고는 고개만 끄덕이고 말씀은 없으셨어요. 둘째 도련님께는 학교 얘길 물으셨어요. ……참, 둘째 도련님께서 오늘 마님 병세를 물으셨어요.

조우판이 나는 지금 별로 말하고 싶지 않은데. 네가 둘째에게 전하렴, 아주 좋아졌다고. ……조금 이따가 경리에게 말해서 둘째에게 40원 주라고 해, 책값이라고.

루쓰펑 둘째 도련님께서는 늘 마님을 뵙고 싶어 해요.

조우판이 그럼 위층으로 오라고 해. ……(일어서서, 두 번 발을 구른다.) 아, 이 방은 늘 이렇게 갑갑해. 가구들이 모두 곰팡이라도 슨 것 같아. 사람들도 모두 귀신 같고!

루쓰펑 (조금 생각하더니) 마님, 오늘 저 좀 일찍 쉬어도 될까요?

조우판이 어머니께서 지난[濟南]에서 돌아오신다고 했던가? ……아, 네 아버지가 얘기했다.

(정원에서 조우충이 또 "쓰펑, 쓰펑." 하고 부른다.)

조우판이 나가 봐라, 둘째 도련님이 부른다.

(조우충이 "쓰펑." 하고 부른다.)

루쓰펑 여기요.

(조우충이 가운데 문으로 들어온다. 흰색 셔츠를 입고 있다.)

조우충 (문에 들어서자 루쓰펑만 보인다.) 쓰펑, 아침 내내 찾았다. (조우판이를 보고) 엄마, 어떻게 내려오셨어요?

조우판이 충, 얼굴이 왜 이렇게 상기됐어?

조우충 방금 친구와 테니스 쳤어요. (다정하게) 엄마에게 할 말이 아주 많은데. 좀 나아지셨어요? (조우판이 옆에 걸터앉는다.) 요 며칠 위층에 갔는데, 왜 늘 문을 잠가 놓아요?

조우판이 좀 조용히 있고 싶어서, 네 보기에 내 기색이 어떠니? 쓰펑, 둘째에게 음료수 한 병 내줘라. 봐라, 네 얼굴이 온통 새빨갛구나.

(루쓰펑이 식당 입구로 퇴장한다.)

조우충 (신나서) 고마워. 어디 좀 봐요. 아주 좋은데요? 전혀 아픈 것 같지 않아요. 왜 다들 엄마가 아프다고 하지? 엄마가 늘 혼자 방에 박혀 있으니 그렇지. 아버지 돌아오신 지 사흘이나 됐는데도 아직 못 뵈었잖아요.

조우판이 (우울하게 조우충을 바라보며) 마음이 안 좋아서 그래.

조우충 저 엄마, 그러지 마세요. 아버지가 엄마한테 잘못한 게 있더라도 이제 나이도 드셨고, 내가 엄마의 미래잖아요? 난 아주 좋은 아내를 얻을 거야. 우리랑 같이 살아요. 꼭 엄말 즐겁게 해 드릴게.

조우판이 (얼굴에 살짝 미소가 번진다.) 즐겁게? (갑자기) 충, 너 열일곱이지?

조우충 (갑작스러운 엄마의 물음에 즐거워져서) 참, 엄마, 다시 내 나이 잊어버리면 그땐 화낼 거야.

조우판이 엄마는 좋은 엄마가 못 돼. 어떨 때는 내가 어디 있는지도 잊어버리는걸. (깊은 생각에 잠기며) ……아, 이 집에서 벌써 십팔 년이 됐네, 엄마 많이 늙었지?

조우충 아니, 엄마. 무슨 생각 해요?

조우판이 아무 생각도 안 해.

조우충 엄마, 우리 이사하는 거 알아요? 새집으로? 아버지께서 낼모레 곧바로 옮긴대요.

조우판이 아버지께서 왜 이사를 가려고 하시는지 아니?

조우충 아버지가 언제 우리에게 사전에 뭐 상의한 적 있어요? ……하지만, 아버지도 이제 나이가 드셨어요. 이제 광산 일은 안 하신대요. 이 집이 좀 불길한 것도 있고……. 참, 엄마, 이 집에 귀신 나왔다는 거 알아? 재작년 가을 한밤중에, 나 무슨 소리 들은 거 같아.

조우판이 다시는 그런 얘기 꺼내지 마라.

조우충 엄마도 그런 얘기 믿어요?

조우판이 난 안 믿는다. 하지만 이 낡은 집이 이상하긴 해. 그래서 난 이 집이 좋아. 이 집에는 뭔가 영기가 서려 있어. 날 당겨서 떠나지 못하게 해.

조우충　(갑자기 즐거워져서) 참, 엄마도…….

(루쓰펑이 음료수를 가져온다.)

루쓰펑　둘째 도련님.

조우충　(일어나서) 고마워. (루쓰펑의 얼굴이 붉어진다.)

(루쓰펑이 음료수를 따른다.)

조우충　마님께도 컵을 하나 갖다 드릴래? (루쓰펑이 퇴장한다.)

조우판이　(그들을 뚫어져라 쳐다보며) 충, 너희 왜 그렇게 예의를 차리는 거야?

조우충　(마시면서) 엄마, 할 얘기가 있어요. 그게 뭐냐하면, (루쓰펑이 들어온다.) ……조금 이따가 말해 줄게요. 엄마, 부채 그림 그려 준다더니?

조우판이　내가 아프다는 걸 잊었니?

조우충　참. 그렇지. 괜찮아요. 근데…… 이 방은 왜 이렇게 덥지?

조우판이　아마 창문을 열지 않아서 그럴 거야.

조우충　제가 열게요.

루쓰펑　나리께서 열지 말라셔서. 바깥이 방 안보다 더 덥다고요.

조우판이　아니야, 쓰펑, 좀 열어라. 그이는 어딜 가면 이 년씩 집에 돌아오지도 않으니 이 집이 얼마나 답답한지 몰

라. (루쓰펑이 벽 앞의 휘장을 건는다.)

조우충 (루쓰펑이 창 앞의 화분을 옮기느라 쩔쩔매는 걸 보고) 쓰펑, 놔둬. 내가 옮길게. (다가간다.)

루쓰펑 혼자 해도 돼요, 둘째 도련님.

조우충 (고집스레) 내가 할게. (둘이 화분을 옮겨 내려놓다가 루쓰펑의 손이 낀다. 루쓰펑이 작게 아야 소리를 낸다.) 왜 그래? 쓰펑? (그녀의 손을 잡는다.)

루쓰펑 (손을 빼며) 괜찮아요. 도련님.

조우충 괜찮아. 내가 약 가져올게.

조우판이 충, 됐다. ……(고개를 돌려 루쓰펑에게) 주방에 가서, 나리께서 드실 소찬 준비 다 됐는지 보고 오너라.

(루쓰펑이 가운데 문으로 퇴장하자 조우충이 그쪽을 바라본다.)

조우판이 충, (조우충이 돌아온다.) 앉아라, 얘기 좀 해 봐.

조우충 (조우판이를 보며, 기대가 담긴 즐거운 얼굴빛으로) 엄마, 저 요즘 아주 즐거워요.

조우판이 이 집에서 즐거울 수 있다면 좋은 일이지.

조우충 엄마, 전 엄마를 속여 본 적이 없어요. 엄마는 보통의 평범한 엄마가 아니잖아요. 제일 용감하고, 상상력이 풍부하고, 제 생각을 지지해 주니까.

조우판이 그럼 나도 기쁘지.

조우충 엄마, 한 가지 얘기할 게 있어요. ……아니, 상의드릴 일이 있어요.

조우판이 어서 말해 보렴.

조우충 엄마, (비밀스레) 뭐라 하지 않을 거죠?

조우판이 뭐라 하지 않을게, 말해 봐.

조우충 (기뻐하며) 저⋯⋯ 엄마, (또 머뭇거리며) 아, 아냐, 말 안 할래.

조우판이 (웃으며) 왜 그러니?

조우충 엄마, 화낼까 봐. (잠시 있다가) 내가 무슨 얘기를 해도 싫어하지 않을 거죠?

조우판이 이런 바보, 엄마는 영원히 널 좋아할 거야.

조우충 (웃으며) 엄마 최고. 정말 괜찮지? 화 안 내지?

조우판이 응, 정말이야⋯⋯. 말해 보렴.

조우충 엄마, 내가 얘기한 다음에 놀리면 안 돼.

조우판이 음, 놀리지 않을게.

조우충 정말?

조우판이 정말!

조우충 엄마, 나 지금 누굴 좋아해.

조우판이 아! (그녀의 궁금증이 증명되었다는 듯) 그래!

조우충 (엄마의 응시하는 눈길을 바라보며) 엄마, 거봐. 마치 날 이상하다는 듯이 보잖아.

조우판이 아니, 아니, 생각났다. ⋯⋯나 자신도 ⋯⋯아, 아냐, 아냐, 말해 보렴. 그 애가 누군데?

조우충 이 세상에서 가장⋯⋯ (조우판이를 보더니) 아니, 엄만 날 비웃을 거야. 어쨌든 내 맘에 쏙 드는 아이야. 아주 순수하고, 삶의 즐거움을 알고, 동정하는 마음도 알고, 노동의 의미도 알아. 무엇보다 대갓집 규수들처럼 귀하게 크지 않았다는 거.

조우판이 하지만 너는 교육받은 사람을 좋아하지 않니? 그 애는 학교나 다녔니?

조우충 물론 안 다녔죠. 그게 유일한 문제인데, 그거야 어쩔 수 없지.

조우판이 아. (갑자기 눈앞이 캄캄해진다. 어쩔 수 없이 심각하게 묻는다.) 충, 네가 말하려는 게 쓰펑 아니니?

조우충 네, 엄마. ……엄마, 남들은 비웃어도 엄마는 이해해 줄 거죠?

조우판이 (놀라서 잠시 멈추었다가 혼잣말로) 어떻게 내 아이까지…….

조우충 (조급하게) 싫어? 내가 잘못 생각하는 거 같아?

조우판이 아니, 아냐. 그건 아닌데. 나는 그런 아이가 네게 행복을 가져다줄 것 같지 않구나.

조우충 아니요. 쓰펑은 총명하고 감정도 풍부해요. 무엇보다 날 잘 이해해.

조우판이 아버지께서 만족하실 것 같아? 두렵지 않니?

조우충 이건 제 일이에요.

조우판이 남들이 뒤에서 수군거릴 텐데?

조우충 그런 건 상관없어요.

조우판이 그 점은 내 아들이로구나. 하지만 난 네가 잘못된 길로 갈까 봐 겁이 난다. 우선 그 아이는 이제껏 교육을 받아 본 적이 없는 비천한 아이야. 네가 좋아한다면야 당연히 그 애는 행운이라고 생각하겠지.

조우충　엄마, 그 애에게는 자기 생각이 없을 것 같아요?

조우판이　충, 넌 누구든지 너무 높게 대하는 것 같아.

조우충　엄마, 그 말은 그녀에게는 맞지 않아요. 가장 순결하고 가장 주관이 뚜렷한, 좋은 아이야. 어제 내가 청혼을 했는데…….

조우판이　(더욱 놀라며) 뭐라고? 청혼? (이 두 글자는 그녀를 웃게 할 정도다) 네가 청혼을 했다고?

조우충　(정색하고, 엄마의 그런 태도가 맘에 들지 않는다는 듯) 아냐, 엄마. 웃지 마세요. 거절당했어요. ……하지만 난 기뻐. 그 애가 더 고귀해 보여. 내게 시집오지 않겠대.

조우판이　뭐, 거절! (이 두 글자 역시 너무나 가소롭다.) 그 애가 널 '거절'했다고!……흥, 알겠다.

조우충　엄만 그 애가 일부러 척하느라 날 거절했다고 생각해? 아냐. 그 애, 마음속엔 딴 사람이 있대.

조우판이　누구래, 그게?

조우충　안 물어봤어요. 가까운 사람이겠지, 늘 보는 사람. 하지만 진정한 사랑은 고난을 겪는 법, 난 그 애가 좋아. 그 애도 점점 날 이해하고 좋아하게 될 거야.

조우판이　(억누르지 못하고) 내 아들이 장가를 못 가는 한이 있어도 걔는 안 된다.

조우충　(의외인 듯) 엄마, 왜 그래요? 쓰평은 좋은 아이야. 그 애가 평소에 엄말 얼마나 선망하고 존경하는데.

조우판이　이제 어쩔 작정이니?

조우충 아버지께 말씀드릴 거예요.

조우판이 네 아버지가 어떤 사람인지 잊었나 보구나!

조우충 반드시 말씀드릴 거예요. 쓰펑이 지금은 날 좋아하지 않아도 난 그 아일 아끼고 도와줄 거야. 지금 당장 교육을 받게 했으면 해요. 내 학비의 반을 그 아이에게 주고 싶은데, 아버지께서 허락하셨으면 좋겠어요.

조우판이 너 정말 철이 없구나.

조우충 (좀 불쾌해서) 그렇지 않아요.

조우판이 네 아버지의 말 한마디면 모든 꿈이 깨져 버릴걸.

조우충 그렇지 않을 거예요……. (좀 움츠러들어서) 됐어요. 이얜긴 그만해요. 엄마, 어제 형을 봤는데, 내일이면 광산에 가서 일할 거래. 너무 바쁘다고 나더러 엄마에게 말씀드려 달래. 2층에 가서 인사 여쭙지 못할 것 같다고. 괜찮죠?

조우판이 괜찮아.

조우충 근데 엄마가 형 대하는 게 예전 같지 않아. 엄마, 형은 어려서부터 어머니 없이 자랐으니 성격이 내성적인 게 당연하잖아요. 형네 엄마도 감정이 풍부한 분이었을 거 같아. 형도 감정이 풍부한 걸 보면.

조우판이 아버지가 돌아오셨으니, 형님 어머니 얘기는 하지 마라. 또 네 아버지 얼굴이 굳어져서, 집안사람들 다 언짢게 할라.

조우충 엄마, 그런데 형 요즘 정말 좀 이상해. 술도 엄청 마시고 난폭해졌어. 요 전날에는 완전히 취해서 날 붙잡고 얘길 하는데, 자신을 증오한대. 영 알아들을 수 없는 얘기들을 하더라고.

조우판이 그랬어?

조우충 마지막에는 갑자기 예전에 결코 사랑해서는 안 될 사람을 사랑했다나?

조우판이 (혼잣말로) 예전이라고?

조우충 그 말을 하고는 한바탕 울더라고. 그러더니 곧 나한테 방에서 나가라고 했어요.

조우판이 또 무슨 말을 하던?

조우충 그뿐이야. 아주 외로워 보였어요. 나도 가슴이 아프던걸. 형은 왜 아직 결혼을 안 했지?

조우판이 (중얼거리며) 누가 아니? 누가 알아?

조우충 (문 밖에서 걸음 소리가 나자 고개를 돌려 본다.) 어? 형이 왔네.

(가운데 문이 열리고 조우핑이 들어온다. 약 스물여덟아홉쯤 됐고, 안색이 창백하며, 동생보다는 약간 키가 크다. 얼굴이 준수하고 심지어 아름답다고 할 만하지만, 단번에 여성을 매료시킬 그런 남자는 아니다. 넓고 검은 눈썹에 두꺼운 귓불, 두툼한 손, 한눈에도 고집이 있어 보인다. 그러나 한참 함께 앉아 있어 보면 그의 분위기가 당신이 생각하는 것처럼 그렇게 순박한 것이 아니며 갈고 다듬어 만들어진 것임을 느낄 것이다. 성격적으로 거친 부분이 교육을 통해 다듬어져서 섬세하고 우아해진 것이다. 하지만 강철을 녹일 만큼 불같은 성격, 형태를 이루지 못한 원시적인 투박함이 지나친 번민으로 인

해 오랫동안 원래의 분위기에서 멀어진 탓인지 회의적이고 나약해져서 영 종잡을 수 없게 되어 버렸다. 두어 마디만 나누어 보아도 그의 모습이 아름다운 빈 껍질에 불과하다는 걸 알 수 있다. 마치 밭에 난 보리 묘를 온실에 옮겨 놓은 듯, 꽃도 피고 열매도 맺지만, 허약하고 공허해서 현실의 비바람을 견디지 못하는 것과 같다. 그의 어두운 눈빛에는 주저함, 나약함과 모순됨이 서려 있다. 눈빛이 어두워져서 눈동자가 약하게 반짝거릴 때면, 그가 자기 내면의 과오를 돌이켜보며 자신의 무능함을 남들이 알아챌까 봐 두려워하고 있음을, 그래서 자기 내면의 작은 틀 안에 스스로를 가두어 버리고 있음을 알 수 있다. 하지만 놀랄 만한 일을 아예 할 수 없거나 남자로서의 배짱이 없다고 생각할 필요까지는 없다. 감정이 밀려올 때…… 그러니까, 시시각각 움직이며 사람을 끄는 미간의 둥근 선과 대단히 충동적이고 예민한 붉고 두툼한 입술만 보아도 그가 앞뒤 재지 않고 평생 스스로를 저주할 일을 저지를 것이며 생활도 별로 계획적이지 않다는 것을 알 수 있다. 그의 입꼬리는 느슨하게 늘어져 있다. 조금만 피곤해도 눈동자가 멍해져서, 평생 자제하며 한 가지 일을 규범대로 잘해 나가리라는 기대를 걸 수 없다. 다만 그는 자신의 병을 잘 알고 고치려 노력 중이다. 아니, 후회한다고 하는 게 맞을 것이다. 자신이 과거에 충동적으로 범한 실수에 대해 끝내 회한을 떨치지 못하고 있다. 새로운 충동을 느꼈을 때 그의 열정과 욕망도 바닷물처럼 한꺼번에 밀려와서 그를 삼켜 버렸기 때문이다. 그의 초롱초롱한 이성도 마른 가지가 소용돌이 속에 휘감겨 버리듯 혼미해져, 해서는 안 된다고 여기던 일을 저질러 버렸다. 이렇게 그는 자기도 모르게 커다란 잘못에 이어 더 큰 잘못을 범한다. 그는 도덕관념이 있고, 사랑이 있는 사람인 동시에 삶을 갈망하며 육체를 지닌 사람이다. 이 때문에 그는 스스로를 탓하고 괴로워하며, 아무 거리낌 없이 나쁜 짓을 하는 사람을 부러워하기도 한다. 그래서 루구이를 동정한다. 그는 또 그럴듯한 사업을 일으켜 앞으로 나아가면서, 보통 사람들의 소위 '도덕'에 맞추어 '모범 시민', '모범 가장'으로 살아갈 수 있는 사람을 부러워한다. 그래서 아버지를 존경한다. 그에게 아버지는 지나치게 강하고 냉혹한 것 외에는 흠이 없는 남자이다. ……물론 그 강함과 냉혹함도 좋아한다. 그 두 가지가 자신에게는 결여되어 있기 때문이다. ……그는 그 방면에서 자신이 아버지를 속인 것은 옳지 않다고 생각한다. 아버지를 사랑하기 때문이 아니라(물론 그가 아버지를 사랑하지 않는다고는 할 수 없다.) 그런 행위가 마치 사자가 잠든 사이에 쥐새끼가 한입 베어 먹는 것만큼 비열하다고 느끼기 때문이다. 자기반성에 익숙하고 또한 충동적이기도 한 사람들이 대체로 그렇듯이 그 충동이 지나가고 이성을 회복하면, 더 지독하게 자책하며 그것이 비인간적이라 느낀다. 모든 죄책감이 그를 덮친다. 그는 스스로 죄책감에서 벗어나기 위해 그를 도와줄 수 있는 것은 무엇이든, 번민의 고해에서 그를 끄집어내어 줄 새로운 힘을 필요로 했고, 그것을 찾고자 했다. 그는 루쓰펑을 보자 신선함을 느꼈다. 그녀의 '생명력', 그가 가장 필요로 하는 바로 그것이 루쓰펑의 몸에 충만했기 때문이다. 그녀에겐 '청춘'과 '아름다움'이 있었고, 열정이 있었다. 그 역시 그녀가 다소 촌스럽다고 생각했지만, 그것이 그에게 필요하다는 것을 알았다. 지나치게 우울한 여인들이 점점 싫어졌다. 우울함이 그의 마음을 갉아먹어 버렸기 때문이다. 그는 교육받아 교양을 갖췄다는 여인들을 증오했고 (그녀들이 그의 결점을 자꾸 일깨워 주기 때문이다.) 모든 세심한 감정들에도 질려 버렸다.

그러나 이러한 감정의 파문은 그의 마음속에서 은밀히 요동치며 잠재해 있다. 그는 그저 감정의 흐름을 따라 움직일 뿐, 이성에 따라 냉철하게 자신을 바라보지 못한다. 두렵기 때문이다. 때로 자신의 내면에 있는 장애를 보기가 두렵기 때문이다. 지금 그는 루쓰펑을 사랑하지 않을 수 없다. 그녀를 죽어라 사랑해야, 자신을 잊을 수 있기 때문이다. 물론 그도 안다. 이 사랑은 자신의 심령을 구할 약일 뿐만 아니라 한편으로 욕망이기도 하다는 것을. 다만 이 점은 저번처럼 모순되지는 않는다. 그녀에게 잘해 주면 된다고 느낀다. 처녀의 향기로 충만한 그녀의 따스한 숨결로 확 트인 듯 마음이 청량해져서 자기 영혼 속에서 빛나는 태양을 보게 된 그는 자신을 구해 줄 여인이 바로 그녀라고 확신한다. 그래서 자신의 전 생명을 이 소녀에게 맡긴다. 그러나 과거의 기억이 거대한 쇠갈고리처럼 그의 마음을 붙잡고서, 시도 때도 없이, 특히 조우판이 앞에서, 한 점 한 점 마음을 에는 고통을 느끼게 한다. 그것이 그가 이곳(끝없이 악몽을 떠오르게 하는 이 집)을 떠나 어디든 가려고 하는 이유이다. 그러나 아직 이 좁은 새장을 열어젖히고 날아가기 전, 루쓰펑은 그의 고통을 이해하지도, 공감하지도 못하기에, 그는 자기도 모르게 술에 취해 새로운 환락 속에서 자극에 몸을 맡기는 것이다. 그는 정신적으로 황폐하고 줄곧 불안정한 상태에 있다.

그는 길고 짙푸른 비단 상의에 양복바지를 받쳐 입고 가죽 구두를 신었다. 수염도 깎지 않아 전체적으로 흐트러진 모습으로, 하품을 한다.)

조우충 형.

조우핑 여기 있었구나.

조우판이 (자신에게 신경 쓰지 않자) 핑!

조우핑 아! (고개를 숙였다 다시 들고) 여기…… 여기에 계셨군요.

조우판이 방금 내려왔다.

조우핑 (조우충에게 고개를 돌려) 아버지 안 나가셨지?

조우충 응. 뵈려고?

조우핑 떠나기 전에 말씀드릴 게 좀 있어. (곧바로 서재로 걸어간다.)

조우충 들어가지 마.

조우핑 아버지 뭐 하시는데?

조우충 누구하고 얘기하시는 중이야. 방금 뵈었는데, 곧 이리로 오신대. 여기서 기다리래.

조우핑 그럼 우선 방에 가서 편지 한 통 써야겠다. (가려 한다.)

조우충 형, 엄마가 오랫동안 형을 못 봤대. 잠깐 앉아서 얘기라도 나누지.

조우판이 얘야, 형 좀 쉬게 두렴. 형은 혼자 있고 싶은가 봐.

조우핑 (좀 번거로운 듯) 뭐 그런 건 아니에요. 아버지 오시면서 어머니께서 바쁘신 거 같아서…….

조우충 엄마 아프신 거 몰라?

조우판이 네 형이 내 병에 관심이나 있겠니?

조우충 엄마!

조우핑 좀 괜찮으세요?

조우판이 고맙구나. 방금 아래층에 내려왔어.

조우핑 참, 저 내일 광산으로 떠나요.

조우판이 아, (잠시 멈추었다가) 아주 잘됐네. ……언제쯤 돌아오니?

조우핑 글쎄요. 이 년이나 삼 년? 아니, 이 방은 왜 이리 답답하지?

조우충 창문은 열었어. ……아마도 비가 한바탕 오려나 봐.

조우판이 (머뭇거리다가) 광산에서는 무얼 하는데?

조우충 엄마, 잊으셨어요? 형은 광산 전공이잖아?

조우판이 그게 이유니, 핑?

조우핑 (신문을 들고, 자신을 가린 채) 글쎄요. 집에 너무 오래 있어서 지루해졌어요.

조우판이 (웃으며) 너무 소심한 거 아니니?

조우핑 무슨 뜻이죠?

조우판이 이 집에 귀신이 나왔다는 걸 잊어버렸나 봐.

조우핑 잊지 않았어요. 하지만 이제 여긴 답답해요.

조우판이 (웃으며) 내가 너라도 여기 사람들 모두 지겨워, 이런 음침한 곳을 떠나고 싶을 거야.

조우충 엄마, 그런 식으로 말하지 마.

조우핑 (우울하게) 흥. 나 자신을 증오하는 것만도 벅찬데, 남들 지겹다고 할 자격이 있겠어요……? (한숨을 쉬며) 아무래도, 내 방에 가야겠어요. (일어선다.)

(서재 문이 열린다.)

조우충 잠깐. 아버지가 나오시는 것 같아.

(**조우푸위안의 목소리** 이렇게 하면 될 거요. 좋아요. 안녕히 가시오. 멀리 안 나갑니다.)

(문이 열리고 조우푸위안이 들어온다. 그는 오륙십 세 정도로, 귀밑머리가 이미 반백이다. 타원형의 금테 안경을 썼고, 그 너머로 진지한 눈이 번득인다. 집안과 가업을 일으킨 사람들이 흔히 그렇듯 그는 아들들 앞에서 더욱 냉엄하다. 입고 있는 옷은 이십 년 전쯤 유행한 것으로, 꽃무늬 바이어스를 댄 비단 장삼이고 그 밑에는 흰 방사 와이셔츠다. 장삼의 목깃 단추가 풀려 목의 살이 드러나 있다. 그의 옷은 아주 부드럽게 몸에 붙어 있는데, 단정하여 먼지 한 점도 없어 보인다. 그는 조금 살이 쪘고, 등이 살짝 굽었다. 얼굴은 창백하고 볼의 살이 늘어져 처지고, 눈두덩은 좀 꺼졌으나, 눈동자는 반짝반짝 광채가 난다. 때로 피곤한 듯 눈을 감는다. 수 년간의 세상 경험과 바쁜 업무로 차가워진 눈빛과 가끔 입가에 떠오르는 냉소는 평소 가정에서의 전횡과 고집스러운 성격을 드러낸다. 젊은 시절의 모든 실수와 경거망동은 이미 얼굴의 주름 아래로 깊이 감추어져서 전혀 그 흔적을 찾을 수 없다. 단, 완전히 뒤로 빗어 넘긴 윤기 흐르는 반백의 머리가 한창때의 풍채를 살짝 드러낸다. 햇빛 아래서 그의 얼굴은 은백색이다. 흔히들 이걸 귀인의 특징이라 하는데, 그래서 그가 이런 대단한 광산을 갖게 된 모양이다. 이미 회백색이 된 아래턱의 수염은 늘 상아 빗으로 다듬는다. 그의 엄지에는 긴 장식 손톱이 끼워져 있다. 그는 지금 힘이 넘치는 모습으로 무게 있게 걸어 나온다.)

조우핑, 조우충　아버지.

조우충　손님 가셨어요?

조우푸위안　(고개를 끄덕이며, 조우판이를 향해) 당신 오늘은 어떻게 내려와 있지? 이제 다 나았어?

조우판이　본래 대단한 병도 아닌걸요. ……그간 몸은 괜찮았어요?

조우푸위안　괜찮소. 당신은 2층에 가서 쉬지그래. 충, 어머니 기색이 예전에 비해 어떠냐?

조우충　어머닌 본래 그리 큰 병이 있는 게 아닌데요, 뭐.

조우푸위안　(아들이 어른에게 이런 식으로 대답하는 것이 맘에 들지 않아) 누가 그러더냐? 내가 없는 동안 어머니 병세를 자주 살피긴 했어? (소파에 앉는다.)

조우판이　(조우푸위안이 또 훈계를 할까 봐) 여보, 좀 마른 것 같네요. 광산 파업은 어떻게 됐어요?

조우푸위안　어제 아침부터 다시 일을 재개했소. 아무 일 없어.

조우충　아버지, 그럼 루다하이는 왜 아직 여기서 아버지를 뵈려고 하는 거죠?

조우푸위안　루다하이가 누구냐?

조우충　루구이 아들요. 재작년에 추천으로 들어갔고, 이번 파업의 대표잖아요.

조우푸위안　그놈 말이군! 그놈은 배경이 있는 것 같아. 광산에서 이미 해고했다.

조우충　해고했다고요! 아버지, 그 사람 똑똑하던데요. 방금 대화를 좀 나눠 봤어요. 파업 대표를 했다고 꼭 해고

해야 하나요?

조우푸위안 흥, 요즘 젊은 애들이란. 노동자와 대화를 나눠? 아프지도 가렵지도 않은 동정 몇 마디 해 주는 게 아주 유행인 모양이군!

조우충 그들이 자기네 무리를 위해서 애쓴 건 동정할 만하다고 생각해요. 게다가 우린 이렇게 누리고 있는데, 그 사람들과 밥그릇을 다투는 건 옳지 않아요. 유행이고 아니고가 아니고요.

조우푸위안 (눈을 부라리며) 네가 사회가 어떤 건지 알기나 해? 너 사회 경제에 관한 책 몇 권이나 읽었니? 내가 독일서 공부할 때 이미 그 방면에 대해서는 너 같은 애송이들 사회사상에 비하면 훨씬 철저하게 알고 있다고 자부한다!

조우충 (위축되어, 하지만) 아버지, 광산에서 이번 사건으로 부상을 입은 노동자에게도 전혀 보상금을 주지 않았다면서요?

조우푸위안 (고개를 들며) 너, 너무 말이 많구나. (조우판이에게) 요 이 년 동안 재가 당신을 닮아 가는구려. (괘종시계를 보더니) 십 분 후에 손님이 한 분 오실 거요. 음, 혹시 더 할 얘기 있나?

조우핑 아버지, 방금 뵈려던 참이었습니다.

조우푸위안 어, 무슨 일이냐?

조우핑 저 내일 광산에 가려고요.

조우푸위안 여기 회사 일은 다 인계했니?

조우핑　거의 다 했어요. 제게 좀 실질적인 일을 맡겨 주세요. 그냥 둘러보는 거 말고요.

조우푸위안　(잠시 멈추었다가, 조우핑을 보며) 힘든 일도 괜찮으냐? 한 번 시작하면 끝까지 해야 해. 옆에서 내 아들에 대해 이러쿵저러쿵하는 소리는 듣고 싶지 않다.

조우핑　이 년 동안 여기서 너무 편했어요. 시골로 좀 돌아다니고 싶어요.

조우푸위안　생각해 보자. ……(멈추었다가) 내일 떠나라. 무슨 일을 할지는 광산에 가면, 내 다시 전보로 알려 주마.

(루쓰펑이 식당에서부터 푸얼차 한 잔을 들고 들어온다.)

조우충　(머뭇거리며) 아버지.

조우푸위안　(또 무슨 다른 얘기를 하려는 것을 눈치채고) 음? 왜?

조우충　아버지와 아주 중요한 일을 하나 의논드리고 싶어요.

조우푸위안　뭔데?

조우충　(고개를 떨구고) 제 학비를 일부 나누어서요.

조우푸위안　음.

조우충　(용기를 내서) 제 학비를 나누어서 다른 아이에게…….

(루쓰펑이 차를 받쳐 들고 와서 조우푸위안 옆에 가져다 놓는다.)

조우푸위안　쓰펑…… (조우충을 향해) 너 잠깐 좀 기다려라. ……(루쓰펑에게) 마님에게 약 달여 드리라 한 건?

루쓰펑 다 달였어요.

조우푸위안 왜 가져오지 않니?

(루쓰펑이 조우판이를 보며 답을 하지 않는다.)

조우판이 (분위기가 심상치 않음을 느끼고) 방금 가지고 왔는데, 제가 마시지 않았어요.

조우푸위안 왜 그랬지? (멈추었다가 루쓰펑을 향해) 약은?

조우판이 (급히) 쏟아 버리라고 했어요. 제가 쓰펑에게 쏟아 버리라고 했어요.

조우푸위안 (천천히) 쏟아 버려? 어? (더 천천히) 쏟아 버려! ……(루쓰펑에게) 약이 아직 남았니?

루쓰펑 약탕기에 좀 있어요.

조우푸위안 따라 오너라.

조우판이 (반항하며) 그렇게 쓴 약은 먹고 싶지 않아요.

조우푸위안 (루쓰펑에게) 따라 오라니까.

(루쓰펑이 왼쪽으로 가서 약을 따른다.)

조우충 아버지, 어머니가 드시고 싶지 않다는데 억지로 그러실 필요 없잖아요?

조우푸위안 너와 네 어머닌 모두 자기 문제가 뭔지 몰라. (조우판이에게 작은 소리로) 약을 먹으면 완전히 나을 거야. (루쓰펑이 머뭇거리자, 약을 가리키며) 마님께 가져다 드려라.

조우판이 (순종하며) 그래, 우선 여기 놔두렴.

조우푸위안 (언짢아서) 지금 마시는 게 좋겠소.

조우판이 (갑자기) 쓰펑, 이거 가져가 버려.

조우푸위안 (엄하고 날카롭게) 마셔요, 고집부리지 말고. 다 큰 아이들 앞에서.

조우판이 (목소리가 떨린다.) 마시고 싶지 않아요.

조우푸위안 충, 네가 어머니께 약 가져다 드려라.

조우충 (반항적으로) 아버지!

조우푸위안 (노하여) 가라니까!

(조우충이 어쩔 수 없이 약사발을 조우판이 앞에 갖다 놓는다.)

조우푸위안 어머니께 드시라고 해.

조우충 (약사발을 든 손이 떨린다. 고개를 돌려 큰 소리로) 아버지, 그러지 마세요.

조우푸위안 (큰 소리로) 말하라니까.

조우핑 (고개를 숙이고, 조우충 앞에 가서 작은 소리로) 아버지 말씀 들어. 아버지 성미 알면서.

조우충 (어쩔 수 없이 눈물을 머금고, 조우판이에게) 드세요. 절 위해서 좀 드세요. 아니면 아버지 화가 누그러들 것 같지 않아요.

조우판이 (간청한다.) 뒀다가 저녁에 먹으면 안 되겠어요?

조우푸위안 (차갑게) 여보, 어머니로서 애들을 생각해 봐. 자기 몸을 잘 보살피지 못했으면, 복종하는 모범이라도 보여야지.

조우판이 (사방을 둘러본다. 조우푸위안을 보고 다시 조우핑을 본다. 약을 들자 눈물이 흐른다. 갑자기 다시 내려놓는다.) 싫어! 못 마시겠어요!

조우푸위안 핑, 어머니께 드시라고 해라.

조우핑 아버지! 저…….

조우푸위안 가. 어머니 앞에 가서 무릎 꿇고 권해라.

(조우핑이 조우판이 앞에 이른다.)

조우핑 (용서를 빌듯이) 아버지!

조우푸위안 (큰 소리로) 꿇어!

(조우핑이 조우판이와 조우충을 바라본다. 조우판이의 얼굴이 눈물범벅이 되고 조우충은 화가 나서 몸을 떤다.)

조우푸위안 꿇어앉으라니까!

(조우핑이 막 무릎을 꿇으려는 순간.)

조우판이 (조우핑을 바라보며, 그가 꿇어앉기 전에 급히) 마실게요, 지금 마셔요! (두어 모금 마시고는 화가 복받쳐 다시 눈물을 쏟는다. 조우푸위안의 준엄한 눈빛과 조우핑의 괴로워하는 모습을 바라보며, 분노를 삼키고 단숨에 들이켠다.) 아……. (울면서 식당 쪽으로 뛰어 들어간다.)

(잠시 고요)

조우푸위안 (시계를 보며) 삼 분 남았다. (조우충에게) 네가 방금 하려던 얘기는 뭐냐?
조우충 (고개를 들고 천천히) 뭐요?
조우푸위안 네 학비를 나누겠다 했지? ……음, 어쩌겠다고?
조우충 (작은 목소리로) 아무 일도 아니에요.
조우푸위안 정말 다른 일들은 없니?
조우충 (울먹이며) 별일 없어요. 별일……. 엄마 말이 맞아. (식당으로 뛰어간다.)
조우푸위안 충, 어딜 가니?
조우충 2층에 가서 어머닐 뵈려고요.
조우푸위안 그렇게 뛰어 들어가면 되는 거냐?
조우충 (스스로를 억누르며 다시 돌아가서) 네, 아버지. 저 가 보겠어요. 다른 시키실 일 있으세요?
조우푸위안 가거라.

(조우충이 식당 쪽으로 두어 걸음 갔을 때)

조우푸위안 돌아와 봐라.
조우충 아버지.

조우푸위안 어머니에게 전해라. 이미 독일 카를 선생에게 진찰 예약을 해 놓았다고.

조우충 벌써 아버지가 지어 오신 약 드시고 계시잖아요?

조우푸위안 네 어머니가 좀 정상이 아닌 듯하다. 증세가 가볍지 않아. (고개를 돌려 조우핑을 향해) 너도 마찬가지야.

조우핑 아버지, 저는 가서 좀 쉬어야겠어요.

조우푸위안 아니다. 잠깐 있거라. 네게 할 말이 있다. (조우충에게) 어머니에게 전해라. 카를 선생은 유명한 정신과 의사다. 독일에서 만났지. 오시면 반드시 뵈어야 한다고 전해라. 알았니?

조우충 네. (두어 걸음 가다가) 아버지, 다른 일은 없으신가요?

조우푸위안 올라가 봐라.

(조우충이 식당 쪽으로 퇴장한다.)

조우푸위안 (고개를 돌려 루쓰펑에게) 쓰펑, 내가 얘기한 것 같은데, 이 방에서는 다른 일이 없으면 나가 있거라.

루쓰펑 네. 나리. (식당 쪽으로 퇴장한다.)

(루구이가 서재 쪽에서 등장한다.)

루구이 나리, 손님 오셨습니다.

조우푸위안 그래? 우선 큰 응접실로 모시게.

루구이 네, 나리. (퇴장한다.)

조우푸위안　아니, 누가 이 방 창문을 열었지?

조우핑　충과 제가 열었어요.

조우푸위안　닫아라. (안경을 닦으며) 이 방에는 아랫사람들 함부로 드나들지 않게 해라. 잠시 후에 나 혼자 여기서 좀 쉬어야겠다.

조우핑　네.

조우푸위안　(안경을 닦으며, 주위의 가구들을 본다.) 이 방의 가구는 대개가 다 네 생모가 좋아했던 것들이다. 남쪽에서 북쪽으로 수차 이사를 하면서도 절대 버리지 않았지. (안경을 끼고 기침 한 번 하고) 배치도 삼십 년 전 그대로고. 이걸 보면 좀 맘이 편안해진다. (탁자 앞에 와서 탁자 위의 사진을 본다.) 네 생모는 여름에도 늘 창문을 닫아 놓곤 했지.

조우핑　(억지로 웃으며) 하지만 아버지, 어머닐 기억한다고 꼭 그렇게…….

조우푸위안　(갑자기 고개를 들고) 듣자 하니, 너 스스로에게 아주 부끄러운 일을 했더구나.

조우핑　(놀라서) 뭐…… 뭘요?

조우푸위안　(작은 목소리로, 조우핑 앞에 다가가서) 네가 지금 한 일이 이 아비에게 부끄러운 일인 줄 아느냐? 또…… (잠시 멈추었다가) 네 어머니에게도 부끄러운 일인 줄 아느냐?

조우핑　(어쩔 줄을 몰라) 아버지.

조우푸위안　(인자하게, 조우핑의 손을 잡고) 넌 내 큰아들이다.

다른 사람 앞에서 이런 얘길 하고 싶지 않았다. (잠시 쉬었다가 엄하게) 내가 밖에 나가 있던 이 년 동안, 네 생활이 엉망이었더구나.

조우핑 (더 놀라) 아버지, 아니에요, 아니.

조우푸위안 스스로 한 일이면 책임을 져야지.

조우핑 (얼굴빛이 달라져서) 아버지!

조우푸위안 회사 사람들 말을 듣자 하니 댄스홀이나 드나들면서 생활이 엉망이었다며. 특히 요즘 두세 달은 술에다 도박까지 하고 밤늦도록 집에도 안 들어오고.

조우핑 아, (한숨 놓고) 그 얘기세요?

조우푸위안 이게 다 사실이냐? (잠시 고요) 바른대로 말해라!

조우핑 사실이에요, 아버지. (얼굴이 붉어진다.)

조우푸위안 나이가 서른이면 자중할 줄 알아야지. 왜 네 이름을 핑이라 했는지 기억하느냐?

조우핑 네.

조우푸위안 어디 말해 보렴.

조우핑 어머니 성함이 스핑이라, 돌아가실 때 직접 붙이신 이름이라고 들었어요.

조우푸위안 이제 네 생모를 위해서도 네 그런 행실은 바로잡도록 해라.

조우핑 네, 아버지. 제가 잠시 생각이 모자랐습니다.

(루구이가 서재에서 나온다.)

루구이 나, 나, 나리. 손님께서…… 한, 한, 한참을 기다리셨습니다.

조우푸위안 알았네.

(루구이가 나간다.)

조우푸위안 우리 집은 가장 원만하고 질서가 잡힌 집안이라 생각한다. 내 아들들도 건전한 아이들이라고 믿어. 내가 기른 아이들에 대해 어느 누구도 이러쿵저러쿵하는 걸 원치 않는다.

조우핑 네, 아버지.

조우푸위안 이리 오너라. (혼자 말한다.) 아, 좀 피곤하군.

(조우핑이 아버지를 부축하여 소파에 앉게 한다.)

(루구이가 등장한다.)

루구이 나리.

조우푸위안 손님 이리로 모시게.

루구이 네, 나리.

조우핑 아뇨, ……아버지, 좀 쉬시죠.

조우푸위안 아니다. 괜찮다. (루구이에게) 가서 모시고 오게.

루구이 네, 나리.

(루구이가 나간다. 조우푸위안이 시가를 한 대 빼어 물자 조우핑이 불을 붙여 준다. 조우푸위안이 천천히 시가를 태우며 단정히 앉아 있다.)

(막이 내린다.)

제2막

점심때가 지나자 하늘은 더 음침해지고 무더워져, 습한 공기가 온 집 안을 내리눌러서, 사람들을 짜증 나게 한다. 조우핑이 혼자 식당 쪽에서 등장하여 정원을 바라보지만, 고요하기만 할 뿐 아무도 없다. 살그머니 서재 입구로 가 보지만 서재도 비어 있다. 갑자기 아버지가 다른 곳에서 손님을 맞고 계신다는 데 생각이 미치자 안심한 듯, 다시 창문 앞으로 가서 창문을 열고 밖에 있는 푸른 숲을 바라본다. 아주 작게 이상한 휘파람을 불며, 중간중간 나지막하게 두세 번 "쓰펑!" 하고 부른다. 얼마 안 있어 멀리서 휘파람 소리가 화답을 하더니, 그 소리가 점점 더 가까워진다. 그는 다시 천천히 "쓰펑!" 하고 부른다. 밖에서 여자 목소리가 들린다. "핑, 당신이에요?" 조우핑은 곧 창문을 닫는다.

루쓰펑이 밖에서 가볍게 뛰어 들어온다.

조우핑 (고개를 돌려 가운데 문을 바라본다. 루쓰펑이 막 가운데 문으로 들어오자, 소리를 낮추어 열렬하게) 펑! (다가가 그녀의 손을 잡는다.)

루쓰펑 안 돼요. (그를 밀치며) 아, 안 돼요. (귀를 곤두세우고, 주위를 살피며) 봐요, 누가 있어요.

조우핑 아무도 없어. 펑, 앉아. (그녀를 소파에 밀어서 앉힌다.)

루쓰펑 (불안해하며) 나리는요?

조우핑 큰 응접실에서 손님 맞고 계셔.

루쓰펑 (앉으며, 긴 한숨을 쉰다. 바라보며) 늘 이렇게 몰래 만나야 하다니.

조우핑 그러게.

루쓰펑 당신은 날 마음대로 부르지도 못하잖아요.

조우핑 그래서 여길 떠나려는 거야.

루쓰펑 (잠시 생각을 하더니) 아, 마님이 참 안됐어요. 왜 나리는 오시자마자, 바로 첫날부터 마님께 그렇게 화를 내시죠?

조우핑 본래 그런 분이잖아. 아버지 말씀을 거슬러선 안 돼. 아버지 뜻이 바로 법이니까.

루쓰펑 (겁에 질려서) 난…… 정말 두려워요.

조우핑 뭐가 두려워?

루쓰펑 나리께서 아실까 봐요. 언젠가 그랬죠? 우리 일을 나리께 말씀드릴 거라고.

조우핑 (고개를 흔들며, 생각에 잠겨서) 정말 두려운 건 그게 아니야.

루쓰펑 또 뭐가 있어요?

조우핑 (갑자기) 너 무슨 말 못 들었니?

루쓰펑 뭐요? (잠시 멈추었다가) 아뇨.

조우핑 나에 관해서, 뭐 들은 것 없어?

루쓰펑 없어요.

조우핑 아무 얘기도 들은 적 없다고?

루쓰펑 (얘길 꺼내기 싫어서) 없어요. ……무슨 얘길 하려는 거예요?

조우핑 그저…… 아무것도 아냐, 아무것도!

루쓰펑 (진지하게) 난 당신을 믿어요, 당신이 이후에도 영원히 날 속이지 않을 거라고요. 그럼 됐어요. ……아까 당신이 말하는 걸 들었는데, 내일 광산으로 떠난다면서요.

조우핑 어젯밤에 이미 말했잖아?

루쓰펑 (솔직하게) 왜 날 데려가지 않죠?

조우핑 왜냐하면…… (웃으며) 왜냐하면 널 데려가고 싶지 않으니까.

루쓰펑 여기 일은 나도 조만간 그만둘 것 같아요. ……마님께서 어쩌면 오늘 날 내보내실지도 몰라요.

조우핑 (생각지도 못했다는 듯) 널 내보낸다고? ……왜?

루쓰펑 물을 거 없어요.

조우핑 아냐. 알아야겠어.

루쓰펑 당연히 내가 뭔가 잘못을 했기 때문이겠죠. 어쩌면 마님께서 내보내실 생각이 없을지도 모르고요. 괜히 내

부탁을 하거나 하지는 마요. (잠시 멈추었다가) 핑, 날 데리고 가요, 응?

조우핑 안 돼.

루쓰펑 (부드럽게) 핑, 내가 잘 보살필게요. 당신은 보살펴 줄 사람이 필요해요. 내가 서류도 베껴 주고, 옷도 깁고, 음식도 하고, 당신과 함께 있게만 해 주면 뭐든 다 잘 할 수 있어요.

조우핑 음. 아직도 날 따라다니며 시중들어 주고 행복하게 해 줄 여자가 필요할까? 몇 년 동안 집에서 그런 생활을 했으면 충분하지 않겠어?

루쓰펑 난 당신이 밖에서 혼자 지낼 수 없다는 거 알아요.

조우핑 펑, 넌 지금 내가 널 데려갈 수 없다는 거 모르겠어? …… 어째서 그렇게 어린애 같은 말을 하지?

루쓰펑 핑, 데려가 줘요! 귀찮게 하지 않을게요. 만약 밖에서 나 때문에 당신에게 안 좋은 소리가 나면, 바로 떠날게요. ……겁내지 마요.

조우핑 (조급하게) 펑, 넌 내가 그렇게 이기적이라고 생각하니? 날 그렇게 생각하면 안 되지. ……거참, 겁을 내? 내가 뭐가 겁나겠니? (자기를 억제하지 못하고) 이 몇 년 동안 내겐 너무 많은 일이 있었어……. 내 마음도 모두 죽어 버렸어. 나 자신이 너무 원망스러워. 이제야 막 생기가 돌기 시작해서 마음을 터놓고 한 여자를 좋아할 수 있게 됐는데, 내가 남들 입방아를 겁낼까 봐? 모두 떠들라고 해. 조우씨 댁 큰 자제가 그 집 하인을 좋아한다고 그래. 두려울 게 뭐야? 내가 좋아하는데.

루쓰핑 (위로하며) 핑, 괴로워하지 말아요. 당신이 과거에 무슨 짓을 했든 난 원망하지 않아요. (생각에 빠진다.)

조우핑 (진정하며) 지금 무슨 생각 해?

루쓰핑 당신이 떠난 후 난 어떻게 될까 생각했어요.

조우핑 날 기다려야지.

루쓰핑 (쓴웃음을 지으며) 하지만 당신은 다른 사람이 있다는 걸 잊었군요.

조우핑 누구?

루쓰핑 그가 절 가만두지 않을 거예요.

조우핑 아, 그 애? ……걔가 또 뭐라던?

루쓰핑 지난달에 했던 말을 또 꺼내더군요.

조우핑 널 원한대?

루쓰핑 아뇨, 저보고 시집올 거냐고 물었어요.

조우핑 넌?

루쓰핑 처음에는 아무 말도 하지 않았는데, 나중에는 계속 묻기에 어쩔 수 없이 사실대로 말했어요.

조우핑 사실대로?

루쓰핑 다른 말은 하지 않았어요. 그냥 난 이미 결혼을 약속한 사람이 있다고만 했어요.

조우핑 다른 말은 묻지 않던?

루쓰핑 아뇨. 오히려 날 학교에 보내 주겠대요.

조우핑 학교에? (웃으며) 정말 바보 같은 소리군! ……하지만 모르지, 네가 그 말을 듣고 좋아했을지.

루쓰핑 내가 안 좋아했을 거라는 거 알면서 그래요. 난 당신 곁에 있고 싶다고요.

조우핑 하지만 난 곧 서른이야. 넌 이제 열여덟이고. 난 개만큼 장래성이 있는 것도 아니고, 게다가 난 얼굴을 들 수 없는 일도 많이 저질렀어.

루쓰핑 핑, 쓸데없는 소리 그만해요, 나 지금 많이 괴롭다고요. 방법을 좀 생각해 봐요. 그는 아직 어린데, 계속 이렇게 숨기고 대해야 하는 게 정말 싫어요. 또 내게 다 설명도 하지 못하게 하고.

조우핑 걔한테 얘기하지 말라고 한 적은 없어.

루쓰핑 하지만 매번 내가 그와 함께 있는 걸 보면, 얼굴빛이 변하면서…….

조우핑 기분이 나빠지는 건 당연하지. 내가 가장 좋아하는 여자가 늘 다른 사람과 있는 걸 보면, 아무리 내 동생이라 해도 싫을 수밖에.

루쓰핑 그거 봐요, 또 다른 방향으로 흐르잖아요. 핑, 쓸데없는 얘기 말고, 도대체 이제 날 어떻게 할 거예요? 분명히 얘기해 봐요.

조우핑 널 어떻게 할 거냐고? (그는 웃는다. 그는 말하고 싶지 않다. 그는 여자들이 모두 조금 바보 같다고 생각한다. 또 어떤 여인이 물었던 것과 같은 말이라 은연중에 마음이 아리다.) 말해 보라고? (어쩔 수 없이 웃으며) 그럼, 내가 무슨 말을 했으면 좋겠니?

루쓰평 (괴로워하며) 핑, 나한테 그런 식으로 말하지 마요. 지금 난 전부 당신 거라는 거 잘 알잖아요. 그런데 당신 아직…… 아직도 그렇게 날 못 믿다니.

조우핑 (그는 이런 것을 싫어한다. 또한 그녀가 자기를 잘 이해하지 못한다는 생각이 든다.) 아! (한숨을 쉬며) 맙소사!

루쓰평 핑, 우리 아버지는 내게 돈만 바라고, 오빠는 날 무시해요. 패기가 없다고. 엄마도 만약 이 사실을 안다면, 날 용서하지 않을 거예요. 아, 핑, 당신이 없으면 나도 없어요. 당신이 내 아버지고 오빠고 어머니예요. 그들은 언젠가 날 버릴지도 몰라요. 당신은 아니에요. 당신은 그러지 않을 거예요. (흐느낀다.)

조우핑 쓰펑. 그만, 그만, 울지 마. 잘 생각해 보자.

루쓰평 엄만 정말 날 아껴요. 내가 여기서 일하는 걸 원치 않았어요. 만일 내가 엄마한테 거짓말을 하고 여기서 일하는 것과, 당신과의 관계까지 알게 된다면! 두려워요. 게다가 당신까지 진심이 아니라면…… 그럼 난…… 그럼 난 엄마를 크게 실망시키는 거죠. (운다.) 또…….

조우핑 아냐, 펑. 날 그렇게 의심하면 안 돼. 오늘 저녁에 내가 너희 집으로 갈게.

루쓰평 안 돼요, 오늘 엄마가 돌아와요.

조우핑 그럼 밖에서 만날까?

루쓰평 안 돼요, 엄마가 분명 오늘 밤에 나랑 얘기하고 싶어 할 거예요.

조우핑 난 내일 아침 기차로 떠날 건데?

루쓰펑 정말 안 데려갈 거예요?

조우핑 어린애같이. 어떻게 데려간단 말야?

루쓰펑 그럼, 생각 좀 해 봐요.

조우핑 내가 혼자 먼저 갔다가 그다음에 다시 방법을 강구해서 아버지께 말씀드리고 널 데리러 올게.

루쓰펑 (그를 보며) 좋아요. 그럼 오늘 밤 우리 집으로 오는 수밖에. 방 두 칸 중에 아버지 엄마는 분명 바깥 방에서 주무실 거고, 오빠는 거의 집에서 자지 않으니 밤중에는 분명 나 혼자 내 방에 있을 거예요.

조우핑 그럼 내가 가서 먼저 휘파람을 불게. (휘파람을 한 번 분다.) 잘 들을 수 있지?

루쓰펑 네, 당신이 와도 되면, 창가에 홍등을 켜 놓을게요. 등이 없으면 절대로 오면 안 돼요.

조우핑 오지 말라고?

루쓰펑 그건 상황이 바뀌어서, 집 안에 사람이 많다는 뜻이니까요.

조우핑 좋아, 그렇게 하자. 11시에.

루쓰펑 네, 11시요.

(루구이가 가운데 문으로 들어오다가 루쓰펑과 큰 도련님이 있는 것을 보고 갑자기 멈춰 선다. 일부러 다 이해한다는 듯한 거짓 웃음을 짓는다.)

루구이 어! (루쓰펑에게) 마침 널 찾고 있었다. (조우핑에게) 큰 도련님, 막 식사를 하신 모양이군요.

루쓰펑 무슨 일이에요?

루구이 네 엄마가 왔다.

루쓰펑 (기쁜 얼굴로) 엄마가 오셨다고요? 어디 계세요?

루구이 문간방에 있어. 방금 전에 네 오라빌 만났다.

(루쓰펑이 가운데 문으로 뛰어나간다.)

조우핑 쓰펑, 어머니 뵈면 안부 여쭤라.

루쓰펑 감사합니다. 이따가 뵐게요. (루쓰펑이 퇴장한다.)

루구이 큰 도련님, 그럼 내일 떠나십니까?

조우핑 음.

루구이 제가 배웅해 드리죠.

조우핑 그럴 필요 없어. 고맙네.

루구이 도련님은 마음씨가 좋으셔서 늘 저희를 돌봐 주셨죠. 이렇게 가시면 저것하고 저하고 도련님 생각이 많이 날 거구먼요.

조우핑 (웃으며) 또 돈이 떨어졌나 보지?

루구이 (간사하게 웃으며) 큰 도련님, 농담이시죠? ……전 진심이에요. 쓰펑이 잘 알죠. 전 늘 큰 도련님 칭찬만 하는걸요.

조우핑 알았네. ……다른 일은 없나?

루구이 없어요, 없어. 그저 사소한 일을 좀 상의드리려고. 아시다시피 쓰펑 어미가 왔어요. 윗층 마님이 보자고 하셔서…….

(조우판이가 식당 쪽 문으로 등장한다. 루구이는 그를 보자 하려던 말을 그만 삼켜 버린다.)

루구이 아, 마님이 내려오셨네요! 마님, 병은 다 나으셨는지요? (조우판이가 고개를 끄덕인다.) 루구이가 항상 마님 걱정을 하고 있습죠.

조우판이 그래, 그만 가 보게.

(루구이가 절을 하고 가운데 문으로 나간다.)

조우판이 (조우핑에게) 그인 어디 갔니?

조우핑 (영문을 몰라) 누구요?

조우판이 너희 아버지.

조우핑 일이 있어 손님 만나고 계시는데, 금방 오실 거예요. 동생은요?

조우판이 걔는 계속 울다가 나가 버렸어.

조우핑 (그녀와 함께 방에 있는 것이 두려워서) 아 참. (멈췄다가) 전 가 봐야겠어요. 얼른 짐을 챙겨야 해요. (식당 쪽으로 걸어간다.)

조우판이 돌아와. (조우핑이 걸음을 멈춘다.) 잠시 앉았다 가지.

조우핑 무슨 일이죠?

조우판이 (무겁게) 할 말이 있어.

조우핑 (조우판이의 기분이 좋지 않은 걸 알고) 무슨 중요한 얘기가 있나 보군요.

조우판이 음.

조우핑 얘기하세요.

조우판이 나는 방금 같은 상황이 얼마나 날 힘들게 하는지 네가 알아주었으면 해. 이건 하루 이틀의 일이 아니잖아.

조우핑 (회피하듯) 아버지는 늘 그러시잖아요. 말씀하시면 따라야죠.

조우판이 하지만 난 그 말을 그대로 따라야 한다는 걸 참을 수가 없어.

조우핑 알아요. (억지로 웃으며) 그럼 따르지 않으면 되죠.

조우판이 핑, 난 네가 옛날처럼 성실했으면 좋겠어. 지금 젊은 사람들처럼 냉소적인 태도는 배우지 않았으면 좋겠다고. 알잖아? 네가 내 앞에 없다는 것만으로도 난 너무 괴로워.

조우핑 그래서 제가 떠나려는 거예요. 우리가 서로 볼 때마다 후회스러운 일을 떠올리지 않도록요.

조우판이 난 후회하지 않아. 난 여태껏 내가 한 일을 후회한 적 없어.

조우핑 (어쩔 수 없다는 듯) 난 이미 분명하게 내 뜻을 밝혔어요. 한동안 보지 않은 이유도 잘 아실 텐데요.

조우판이 잘 알지.

조우핑 그럼 내가 제일 멍청하고 불분명한 놈이군요. 난 후회해요. 내 평생에 큰 잘못을 저질렀다고 생각해요. 저 자신에게 미안하고 동생에게도 미안하고, 아버지께 더욱 미안해요.

조우판이 (침통하게) 하지만 네가 가장 미안해해야 할 사람은 따로 있어. 그런데 넌 그걸 너무 쉽게 잊고 있어.

조우핑 물론 가장 미안해해야 할 사람은 따로 있지만, 그걸 당신에게 말할 필요는 없죠.

조우판이 (차갑게 웃는다.) 그 애가 아니야! 네가 가장 미안해해야 할 사람은 나라고. 네가 예전에 유혹했던 이 새엄마!

조우핑 (그녀를 조금 두려워하며) 미쳤어요?

조우판이 내게 빚을 졌으니 책임을 져야지. 새로운 세계를 발견했다고 혼자 도망가서는 안 되지.

조우핑 지금 당신이 쓰는 말이 얼마나 무시무시한지 알아요? 아버지같이 이렇게…… 이렇게 체통 있는 집안에서 쓸 말은 아니죠.

조우판이 (화를 내며) 아버지, 아버지, 아버지란 말 좀 그만해! 체통? 너도 체통 얘기니? (차갑게 웃으며) 난 이런 체통 있는 집안에서 십팔 년을 살았어. 조우씨 집안의 죄악이란 죄악은 내가 다 듣고, 보고, 저질러도 봤어. 하지만 난 처음부터 너희 조우씨 집안사람이 아니었어. 내가 저지른 일은 내가 책임질 거야. 난 이 집안의 할아버지, 작은할아버지 그리고 너의 잘난 아버지같이 몰래 끔찍한 일들을 저질러 놓고는 다른 사람에게 덮어씌우고서, 겉으로는 도덕군자요 자선가요 사회의 기둥인 척하지는 않아.

조우핑 가족이 많다 보면 자연히 좋지 못한 사람도 있을 수 있죠. 그러나 우리 집안에서는 날 빼고는…….

조우판이 모두 똑같아. 그중에서도 네 아버지가 최고 위선자지. 예전에도 양갓집 규수를 유혹한 적이 있어.

조우핑 함부로 말하지 마세요.

조우판이 핑, 내 말 똑똑히 들어. 넌 네 아버지의 사생아야!

조우핑 (놀라서 자신도 모르게) 헛소리! 무슨 증거로?

조우판이 체통 따지는 네 아버지께 물어봐. 십오 년 전, 술에 잔뜩 취해서 해 준 얘기야. (탁자 위의 사진을 가리키며) 넌 이 젊은 여자가 낳은 아이지. 저 여자는 네 아버지에게 버림받아서 강에 빠져 죽었어.

조우핑 당신, 당신 정말……. 좋아, 좋아요, (억지로 웃으며) 다 인정할게요. 이제 어쩔 건가요? 무슨 말을 하고 싶은 거예요?

조우판이 네 아버진 나한테 잘못했어. 같은 방법으로 날 너희 집에 데려왔고, 난 도망도 못 가고 충을 낳았지. 십 년간 방금 전과 같은 무시무시한 핍박으로 난 서서히 돌같이 굳어 버려서 죽은 사람이 됐어. 그러다 네가 갑자기 시골에서 올라와서, 날 어머니면서 어머니 같지도 않고 정부면서 정부 같지도 않은 길로 이끌었어. 네가 날 유혹했잖아!

조우핑 유혹이라고요? 그런 말은 쓰지 않는 게 좋지 않을까요? 당시 상황이 어땠는지는 당신도 알잖아요?

조우판이 이 방에서 내가 밤에 울고 있을 때, 네가 탄식하면서 했던 말 잊었니? 네 아버지를 증오한다고, 아버지가 죽었으면 좋겠다고 했잖아. 그러고는 결국 인륜을 저버린 죄까지 저질렀고.

조우핑 당신 잊었군요. 그때 난 철이 없었고 열정에 들떠 그런 어리석은 말을 했던 거예요.

조우판이 잊은 건 너야. 내가 비록 너보다 나이는 얼마 많지 않았지만 그래도 네 어머니였는데, 내게 그런 말을 해서는 안 되는 거였지.

조우핑 아……. (한숨을 쉬며) 어쨌든 당신은 조우씨 집에 시집오지 말았어야 했어. 이 집 공기는 온통 죄악으로 가득해.

조우판이 맞아, 죄악이야, 죄악. 너희 조상 때부터 깨끗하지 못했어. 영원히 깨끗하지 못할 거야.

조우핑 젊은 시절 한때 어리석어서 저지른 잘못인데, 이제 그만 용서해 줄 수 없나요? (괴로워서 미간을 찌푸린다.)

조우판이 이건 용서하고 안 하고의 문제가 아니야. 난 그때 이미 관까지 준비하고 조용히 죽을 때만 기다리고 있었어. 근데 한 사람이 나를 살려 주고는 다시 못 본 척하며 날 천천히 말려 죽이고 있어. 말해 봐. 나더러 어떻게 하라는 거야?

조우핑 그건, 그건 나도 모르겠어요. 당신이 말해 봐요.

조우판이 (또박또박 말한다.) 떠나지 않았으면 좋겠어.

조우핑 뭐라고요! 나더러 당신과 함께 이 집에서, 매일 과거의 죄악을 되새기며 숨 막혀 죽으라고요?

조우판이 너도 이 집이 사람을 얼마나 갑갑해 미치게 하는 줄 알면서, 날 여기 두고 혼자 떠나겠다는 거야?

조우핑 당신은 그런 말 할 권리가 없어요. 당신은 충의 어머니잖아요.

조우판이 난 아니야! 난 아니라고! 내 생명과 명예를 네게 내줬을 때부터 난 아무것도 상관하지 않았어. 난 걔 어미가 아니야, 아니야. 아니란 말이야. 그리고 조우푸위안의 아내도 아니야.

조우핑 (차갑게) 당신이 우리 아버지의 아내가 아니라 해도 난 아버지 아들이에요.

조우판이 (그런 말은 미처 예상치 못한 듯, 잠시 멍하니 있다가) 아, 넌 네 아버지 아들이로구나. ……몇 달 동안 네가 나를 보러 오지 않은 것도 아버지가 두려워서였어?

조우핑 아버지가 두려워서라고 할 수도 있겠죠.

조우판이 이번에 광산으로 가는 이유도 네 아버지의 영웅적인 모범을 배우려는 거야? 널 진정으로 이해하고 사랑하는 사람도 버리고?

조우핑 그렇게 해석해도 되겠네요.

조우판이 (차갑게) 어쨌든 결국 넌 네 아버지 아들이라는 거네? (웃는다.) 아버지의 아들? (미친 듯이 웃는다.) 아버지의 아들? (미친 듯이 웃다가 갑자기 엄숙할 만큼 냉정해지며) 흥, 넌 아무런 쓸모도 없고 용기도 없어. 누군가의 희생을 받을 만한 가치도 없는 인간이야! 내가 왜 진작 그걸 몰랐을까!

조우핑 그럼 지금은 아셨겠네요. 미안해요. 이미 이런 부자연스러운 관계는 싫다고 분명하게 설명했잖아요, 정말 싫다고요. 제 책임은 제가 져요. 그때의 잘못은 인정하죠. 그러나 내가 그런 잘못을 저지르게 된 데에 당신 책임도 전혀 없는 건 아니죠. 당신은 똑똑하고 사람을 이해할 수 있는 여자예요. 그러니 결국은 절 용서해 줄 거라 생각해요. 제 태도가 냉소적이라 욕해도 좋고 무책임하다고 해도 좋으니, 제발 이후에 다시는 이런 얘기를 하지 않았으면 좋겠어요. (식당 쪽으로 걸어간다.)

조우판이 (무거운 어투로) 잠깐 멈춰. (조우핑이 멈춰 선다.) 내가 아까 한 얘길 잘 이해해 줬으면 해. 네게 애원하는 게 아냐. 네 마음을 다해 생각해 보라고. 예전에 우리가 이 방에서 했던 (잠시 멈추었다가 괴로워하며) 수많은 얘기를. 한 여자가 두 대에 걸쳐 모욕을 받을 수는 없잖아. 생각해 보란 말야.

조우핑 나도 이제까지 많이 생각했어요. 요즘 내가 느끼는 고통에 대해서는 당신도 모르지 않을 거라 생각해요. 자, 가게 해 줘요.

(조우핑이 식당으로 퇴장하자, 조우판이의 얼굴에서 눈물이 뚝뚝 떨어진다. 그녀는 경대 앞으로 가서, 자신의 창백하고 주름진 얼굴을

비춰 보다가 경대에 엎드려 엉엉 울기 시작한다.)

(루구이가 몰래 가운데 문으로 들어와서는 마님이 울고 있는 것을 본다.)

루구이 (작은 목소리로) 마님!

조우판이 (갑자기 일어나며) 뭐하러 온 거야?

루구이 애들 어미가 온 지 한참이 돼서요.

조우판이 누가? 누가 온 지 한참 됐다고?

루구이 집사람 말입니다. 마님께서 저한테 그 사람 좀 보자고 하지 않으셨습니까요?

조우판이 왜 일찍 알려 주지 않았어?

루구이 (억지로 웃으며) 저도 생각은 하고 있었죠. 근데 제가 (작은 목소리로) 방금 전에 마님을 뵈러 왔더니 큰 도련님하고 말씀 중이시더라고요. 그래서 놀라실까 봐.

조우판이 아, 자네, 자네 방금 여기에…….

루구이 저요? 나리께서 손님이랑 계셔서 응접실에서 시중들고 있었습니다요! (일부러 잘 모르는 척하며) 마님 무슨 일 있으십니까?

조우판이 아니야. 루씨 아주머니 들어오라 하게.

루구이 (간사하게 웃으며) 제 집사람이 천해서 말하는 것이 상스러우니, 마님 언짢아 마십시오.

조우판이 모두 같은 사람인걸. 만나서 이런저런 얘기나 좀 할까 하네.

루구이　예, 다 마님의 은덕이지요. 참, 나리께서 내일 큰 비가 올 것 같다고 마님께 옛날 비옷을 좀 꺼내 놓으라고 하셨어요. 곧 나가실지도 모른다고요.

조우판이　나리 옷은 쓰펑이 챙겼잖아? 걔가 가져오면 되지.

루구이　저도 그렇게 말씀드렸는뎁쇼. 마님, 어디 불편하신 건 아니죠? 근데 나리께서 쓰펑 부를 것 없이 마님더러 직접 꺼내 놓으시라 하시네요.

조우판이　그럼, 내가 조금 이따 가져오지.

루구이　아니, 나리께서 지금 바로 꺼내 놓으시라는데요.

조우판이　아, 알았네, 지금 가지. ……루씨 아주머니는 이 방에서 잠깐 기다리라 하게.

루구이　예, 마님.

(루구이가 퇴장한다. 조우판이의 얼굴은 더욱 창백해 보인다. 그녀는 자신의 번민을 최대한 억누르고 있다.)

조우판이　(창문을 열고 숨을 들이쉬며, 혼잣말로) 더워 죽겠어. 답답해서 미치겠어. 여기선 정말 더 이상 살 수가 없어. 오늘은 화산 분화구라도 돼서 활활 불을 뿜어내어 모든 걸 깨끗이 불살라 버리고 싶어. 다시 얼음 구덩이에 빠져서 얼어 죽는 한이 있더라도, 내 일생 한번 뜨겁게 불살라 봤으면 좋겠어. 내 과거는 끝났어. 희망도 죽어 버렸고, 흥, 난 이제 뭐든지 각오가 돼 있어. 와 봐, 날 미워하는 사람, 와 보라고. 날 실망시킨 사람, 내 질투심에 불을 지르는 사람도 모두 오라고. 너희를 기다리고 있으니. (휑하니 앞을 바라보다가 고개를 푹 숙인다. 루구이가 등장한다.)

루구이 방금 심부름하는 애가 왔는데, 나리께서 빨리 보내라고 재촉하신답니다.

조우판이 (고개를 든다.) 알았으니 먼저 가 보게. 내 어멈 시켜 보낼 테니.

(조우판이가 식당 쪽으로 나가고, 루구이는 가운데 문으로 나간다. 잠시 후, 루씨 아주머니, 즉 루스핑과 쓰펑이 등장한다. 루스핑의 나이는 대략 마흔일곱 정도인데, 머리는 이미 희끗희끗하다. 그러나 얼굴이 희고 깔끔해서, 서른여덟아홉밖에 안 돼 보인다. 약간 멍해 보이는 눈은 간혹 물끄러미 앞을 바라본다. 하지만 수려하고 긴 눈썹과 둥글고 큰 눈동자 사이에는 아직도 소녀 시절의 얌전하고 지혜롭던 모습이 남아 있다. 소박하고 분수에 맞게 낡은 남색 바지와 상의를 아주 정갈하게 입고 있다. 멀리서 보면 마치 대갓집에 살다가 몰락한 부인 같다. 그녀의 고상한 품격은 그녀 남편의 간사한 모습과는 강한 대조를 이룬다.

기차를 타고 올 때 먼지를 뒤집어쓰지 않으려고 한 듯 머리에 하얀 수건을 둘렀다. 말할 때는 미소를 잘 짓는다. 특히 이 년 동안이나 만나지 못했던 딸을 보게 되는 순간 얼굴빛이 더욱 기쁨으로 빛난다. 그녀의 말씨는 아주 낮고 차분하며 말투는 남방 사람이 북방 사람들과 함께 오래 살아서 그런 듯, 모호하고 경쾌한 남방 어투가 많이 섞여 있지만 한마디씩 내뱉는 말은 아주 똑똑하다. 이는 아주 가지런하고 웃을 때는 입가에 깊은 보조개가 파이는데, 루쓰펑이 웃을 때면 입가에 살짝 생기는 보조개를 연상시킨다.
루스핑은 딸의 손을 붙잡고, 루쓰펑은 한 마리 작은 새처럼 엄마에게 바싹 붙어 들어온다. 그 뒤로 루구이가 낡은 보따리를 하나 들고 따라온다. 루구이가 거만하게 웃고 있는 모습은 그들 모녀의 단순한 기쁨에 비해 아주 거칠어 보인다.)

루쓰펑 마님은요?

루구이 곧 내려오실 거야.

루쓰펑 엄마, 앉으세요. (루스핑이 앉는다.) 피곤하시죠?

루스핑 아니.

루쓰펑 (즐거워하며) 엄마, 앉아 계세요. 제가 얼음물 한 잔 가지고 올게요.

루스핑 아니다, 가지마라. 덥지 않아.

루구이 펑, 엄마 사이다 한 병 갖다 줘라. (루스핑에게) 여기는 없는 게 없단 말야. 여름만 됐다 하면 레몬 주스에, 과일즙, 수박화채, 귤, 바나나, 신선한 리치, 뭐든 먹고 싶다는 건 다 있다니까.

루스핑 아니, 아니다. 네 아버지 말 듣지 마. 그건 남의 거잖아. 그냥 내 옆에 좀 더 앉아 있는 게 좋겠다. 이따가 이 댁 마님하고 이야기 나누는 게 뭐 마시는 것보다 중요하지.

루구이 마님께서 곧 내려오실 텐데. 저거 봐, 그놈의 머릿수건은 뭔 미련이 남아 아직도 쓰고 있누?

루스핑 (부드럽게 웃으며) 정말 그렇네. 한참이나 얘기하면서도 (웃으며 루쓰펑을 바라본다.) 기차에서 두른 수건 푸는 걸 잊었어. (수건을 풀려고 한다.)

루쓰펑 (웃으며) 엄마, 제가 풀어 드릴게요. (가서 수건을 푼다. 이때 루구이가 작은 탁자 옆으로 가서 또 몰래 담배를 훔쳐 자신의 담뱃갑 속에 넣는다.)

루스핑 (수건을 다 풀고) 내 얼굴 더럽지 않니? 기차가 온통 흙투성이라서 말야. 내 머리 좀 봐 주렴. 남에게 웃음거리는 되지 말아야지.

루쓰펑 아니, 아니. 조금도 더럽지 않아요. 두 해나 못 만났지만 하나도 변하지 않았어요.

루스핑 참, 펑. 내 정신 좀 봐라. 이야기에 정신이 팔려서 네가 아주 좋아할 선물 꺼내 주는 것도 잊어버렸네.

루쓰펑 뭔데요, 엄마?

루스핑 (조그맣게 싼 것을 끄집어내며) 봐라, 네가 좋아할 거야.

루쓰펑 잠깐, 아직 보여 주지 마세요. 제가 한번 맞혀 볼게요.

루스핑 그래, 한 번 맞혀 봐라.

루쓰펑 작은 원숭이 인형.

루스핑 (고개를 저으며) 아냐, 넌 이제 다 컸잖아.

루쓰펑 작은 분첩.

루스핑 (고개를 저으며) 그걸 뭐하겠니?

루쓰펑 아, 그럼 분명 작은 바늘 쌈지죠?

루스핑 (웃으며) 비슷하다.

루쓰펑 그럼 한번 열어 볼게요. (급히 포장을 푼다.) 와, 엄마!

골무네요, 은 골무! 아버지, 한번 보세요. (루구이에게 보여준다.)

루구이 (대충) 그래! 좋은데!

루쓰펑 이 골무 정말 예뻐요. 보석도 박혀 있어요.

루구이 뭐? (두 걸음 걸어가서 자세히 보며) 어디 한번 보자.

루스핑 이건 교장 선생님 사모님이 주신 거란다. 교장 선생님이 아주 중요한 지갑을 잃어버렸는데, 내가 주워서 돌려드렸지. 그랬더니 사모님이 나한테 선물을 하나 줘야겠다면서 장신구를 잔뜩 꺼내 놓고는, 하나 골라서 딸 갖다 주라고 하시더구나. 그래서 이걸 골라 왔다. 마음에 드니?

루쓰펑 예뻐요, 엄마, 바로 제가 갖고 싶었던 거예요.

루구이 뭐? 흥! (골무를 루쓰펑에게 돌려주며) 그만둬, 이 보석 가짜야. 참 잘도 골랐군.

루쓰펑 (엄마가 특별히 신나서 말하는 걸 보고 있다가, 경멸하듯) 흥, 진짜 보석도 아버지 손에만 들어가면 가짜가 되어 버릴걸.

루스핑 펑, 아버지께 그렇게 말하면 못써.

루쓰펑 (애교 부리며) 엄만 여기 안 계셔서 몰라요. 아버진 내게만 화내고 무시하고 그런단 말이에요.

루구이 (그들 모녀의 '촌티'를 못 봐주겠다는 듯 무시하며) 모녀가 궁상맞은 꼬라지하고는. 이런 대갓집에 와서 집 구경도 안 하고, 쓸데없는 얘기나 떠들고 있으니. 쓰펑, 일단 너 두 해 동안 새로 한 옷이나 좀 네 엄마한테 보여 주렴.

루쓰펑 (눈을 흘기며) 엄마는 그런 거 대단하게 여기지 않아요.

루구이 너도 장신구 좀 갖고 있잖아? 가져다가 네 엄마 구경 좀 시켜 드려라. 내가 옳았는지 아니면 집에다 처박아 두는 게 옳았는지 말야.

루스핑 (루구이에게) 내가 떠날 때 당부했죠. 또 지난 이 년 동안 편지할 때마다 늘 말했잖아요. 내 딸 대갓집에 보내 사환 시키는 거 싫다고. 근데 당신 기어코……. (갑자기 여기가 집안일 얘기할 곳이 아님을 깨닫고 고개를 돌려 루쓰펑을 향해) 네 오라비는?

루쓰펑 문간방에서 우리 기다리는 거 아니에요?

루구이 당신네들 기다리는 게 아니라 나리를 뵈려고 기다리는 중이지. (루스핑에게) 작년에 내가 인편에 부쳤던 편지로 당신 아들 다하이가 광산에서 일하게 됐다고 알려 줬잖아. 그게 다 내가 여기서 힘 좀 쓴 덕택이라고.

루쓰펑 (아버지가 또 자기 수완을 자랑하는 게 싫어서) 아버지, 오빠한테 좀 가 보세요. 오빠 성질이 급해서 기다리다 못 참고 장씨 아저씨나 유씨 아저씨께 대들까 걱정돼요.

루구이 빌어먹을 자식. 그놈의 거지 같은 성질을 내가 또 깜빡했네. (가운데 문으로 걸어가다가 고개를 돌리며) 이 방에서 얌전히 앉아 기다리라고. 함부로 다니지 말고. 마님께서 곧 내려오실 거야.

(루구이가 퇴장한다. 모녀는 루구이가 나가는 걸 보고 죄수가 간수 나가기를 기다린 것처럼 안도의 숨을 내쉰다. 모녀는 마주 보고 쓸쓸하게 웃는다. 순간, 그들의 얼굴에 다시 즐거움이 퍼지고 이번에는 진짜 즐거운 웃음을 웃는다.)

루스핑 (손을 내밀며, 루쓰펑에게) 어디, 우리 딸, 한번 제대로 좀 보자.

(루쓰펑이 어머니 앞으로 걸어가서, 무릎을 꿇는다.)

루쓰펑 엄마, 절 나무라지 않으실 거죠? 엄마 말씀 안 듣고 조우 나리 댁에서 일한다고 나무라지 않으실 거죠?

루스핑 아니, 아니야, 하면 하는 거지 뭐. ……하지만 왜 지난 이 년간 한마디도 말을 안 했어? 기차에서 내려 집에 가서야 겨우 장씨 아주머니한테 내 딸이 여기서 일한단 얘길 들었단다.

루쓰펑 엄마, 전 엄마가 화내시고 괴로워하실까 봐 차마 얘기를 못했어요. ……사실 엄마, 우리가 무슨 부잣집도 아니고, 제가 이렇게 남의 집에서 일 좀 해도 상관없다고 생각했어요.

루스핑 아니다. 넌 엄마가 가난을 무서워할 것 같으냐? 남들이 우리 가난하다고 비웃는 걸 두려워할까 봐? 아냐, 엄마는 운명을 피할 수 없다는 것도 알고 세상 흘러가는 대로 살 줄도 안다. 하지만 얘야, 네가 너무 어려서 쉽게 실수할까 봐 걱정하는 거지. 엄마는 고생을 해 봐서 알아. 넌 모르잖아. 이 세상이 얼마나…… 사람들이 얼마나……. (한숨을 쉬고는) 그래, 우리 이런 얘긴 하지 말자꾸나. (일어서며) 이 집 마님은 참 이상도 하구나! 뭐하러 날 만나자는 거지?

루쓰펑 음, 그러게요. (그녀는 두려웠지만 좋은 방향으로 생각하려 애쓴다.) 아니에요, 엄마. 여기 마님은 친구가 별로 없어요. 엄마가 글도 쓰고, 책도 읽을 줄 안다니까 아마도 가깝게 느껴져서 이야기나 하자는 것 같아요.

루스핑 (믿을 수 없다는 듯) 정말? (천천히 방 안을 둘러보다가 경대가 놓인 낮은 장롱을 가리키며) 가구가 좀 낡긴 했지만, 이 방은 아주 운치가 있구나. 이건?

루쓰펑 이건 나리께서 쓰시던 홍목 책상인데, 지금은 장식용으로 둔 거예요. 삼십 년도 더 된 골동품인데, 나리께서 특별히 좋아하셔서 어딜 가든 가지고 가신대요.

루스핑 (경대가 놓인 낮은 장롱을 가리키며) 저건 뭔데?

루쓰펑 저것도 오래된 거예요. 첫째 마님, 그러니까 큰 도련님 어머니께서 제일 좋아하시던 거래요. 보세요, 옛날 가구들은 얼마나 둔탁한지!

루스핑 어? 이상하구나. ……왜 창문을 아직도 닫아 놓고 있니?

루쓰펑 엄마도 이상하죠? 이건 우리 나리 이상한 습관 때문이에요. 여름에 오히려 창문을 닫아 놓는다니까요.

루스핑 (회상을 하며) 펑, 이 방은 내가 어디선가 본 적이 있는 것 같구나.

루쓰펑 (웃으며) 정말? 절 생각하시다가 꿈속에서 와 보셨나 봐요.

루스핑 그래, 꿈을 꾸는 것 같다. ……이상해, 여기 느낌이 아주 이상하구나. 갑자기 많은 일이 생각나는 게 말야. (머리를 숙이며 앉는다.)

루쓰펑 (당황하며) 엄마, 얼굴이 왜 그렇게 창백해요? 더위 먹었나 봐. 시원한 물 한 잔 가져올게요.

루스핑 아니, 아니다. 가지 마라. ……이 방은 너무 이상해. 난 너무너무 두렵다.

루쓰펑 엄마, 왜 그래요?

루스핑 난 너무너무 두렵다. 갑자기 삼십 년 전의 일들이 하나하나 떠올라. 이미 오랫동안 잊어버렸던 사람들이 생각나. 쓰펑, 내 손을 좀 문질러 주렴.

루쓰펑 (엄마의 손을 만지며) 얼음장 같아, 엄마, 나 놀라게 하지 마세요. 나 겁 많단 말이에요, 엄마, 엄마……. 이 집에 예전에 귀신도 나왔대요.

루스핑 얘야, 겁내지 마라. 엄마 괜찮아. 하지만 쓰펑, 정말 내 혼이 이곳에 와 본 적이 있는 것 같아.

루쓰펑 엄마, 말도 안 돼. 엄마가 어떻게 와 봤다고 그래? 이 사람들은 이십 년 전에 이곳 북방으로 이사를 왔고, 그때 엄마는 남방에 계셨잖아요.

루스핑 아니, 아니야, 와 보았어. 이 가구들, 생각은 잘 안 나지만…… 어디선가 본 적이 있어.

루쓰펑 엄마, 눈 그렇게 동그랗게 뜨고 바라보지 마세요. 무서워.

루스핑 괜찮다. 얘야, 무서워하지 마. (그녀는 소리를 낮추며 애써 지난날의 기억들을 더듬는다. 그녀가 온통 오그라들어서 기억의 저 깊은 곳으로 들어간다.)

루쓰펑 엄마, 저 장롱은 뭔지 알아요? 돌아가신 첫째 마님 거래요.

루스핑 (갑자기 낮은 소리로 떨며 루쓰펑에게) 펑, 저 장롱 오른쪽 세 번째 서랍에 호랑이 모양이 수놓인 아기 신발이 있나 한번 가 봐라.

루쓰펑 엄마, 왜 그래요? 그렇게 귀신 나올 것 같은 소리 좀 하지 마.

루스핑 펑, 가 보렴. 네가 가서 한번 보렴. 난 겁이 나서 걸을 수가 없구나. 가 봐!

루쓰펑 좋아요, 제가 볼게요.

(그녀가 장롱 앞으로 가서, 서랍을 열고 찾아본다.)

루스핑 (급히 묻는다.) 있어, 없어?

루쓰펑 없어요, 엄마.

루스핑 잘 찾아봤지?

루쓰펑 없어요, 텅 비었어요, 찻잔뿐이에요.

루스핑 아, 그럼 내가 꿈을 꿨나 보다.

루쓰펑 (엄마를 가엾게 여기며) 이제 얘긴 그만하고, 엄마, 좀 안정을 취해야겠어요. 엄마, 밖에서 억울한 일만 당했나 봐. (눈물을 흘리며) 예전엔 이렇게 정신을 놓은 적이 없는데, 불쌍한 엄마. (엄마를 안으며) 좀 괜찮아졌어요?

루스핑 괜찮다. ……아까 내가 문간방에서 듣자 하니 이 집에는 도련님이 둘 있다고?

루쓰펑 네, 엄마. 다들 좋으세요. 모두 상냥해요.

루스핑 (혼잣말로) 안 되겠다. 누가 뭐래도 내 딸을 여기 오래 두어선 안 되겠다. 안 되지.

루쓰펑 엄마, 무슨 얘기예요? 여기 윗분 아랫사람 할 것 없이 모두 제게 참 잘해 주세요. 엄마, 여기 나리와 마님께선 아랫사람들을 나무라는 법이 없어요. 두 분 도련님도 아주 상냥하고요. 여기 조우 나리 댁은 살아 있는 사람들만 마음씨가 좋은 게 아니라, 조상님들 모습도 아주 너그러워 보여요.

루스핑 조우? 이 집 성이 조우라고?

루쓰펑 엄마도, 참. 방금 조우 나리 댁 물어서 찾아온 거 아니에요? 금세 잊었네? (웃으며) 엄마, 알았어요. 오시는 길에 더위 먹은 것 같아요. 우선 이 댁 첫째 마님 사진 보고 계세요. 그동안 제가 물 한 잔 가지고 올게요.

(루쓰펑이 경대에서 사진을 가져다가 엄마 뒤에 서서 보여 준다.)

루스핑 (사진을 받아 들고 본다.) 아! (놀라서 말을 못하고 손만 부들부들 떤다.)

루쓰펑 (엄마 뒤에 서서) 무척 아름답죠? 이분이 큰 도련님 어머니세요. 웃는 모습이 아름다워요. 사람들이 나랑 닮았대요. 근데 애석하게도, 돌아가셨대요. 아니면…… (엄마 머리가 앞으로 숙여지고 있음을 느끼고) 어, 엄마, 왜 그래? 또 왜 그래요?

루스핑 아니다, 아냐. 머리가 어지러워서. 물 좀 마시자.

루쓰펑 (당황해서 급히 엄마의 손가락을 꼬집고 머리를 문지른다.) 엄마, 이리로 오세요! (루스핑을 부축하여 큰 소파로 온다. 루스핑은 여전히 손에 사진을 꽉 쥐고 있다.) 엄마, 여기 좀 누우세요. 물 가져올게요.

(루쓰펑이 급히 식당 문으로 뛰어나간다.)

루스핑 아, 하느님. 내가 죽은 사람이라니? 이게 정말인가요? 이 사진은? 이 가구들은? 어찌 이럴 수가? ……아, 이 넓은 세상에, 어째서? 지난 몇 십 년을 겨우 참아 냈는데 하필이면 가련한 내 딸을 다시 그…… 그의 집으로 오게 하다니? 아, 너무나 불공평해요! (흐느낀다.)

(루쓰펑이 물을 들고 들어오자, 루스핑이 급히 눈물을 닦는다.)

루쓰펑 (물컵을 들고, 루스핑에게) 엄마, 한 모금 드세요, 아니, 좀 더 마시세요. (루스핑이 물을 마신다.) 좀 괜찮아요?

루스핑 음, 그래, 괜찮다. 얘야, 지금 나하고 집으로 돌아가자.

루쓰펑　(놀라며) 엄마, 왜 그러세요?

(식당에서 조우판이가 "쓰펑" 하고 부르는 소리가 들린다.)

루스핑　누가 널 부르지?

루쓰펑　마님이세요.

(조우판이 소리　쓰펑!)

루쓰펑　네.

(조우판이 소리　쓰펑, 이리 와 봐, 나리 비옷 어디다 두었니?)

루쓰펑　(소리 지르며) 제가 갈게요. (루스핑을 보고) 엄마, 잠깐만 기다리세요. 금방 올게요.

루스핑　그래, 가 봐라.

(루쓰펑이 퇴장하자 루스핑은 사방을 둘러보다 장롱 앞으로 걸어가 옛날에 그녀가 쓰던 가구들을 어루만지며 고개를 숙이고 사색에 잠긴다. 갑자기 밖의 정원에서 누군가 걸어오는 소리를 듣고 몸을 돌려 서서 기다린다.)

(루구이가 가운데 문으로 등장한다.)

루구이 쓰펑은?

루스핑 마님께서 불러서 갔어요.

루구이 이따가 마님께 말씀드려. 비옷을 찾아 놓으면 나리께서 이리 오셔서 입고 나가신다고, 마님께 하실 말씀도 있으시다고.

루스핑 나리께서 이리로 오신다고요?

루구이 응, 꼭 전해. 이따가 오셨을 때 마님께서 안 계시면 늙은이 또 화낼 테니까.

루스핑 당신이 마님께 말씀하세요.

루구이 여기 있는 하인들 다 내가 관리해야 된다고. 난 바빠서 기다릴 수가 없어.

루스핑 난 집으로 돌아가야겠어요. 마님도 만나지 않겠어요.

루구이 왜? 이번에는 마님이 당신을 부른 거잖아. 좀 중요한 이야기를 하실 모양이던데.

루스핑 쓰펑을 데리고 돌아가야겠어요. 이 집 일 그만두게 하고요.

루구이 뭐라고? 당신, 그건 말이야…….

(조우판이가 식당 쪽에서 등장한다.)

루구이 마님.

조우판이 (문 안쪽을 향해) 쓰펑, 너 우선 그 두 벌도 가져오너라. 나리께서 어떤 걸 입으실지 여쭤 보게. (안에서 루쓰펑이 대답한다.) 어, (숨을 내쉬며, 루스핑에게) 쓰펑 엄마죠? 오래 기다리게 했네요.

루구이 마님을 기다리는 거야 당연한 일입죠. 마님께서 이 사람을 불러 문안드리게 해 주신 것만도 황송한데요.

(루쓰펑이 식당 쪽에서 비옷을 들고 나온다.)

조우판이 앉으세요! 한참 기다렸죠. (루스핑은 상황을 볼 뿐 앉지 않는다.)

루스핑 얼마 되지 않았어요, 마님.

루쓰펑 마님, 이 비옷 세 벌 모두 나리께 가져다 드릴까요?

루구이 나리께서 여기다 두라고 하셨어. 직접 가져가신다고. 그리고 마님, 좀 기다리시라고 하셨습니다요. 나리께서 하실 말씀이 있으시다고요.

조우판이 알았네. (루쓰펑에게) 먼저 주방에 가서, 저녁 반찬이 어찌 되었는지 보라고 해라.

루쓰펑 네, 마님. (루구이를 보고, 또 의아하게 조우판이를 바라보더니 가운데 문으로 퇴장한다.)

조우판이 루구이, 나리께 내가 쓰펑 엄마하고 얘길 나누고 있으니 좀 이따가 오시라고 하게.

루구이 네, 마님. (그러나 가지 않는다.)

조우판이 (루구이가 나가지 않자) 무슨 일이 있나?

루구이 마님, 오늘 아침에 나리께서 독일 카를 선생님을 오시라 하셨습니다요.

조우판이 둘째가 이미 말해 주었네.

루구이　나리께서 의사 선생님 오시면 마님 꼭 진찰 받으시라고 하셨습니다요.

조우판이　알았네. 그럼, 가 보게.

(루구이가 가운데 문으로 퇴장한다.)

조우판이　(루스핑에게) 앉아서 이야기해요. 어려워 말고. (소파에 앉는다.)

루스핑　(옆의 의자에 앉으며) 막 기차에서 내렸는데 마님께서 저를 좀 보자신다는 분부를 전해 들었어요.

조우판이　쓰펑이 항상 얘기하는 걸 들었어요. 공부도 했고 예전에는 집안도 좋았다고 들었어요.

루스핑　(예전 일을 끄집어내는 것이 싫은 듯) 쓰펑이 너무 미련하고 예의범절도 몰라서 지난 이 년 동안 속깨나 썩으셨지요.

조우판이　아니요. 쓰펑은 아주 총명해요. 나도 참 좋아해요. 그래서 이 아이는 남의 집 심부름이나 하게 두어서는 안 되겠고 좋은 길을 찾아 줘야 할 거 같아요.

루스핑　마님, 과찬이십니다. 사실 저도 애가 남의 집에 있는 걸 원치 않아요.

조우판이　그건 나도 잘 압니다. 당신은 학식도 있고 예절도 아는 분이라고 들었어요. 이렇게 만나 보니, 성격도 소탈한 것 같아서, 보자고 한 이유를 지금 이야기해도 괜찮을 거 같군요.

루스핑　(참지 못하고) 마님, 저희 딸애가 평소에 무슨 남들 입에 오르내릴 잘못이라도 했나요?

조우판이　(웃으며, 정확하게 말한다.) 아니요. 아닙니다.

(루구이가 가운데 문으로 등장한다.)

루구이　마님.

조우판이　무슨 일인가?

루구이　카를 선생님 오셨습니다. 방금 기사가 모시고 왔습죠. 작은 응접실서 기다리고 계십니다.

조우판이　손님이 있네.

루구이　손님요? ……나리께서 지금 바로 가라 하십니다.

조우판이　알았네. 곧 가지.

(루구이가 나간다.)

조우판이　(루스핑에게) 우선 집안 사정부터 얘기하지요. 우선 우리 집에는 여자가 적어요.

루스핑　네, 마님.

조우판이　나 하나만 여자고, 아들 둘과 나리, 어멈 한 둘 외에는 아랫사람들도 모두 남자지요.

루스핑　네, 마님. 그렇군요.

조우판이　쓰펑이 나이도 젊고, 이제 열아홉이었나?

루스핑　아뇨, 열여덟입니다.

조우판이 그러게. 내 기억에 우리 아이보다 한 살 많다는 것 같아. 이렇게 젊은 아이가 밖에서 일을 하니, 게다가 아주 예쁘고.

루스핑 마님, 딸년이 뭐 경솔한 행동이라도 했다면 감추지 말고 다 말해 주세요.

조우판이 아니, 아니에요. 쓰펑은 아주 착해요. 그저 이런 상황을 얘기하는 것뿐이에요. 나한테 아들이 하나 있는데, 이제 열일곱이거든요. ……아마 정원에서 봤을 것 같은데. ……영 철이 없죠.

(루구이가 서재 쪽 문으로 들어온다.)

루구이 나리께서 얼른 진찰받으시랍니다.

조우판이 카를 선생님 혼자 계신가?

루구이 왕 국장님도 막 가시고, 나리께서 함께 계십죠.

루스핑 마님, 먼저 다녀오시죠. 전 여기서 좀 기다려도 괜찮습니다.

조우판이 아니, 아직 얘기가 끝나지 않았네. (루구이에게) 나리께 난 아프지 않다고 전하게. 내가 의사를 청한 것도 아니고.

루구이 네, 마님. (그러나 가지 않고 서 있다.)

조우판이 (루구이를 보고) 뭐 하나?

루구이 뭐 다른 분부가 있으신가 해서요.

조우판이 (갑자기) 있네. 나리께 아뢰고 나서 전기공을 좀 불러오게. 정원 등나무 등걸 위쪽 오래된 전선이 누전이라니, 얼른 수리를 해야지. 감전 사고라도 나면 큰 일이니.

루구이 네, 마님.

(루구이가 가운데 문으로 나간다.)

조우판이 (루스핑이 일어서는 걸 보고) 루씨 아주머니, 앉으세요. 아, 이 방이 또 푹푹 찌기 시작하네. (창문 앞으로 가서 창을 열어젖힌다. 돌아와서 앉는다.) 요사이 우리 아이가 좀 수상하다 했더니, 어제 오늘은 갑자기 내게 자기가 쓰평을 좋아한다지 뭐예요.

루스핑 뭐라고요?

조우판이 아마 학비를 마련해서 학교를 보내려나 봐요.

루스핑 마님, 말도 안 돼요.

조우판이 쓰평이 자기에게 시집왔으면 좋겠대요.

루스핑 마님, 더 얘기하실 것 없습니다. 다 알았어요.

조우판이 (한 걸음 더 나가) 쓰평은 우리 아이보다 나이도 많고, 또 아주 총명한 아이니, 이런 상황은…….

루스핑 (조우판이가 암시하는 말뜻이 맘에 들지 않아) 제 딸년은 철도 들고 도리는 아는 아이라고 믿어요. 전 본래부터 대갓집에 와서 일하는 걸 원치 않았고요. 하지만 이 두 해 동안 걔가 크게 잘못된 일을 저지르지는 않았을 거라 믿어요.

조우판이 루쓰 아주머니, 저도 쓰펑이 도리는 아는 애라는 거 알아요. 하지만 이런 불행한 상황이 벌어지고 보니 오해하기가 쉽지요.

루스핑 (탄식하며) 오늘 제가 여기 오게 된 건 정말 생각지 못했던 일이지만, 곧 걔를 데리고 가겠어요. 지금 당장이라도 쉬라고 허락해 주시지요.

조우판이 어, 어……. 그러는 게 좋겠다고 생각한다면, 나도 좋아요. 다만 한 가지 염려되는 건, 우리 아이가 좀 어리숙해서 댁으로 가서라도 쓰펑을 보려고 할 거예요.

루스핑 안심하세요. 정말 후회막급이네요. 우리 아일 제 아비에게 맡겨 두는 게 아니었는데. 전 내일 여길 떠날 텐데 그 앨 멀리 데리고 갈 겁니다. 다시는 조우 나리 댁 사람들 보지 않게요. 마님, 지금 우리 아이 데리고 가겠습니다.

조우판이 그것도 좋지요. 좀 이따가 월급은 계산해서 보내 줄게요. 그 아이 물건은 사람 시켜서 보내고요. 내게 입던 옷들이 한 상자 있는데 그것도 가져가서 나중에 집에서 입으라 해요.

루스핑 (혼잣말로) 평, 불쌍한 녀석! (소파에 앉아 눈물을 흘린다.) 하나님 맙소사.

조우판이 (루스핑 앞에 와서) 너무 상심하지 마세요, 루씨 아주머니. 혹시라도 돈이 필요하면, 언제든 찾아오세요. 방법이 있을 테니. 잘 데리고 가세요. 당신 같은 어머니가 교육하는 게 여기 있는 것보다는 나을 거예요.

(조우푸위안이 서재에서 나온다.)

조우푸위안 판이! (조우판이가 고개를 든다. 루스핑은 황급히 일어나서 한쪽으로 비켜선다. 안색이 크게 변해 그를 관찰한다.) 아니, 왜 아직도 안 가고 있소?

조우판이 (고의로) 어딜요?

조우푸위안 카를 선생이 당신 기다리고 있잖아, 몰랐소?

조우판이 카를 선생이요? 카를 선생이 누구예요?

조우푸위안 전에 진찰받았던 카를 선생 말이요.

조우판이 약도 진저리 나게 먹었어요. 이제 안 먹겠어요.

조우푸위안 그럼 당신 병은…….

조우판이 난 아프지 않아요.

조우푸위안 (참으며) 카를 선생은 내가 독일에 있을 때부터 잘 아는 친구요. 부인들 병을 잘 보지. 당신 신경이 좀 문제니, 그것도 분명 잘 고칠 거요.

조우판이 누가 나보고 정신 이상이래요? 왜 날 그렇게 저주하는 거죠? 난 아프지 않아요. 아무 문제 없어요. 아무 문제가 없다니까!

조우푸위안 (차갑게) 사람들 앞에서 이렇게 고함 치고 난리 피우는 게 바로 병이 있다는 거지. 그런데 치료는 안 받으려 하잖아. 의사를 안 보겠다니 그게 바로 병적인 거 아닌가?

조우판이 흥, 설령 나한테 병이 있다 해도 그건 의사가 고칠 병이 아니에요. (식당 문으로 나간다.)

조우푸위안 (큰 소리로 부른다.) 거기 서! 어딜 가는 거야?

조우판이 (개의치 않고) 2층으로요.

조우푸위안 (명령조로) 말 들어야지.

조우판이 (못 알아들었다는 듯) 음! (멈춰 서서 대수롭잖게 그를 훑어보며) 당신 꼴 좀 봐요. (날카롭게 두 번 웃고) 웃음밖에 안 나네. (경멸하듯 웃으며) 당신은 당신이 어떤 사람인지 다 잊었죠! (또 크게 웃으며, 식당 쪽으로 달려 나가 문을 무겁게 닫아 버린다.)

조우푸위안 누구 없나?

(하인이 등장한다.)

하인 나리!

조우푸위안 마님이 2층에 올라가셨는데, 큰 도련님께 카를 선생 모시고 2층 가서 마님 진찰받으시게 하라고 전하게.

하인 네, 나리.

조우푸위안 큰 도련님께 지금 마님 정신병이 심해졌으니 조심하라고 해. 2층 어멈에게도 마님 잘 보살피라고 하고.

하인 네, 나리.

조우푸위안 그리고 또 큰 도련님한테 가서 카를 선생에게 내가 좀 피곤해서 쉬겠다고 전하라 하게.

하인 네, 주인 나리.

(하인이 나간다. 조우푸위안이 시가에 불을 붙이다가 탁자 위에 놓

인 비옷을 본다.)

조우푸위안 (루스핑을 향해) 이게 마님이 찾아낸 비옷인가?

루스핑 (그를 보며) 그런 것 같습니다.

조우푸위안 (들어 보더니) 아니, 아니야. 이건 모두 새거잖아. 낡은 비옷 말야. 이따가 마님께 말씀드려.

루스핑 네.

조우푸위안 (그녀가 나가지 않자) 하인들은 이 방에 마음대로 드나들지 말라 했는데, 몰랐는가?

루스핑 몰랐습니다, 주인 나리.

조우푸위안 새로 온 하인인가?

루스핑 아닙니다. 전 딸을 데리러 온 사람입니다.

조우푸위안 딸이라니?

루스핑 쓰펑이 제 딸입니다.

조우푸위안 그럼 방을 잘못 찾은 것 같네.

루스핑 예. …… 나리. 다른 일은 없으신가요?

조우푸위안 (창을 가리키며) 창문은 누가 열어 놓았나?

루스핑 아. (아주 자연스럽게 창가로 가서 창문을 닫고 천천히 가운데 문으로 걸어간다.)

조우푸위안 (루스핑이 창문 닫는 것을 보고 불현듯 이상하다는 느낌이 들어) 잠깐 좀 서게.

(루스핑이 멈춰 선다.)

조우푸위안　…… 성씨가 뭐지?

루스핑　루씨입니다.

조우푸위안　루씨라. 당신 억양으로 봐서, 북방 사람은 아닌 것 같은데?

루스핑　네. 전 강소 사람입니다.

조우푸위안　우시(無錫) 지방 억양이 있는 것 같구먼.

루스핑　어려서부터 우시에서 자랐습니다.

조우푸위안　(깊은 생각에 잠기면서) 우시? 음, 우시라. (갑자기) 언제 우시에 있었소?

루스핑　광서 이십 년이니까, 한 삼십여 년 전이군요.

조우푸위안　아, 삼십 년 전에 우시에 있었다고?

루스핑　네, 삼십 년 전에요. 아직 성냥도 없던 때죠.

조우푸위안　(깊이 생각에 잠겨) 삼십여 년 전이라. 그래, 아주 오래전이지. 그래, 스무남은 살쯤이었을 때 같아. 그때만 해도 난 우시에 있었지.

루스핑　나리는 어디 분이신지요?

조우푸위안　음. (낮게 읊조리듯) 우시라, 참 좋은 곳이지.

루스핑　그럼요, 좋은 곳이죠.

조우푸위안　삼십 년 전 우시에 갔었나?

루스핑　네, 나리.

조우푸위안　삼십 년 전, 우시에서 아주 유명한 사건이 하나 있었는데…….

루스핑　네.

조우푸위안　혹시 아는가?

루스핑 아마 그럴지도요. 어떤 사건 말씀이신지요?

조우푸위안 아, 너무 오래된 일이라 다들 잊어버렸을 거야.

루스핑 어쩌면 기억이 날지도 모르지요.

조우푸위안 그때 우시에 있던 사람들에게 다 물어봤소. 소식을 알고 싶어서. 한데 그때 우시에 있던 사람들도 이젠 늙거나 세상을 떠 버렸고, 살아 있는 사람들은 다들 알지 못하거나 잊어버렸더군.

루스핑 나리께서 꼭 알고자 하신다면, 무슨 일이든 간에 우시 쪽에 아직 아는 사람들이 있습니다. 오래 연락은 없었지만 아직 물어볼 수는 있습니다.

조우푸위안 내 사람도 보내서 물어봤소. ……하나 어쩌면 자네가 알지도 모르지. 삼십 년 전에 우시에 매이씨라는 성을 가진 집이 하나 있었지.

루스핑 매이씨요?

조우푸위안 매이씨 집안에 한 아가씨가 있었어. 어질고 총명하고 얌전했는데 어느 날 밤 갑자기 강물에 빠져 죽었지. 그 뒤로, 그 뒤로…… 혹시 아는가?

루스핑 글쎄요.

조우푸위안 어?

루스핑 제가 매이씨 성을 가진 아가씨를 한 사람 알기는 합니다.

조우푸위안 그래? 어디 얘기 좀 해 보오.

루스핑 하지만 그녀는 양갓집 규수도 아니고 똑똑하지도 않았을뿐더러 얌전하지도 않았다 들었습니다.

조우푸위안 아마, 아마도 다른 사람인가 보오. 하지만 계속 말해 보오.

루스핑 그 매이씨 아가씨는 어느 날 밤 강에 뛰어들었는데 혼자가 아니었다죠. 품에 태어난 지 사흘밖에 안 된 사내아이를 안고 있었대요. 듣자 하니 생전에도 그렇게 얌전한 여자는 아니었다고 하더군요.

조우푸위안 (고통스러워하며) 아!

루스핑 그녀는 하인 출신이었고 본분을 지키지 못했답니다. 우시의 조우씨 댁 도련님과 뭔가 일이 있어서 아들을 둘 낳았는데, 둘째를 낳고는 사흘도 못 돼서 그 도련님의 버림을 받아 큰아이는 남겨 두고 막 태어난 아이만 품에 안고 섣달 그믐날 강에 빠져 죽었답니다.

조우푸위안 (땀이 흥건하여) 아.

루스핑 그녀는 양갓집 규수도 아니었고, 우시 조우씨 댁에서 일하던 매이씨 집안 딸 스핑이었지요.

조우푸위안 (고개를 들고) 당신 성은 뭐라 했지?

루스핑 루씨입니다, 나리.

조우푸위안 (숨을 몰아쉬고 깊은 생각에 잠겨) 스핑, 스핑, 그래. 그녀의 시체는 어떤 가난한 사람이 발견해서 묻었다던데, 그 산소가 있는 곳을 좀 알아봐 줄 수 있겠소?

루스핑 그런 쓸데없는 건 물어서 뭐하시려고요?

조우푸위안 그 사람이 우리 집안사람이오.

루스핑 집안사람이요?

조우푸위안 음…… 우리가 그 산소를 좀 돌보려 하오.

루스핑　아…… 그러실 필요는 없을 듯합니다.

조우푸위안　왜지?

루스핑　그 사람 아직 살아 있으니까요.

조우푸위안　(경악하며) 뭐라고?

루스핑　그녀는 죽지 않았어요.

조우푸위안　아직 살아 있다고? 그럴 리가? 그녀가 강가에 벗어 놓은 옷을 보았소.

루스핑　유서도 있었죠? 그러나 그녀는 어떤 자비로운 사람에게 구조되었대요.

조우푸위안　뭐? 구조됐다고?

루스핑　그 뒤로 우시 사람들은 그녀를 못 보았으니 죽은 줄로만 생각했겠지요.

조우푸위안　그렇다면 그녀는?

루스핑　혼자서 타향에서 살고 있지요.

조우푸위안　그 어린아이는?

루스핑　그 아이도 살아 있어요.

조우푸위안　(갑자기 일어나서) 당신은 누구요?

루스핑　전 여기 쓰펑의 어미입니다, 나리.

조우푸위안　아.

루스핑　그녀는 이제 늙었고, 천한 사람에게 시집가서 또 딸아이를 하나 낳았는데, 형편이 아주 좋지 않아요.

조우푸위안　그 사람 지금 어디 사는지 혹시 아시오?

루스핑　며칠 전에도 봤어요.

조우푸위안　뭐요? 그녀가 여기 있다는 거요? 이 지방에?

루스핑 예, 바로 이 지방에 있어요.

조우푸위안 아니!

루스핑 나리, 한번 만나 보시렵니까?

조우푸위안 아니, 아니오. 고맙소.

루스핑 팔자가 센 여자죠. 그녀가 조우씨 댁을 떠난 후, 그 도련님은 한 돈 많고 집안 좋은 아가씨와 결혼을 했다더군요. 그녀는 홀몸으로 연고도 없이 아이를 데리고 타지를 떠돌며 무슨 일이든 닥치는 대로 했답니다. 밥을 빌어먹기도 하고, 삯바느질도 하고, 유모 노릇도 하고, 학교 소사 노릇도 했다지요.

조우푸위안 그런데 왜 다시 조우씨 댁을 찾아가지 않았을까?

루스핑 아마도 원치 않아서겠죠. 아들 키우려고 두 번이나 결혼을 했으니까요.

조우푸위안 음, 그 뒤로 결혼을 두 번이나 했다고?

루스핑 예, 다들 천한 사람들이었어요. 좋은 사람을 만나지 못했어요. 나리께서 혹시 좀 도와주실 생각이 있으신가요?

조우푸위안 알았소. 일단 나가 보시오. 생각 좀 해야겠소.

루스핑 나리, 다른 분부 없으신지요? (조우푸위안을 바라보려니 눈물이 터져 나오려 한다.) 나리, 그 비옷은 뭐라고 전할까요?

조우푸위안 쓰펑더러 내 장목 상자에 있는 오래된 비옷을 갖고 오라고 전하고, 오는 김에 그 상자에서 낡은 셔츠도 몇 벌 가져오라고 해 주오.

루스핑 낡은 셔츠요?

조우푸위안 그 낡은 상자에 보면 비단으로 된 셔츠가 있다고. 칼라 없는 것.

루스핑 나리 비단 셔츠는 모두 다섯 벌 아니던가요? 그 중 어느 것을 가져올까요?

조우푸위안 어느 것을?

루스핑 그중 하나는 오른쪽 소매가 불에 타 구멍이 나자 명주실로 매화를 한 송이 수놓았죠? 또 하나는…….

조우푸위안 (경악하며) 매화?

루스핑 또 다른 비단 셔츠에는 왼쪽 소매 깃에 매화 한 송이가 수놓여 있고 그 옆에는 핑이란 글자가 수놓여 있죠. 또 하난…….

조우푸위안 (천천히 일어선다.) 아니? 다, 다, 당신은…….

루스핑 예전에 나리를 모셨던 하인입니다.

조우푸위안 그럼, 스핑! (낮은 목소리로) 어떻게, 당신이?

루스핑 생각지도 못했겠죠. 스핑의 모습이 이렇게 늙어서 당신이 알아보지도 못할 정도가 됐으니.

조우푸위안 당신이…… 스핑?

(조우푸위안이 자기도 모르게 장롱 위의 사진을 보다가 다시 루스핑의 얼굴을 바라본다.)

루스핑 푸위안, 스핑을 찾고 있나요? 스핑 여기 있어요.

조우푸위안 (갑자기 야멸차게) 여긴 뭐하러 온 거요?

루스핑　내가 오고 싶어서 온 게 아니에요.

조우푸위안　그럼 누가 오라고 했소?

루스핑　(비분하며) 운명요! 이 불공평한 운명이 나를 또 이리로 오게 했네요.

조우푸위안　(차갑게) 삼십 년 만에 끝내는 여기를 찾아왔군.

루스핑　(분한 듯) 난 당신을 찾지 않았어요, 난 당신을 찾지 않았다고요. 난 당신을 이미 죽은 사람으로 여겼어요. 오늘 내가 여기 오게 될 줄은 상상도 못했어요. 그런데 하늘이 날 여기로 데려와 당신을 만나게 했군요.

조우푸위안　좀 진정하는 게 좋겠소. 이젠 당신이나 나나 다 자식이 있는 사람이니. 당신 마음에 억울함이 있다면, 그래도 이만한 나이에 울고불고할 필요는 없겠지.

루스핑　울어요? 흥, 하도 울어서 내 눈물은 벌써 다 말랐어요. 억울한 것도 없어요. 한스럽고 후회스러울 뿐이죠. 삼십 년 동안 하루하루 내가 당한 고통이요. 당신은 이미 자신이 한 짓을 잊었는지도 모르죠! 삼십 년 전 섣달 그믐날 밤, 둘째 아들을 낳은 지 겨우 사흘 만에 당신은 그 돈 많은 집안 규수와의 결혼을 서두르느라, 큰 눈이 쏟아지는데도 날 내쫓았죠. 내가 조우씨 집을 떠나도록 쫓아냈어요.

조우푸위안　케케묵은 옛 원한을 몇십 년이 지난 오늘 끄집어내어 뭐하자는 거요?

루스핑　그야 조우씨 댁 큰 도련님은 순풍에 돛 단 듯 성공해서 지금은 사회에서 잘나가는 인물이 되었으니까요.

하지만 난 당신 집에서 쫓겨난 뒤 죽지도 못하고, 대신 우리 어머니만 화병으로 돌아가셨죠. 당신 집안사람들은 내가 낳은 두 아들을 뺏고 나만 쫓아냈죠.

조우푸위안 둘째 아인 당신이 안고 나갔잖소?

루스핑 그건 아이가 곧 죽을 것 같으니까 당신 어머니가 내게 데리고 가게 한 거였어요. (혼잣말로) 아, 하느님, 정말 꿈을 꾸고 있는 것 같군요.

조우푸위안 과거사는 다시 끄집어내지 맙시다.

루스핑 끄집어내야죠, 얘기해야 한다고요. 난 삼십 년이란 세월을 억울하게 살았어요! 당신은 결혼하자마자 이사를 가 버렸죠. 평생 당신을 볼 일이 없으리라 생각했는데, 하필이면 내 자식이 다시 이 집으로 들어와서 내가 당신 집에서 하던 일을 하고 있다니!

조우푸위안 어쩐지 쓰펑이 당신을 닮았다 했어.

루스핑 내가 당신을 모셨는데, 내 자식이 또다시 당신 자식을 모시다니. 그래 이건 내 업보지, 업보야.

조우푸위안 좀 진정해. 정신 좀 차리고. 당신 내 마음마저도 죽었다고는 생각지 마오. 당신은 사람이 그런 파렴치한 짓을 저지르고 그냥 잊어버릴 수 있다고 생각하오? 봐요, 이 가구들. 전부 당신이 예전에 좋아하던 물건들이잖소. 그 기나긴 세월 동안 늘 그대로 두었던 건 당신을 잊지 않기 위해서였소.

루스핑 (고개를 숙이며) 그렇군요.

조우푸위안 당신 생일인 4월 18일도 난 해마다 잊지 않았소.

모든 면에서 당신을 정식으로 조우 집안에 시집왔던 사람으로 생각했고, 심지어 당신이 핑을 낳을 때 병을 얻어서 늘 창문을 닫아 놓던 습관까지 그대로 지키고 있었소. 당신을 잊지 않으려고 말이오.

루스핑 (한숨을 내쉬며) 이젠 우리 모두 나이가 들었어요. 그런 바보 같은 이야기는 그만하기로 해요.

조우푸위안 그러면 더욱 좋고. 그럼 분명하게 정리를 합시다.

루스핑 근데 난 별로 할 이야기가 없을 것 같네요.

조우푸위안 할 말이야 많지. 내 보기에 당신 성정은 크게 변하지 않은 것 같군. ……루구이는 영 착실하지 않아 보이는데.

루스핑 걱정 마요. 그 사람은 영원히 모를 테니까.

조우푸위안 그럼 서로 좋지. 또 하나 물어보고 싶은 게 있소. 당신이 데리고 간 그 아이는 어디 있소?

루스핑 걔는 당신 광산에서 일하고 있어요.

조우푸위안 내가 묻는 건, 지금 어디 있냐고.

루스핑 지금 정문에서 당신 만나려고 기다리고 있잖아요.

조우푸위안 뭐라고? 루다하이? 그 애가 내 아들이라고?

루스핑 당신이 잘못해서 걔 새끼손가락은 지금도 하나가 없어요.

조우푸위안 (쓴웃음을 짓는다.) 그럼 내 혈육이 광산에서 파업을 주도하고 내게 반기를 들었다고!

루스핑 걔는 당신하고 완전히 다른 사람이에요.

조우푸위안 (진정하며) 그래도 내 아들이야.

루스핑　개가 당신을 아버지로 여기리라고는 생각지 마세요.

조우푸위안　(갑자기) 좋소! 솔직하게! 당신 지금 얼마나 필요하오?

루스핑　뭐라고요?

조우푸위안　두었다가 노후에 쓰시오.

루스핑　(쓴웃음을 지으며) 흥! 당신은 아직도 내가 일부러 당신을 협박하러 왔다고 생각해요?

조우푸위안　아무래도 좋소. 아무튼 이 문제는 잠시 접어 두지. 그럼, 먼저 내 생각을 말해 보리다. 루구이를 지금 당장 그만두게 하고, 쓰펑도 돌려보내겠소. 하지만…….

루스핑　겁먹지 마요. 내가 이런 관계를 이용해서 당신을 협박이라도 할 거라고 생각해요? 안심하세요. 그러지 않을 테니. 모레 쓰펑을 데리고 원래 살던 곳으로 돌아갈 거예요. 이건 한낱 꿈일 뿐, 전 절대 여기서 살지 않을 거예요.

조우푸위안　좋아, 좋아. 아주 좋아. 그럼 모든 여비와 경비를 내가 부담하리다.

루스핑　뭐요?

조우푸위안　그래야 내 마음이 좀 편할 것 같소.

루스핑　정말! (웃는다.) 삼십 년을 혼자 살아왔는데, 이제 와서 당신 돈을 받으라고?

조우푸위안　좋아, 좋아요. 그럼 지금 당신이 원하는 게 뭐요?

루스핑　(잠시 멈추었다가) 원하는 게 있긴 있어요.

조우푸위안　뭐요? 말해 보시오.

루스핑 (눈물범벅이 되어) 난…… 난…… 우리 핑을 한번 보고 싶어요.

조우푸위안 핑이 보고 싶다고?

루스핑 그래요, 걔는 어디 있죠?

조우푸위안 지금 위층에서 제 어머니 진찰받는 데 있을 거요. 내가 부르면 내려올 테니, 볼 수 있을 거요. 단…….

루스핑 단, 뭐요?

조우푸위안 걔는 다 컸소.

루스핑 (기억을 더듬으며) 한 스물여덟은 됐겠군요? 다하이보다 한 살 많을 거예요.

조우푸위안 그리고 친어머니가 일찍이 죽은 걸로 알고 있소.

루스핑 아니, 내가 엄마 왔다며 울고불고하기라도 할 것 같아요? 절대 그런 일은 없어요. 난 그렇게 어리석지 않아요. 이런 엄마가 아들 체면을 떨어뜨린다는 것 정도는 안다고요. 난 그 아이의 지위와 그 아이가 받은 교육도 알아요. 그런 아이한테 이런 엄마라니. 이제 나도 그쯤은 알아요. 어쨌든 내가 낳은 아이니, 그저 한번 보고 싶을 뿐이에요. 너무 염려 마세요. 내가 얘기를 꺼낸다 해도 괜히 아이만 힘들게 할 뿐, 날 받아들이려고도 하지 않을 거예요.

조우푸위안 그럼, 우리 약속대로 하는 거요. 내가 그 애를 불러오면 한번 보고, 다시는 루씨 집안사람들은 조우씨 집안에 얼씬도 하지 마시오.

루스핑 좋아요. 나도 더 이상 살면서 당신과 마주치는 일 없기를 바라요.

조우푸위안 (옷 속에서 지갑을 꺼내 수표에 서명을 한다.) 좋아, 이건 5000원짜리 수표요, 우선 가져가서 쓰시오. 내 죄를 조금이라도 갚는 셈으로.

루스핑 (수표를 받자마자) 고마워요. (천천히 찢어 버린다.)

조우푸위안 스핑!

루스핑 내 지난 세월의 고통은 당신이 돈으로 청산할 수 있는 게 아니에요.

조우푸위안 그래도…….

(밖에서 싸우는 소리가 들린다.

루다하이의 소리 "놔, 들어가야겠어."

남자 하인들의 소리 "안 돼, 안 된다고. 나리께선 주무신다니까."

문밖에서 남자 하인들과 루다하이가 다투는 소리가 들린다.)

조우푸위안 (가운데 문으로 가서) 이리 오너라!

(하인이 가운데 문으로 들어온다.)

조우푸위안 누가 그리 소란이냐?

하인 노동자 대표라는 그 루다하이입죠. 막무가내로 나리를 뵙겠다고 합니다요.

조우푸위안 음. (낮게 읊조리며) 그럼 들어오라고 해. 잠깐, 사람을 시켜 위층에 가서 큰 도련님도 내려오라고 하고.

내가 물어볼 말이 있다고.

하인　예, 나리. (가운데 문으로 퇴장한다.)

조우푸위안　(루스핑을 향하여) 스핑, 너무 고집 부리지 마시오. 당신 지금 이 돈 안 받으면 나중에 후회할 거요.

(루스핑이 조우푸위안을 바라보며, 아무 말도 하지 않는다.)

(하인이 루다하이를 데리고 들어온다. 루다하이가 왼쪽에 서자, 서너 명의 하인들이 그 옆에 선다.)

루다하이　(루스핑을 보고) 엄마, 아직도 여기 계셨어요?

조우푸위안　(루다하이를 훑어보고) 자넨 이름이 뭐지?

루다하이　(크게 웃으며) 사장님, 제 앞에서 그렇게 힘주실 것 없어요. 설마 제가 누군지도 모른단 겁니까?

조우푸위안　자네? 자네가 파업을 일으킨 가장 과격한 노동자 대표라는 건 알지.

루다하이　그래요. 조금도 틀림이 없네요. 그래서 당신을 뵈러 왔죠.

조우푸위안　무슨 일이 있나 보지?

루다하이　사장님께서는 제가 왜 왔는지 아실 텐데요.

조우푸위안　모르겠는데. (고개를 흔든다.)

루다하이　우린 멀리 광산에서 이곳까지 왔고, 또 오늘 당신 저택 문 앞에서 아침 6시부터 지금까지 기다렸습니다. 사장님께 직접 묻겠습니다. 대체 우리 노동자들의 요구 조건을 들어줄 작정입니까? 안 들어줄 작정입니까?

조우푸위안 아…… 그럼, 나머지 대표 셋은?

루다하이 그들은 지금 다른 노동조합들과 연락을 취하고 있죠.

조우푸위안 아…… 그자들이 다른 말은 안 하던가?

루다하이 무슨 말을 하든 그건 사장님과는 관계가 없지요. ……한 번 더 묻겠습니다. 부드러워졌다가 갑자기 강경해지는 의도는 대체 뭔가요?

(조우핑이 식당 쪽에서 들어오다가 사람이 있는 것을 보고 돌아가려 한다.)

조우푸위안 (조우핑을 보고) 가지 마라, 핑! (루스핑을 본다. 루스핑이 조우핑이 자기 아들인 걸 알고 눈물이 글썽한 눈으로 바라본다.)

조우핑 예, 아버지.

조우푸위안 (자기 옆을 가리키며) 여기 좀 있거라. (루다하이에게) 자네처럼 이렇게 성질대로만 하면 교섭을 할 수가 없지.

루다하이 흥, 당신네들 수법 내가 다 알고 있소. 이렇게 시간만 끌다가, 돈으로 파렴치한 몇 놈 매수해서 우리를 속이려는 거.

조우푸위안 자네 말에도 일리가 없는 건 아니야.

루다하이 하지만 이번엔 완전히 틀렸소. 이번 파업은 단결력과 조직력을 가지고 있소. 우리 대표들이 이번에 온

건 당신들에게 부탁을 하러 온 게 아니오. 똑똑히 들어요, 부탁은 하지 않습니다. 승낙하면 승낙하는 것이고, 승낙하지 않으면 우리는 끝까지 파업을 계속할 거요. 그럼 두 달도 못 돼서 당신들은 모두 문을 닫게 될 거요.

조우푸위안 자네는 대표와 지도자 들이 다 믿을 만하다고 생각하나?

루다하이 적어도 돈만 아는 당신네들보다는 훨씬 믿을 만하지요.

조우푸위안 그러면 내가 자네한테 뭐 하나 보여 주지.

(조우푸위안이 탁자에서 전보를 찾자 하인이 조우푸위안에게 건넨다. 이때 조우충이 왼쪽 서재에서 나와 살그머니 옆에서 엿듣고 있다.)

조우푸위안 (전보를 루다하이에게 주면서) 이건 어제 광산에서 온 전보야.

루다하이 (가져가 읽는다.) 뭐라고? 다시 일을 시작했다고? (전보를 내려놓으며) 그럴 리가!

조우푸위안 광산 노동자들이 이미 어제 아침에 작업을 시작했는데, 노동자 대표가 그것도 몰랐나?

루다하이 (놀라 분노하며) 광산에서 경찰 총에 맞아 죽은 노동자 서른 명의 죽음이 그저 헛된 희생이었단 말야? 줏대도 없이 배곯을 걱정만 하는 놈들, 우리 대표 네 명을 버린 거야? (전보를 보며 갑자기 웃기 시작한다.) 흥,

이건 가짜야. 당신들이 가짜 전보로 우리를 이간질하는 거라고. (웃으며) 흥, 이렇게 비굴하고 파렴치한 행동을 하다니!

조우핑 (참다 못해) 넌 누구야? 감히 어디서 헛소리를 지껄이는 거야?

조우푸위안 핑! 네가 낄 자리가 아니다. (낮은 목소리로 루다하이에게) 자네는 같이 온 대표들을 그렇게 믿고 있나?

루다하이 더 말하지 않아도 당신 의도는 다 알아.

조우푸위안 좋아. 그럼 내가 그 노동 재개 합의서를 보여 주지.

루다하이 (웃으며) 더 이상 속일 생각 마. 아무리 그래도 대표들의 서명이 없는 건 무효야.

조우푸위안 음, (하인에게) 합의서!

(하인이 탁자에서 합의서를 꺼내 조우푸위안에게 건넨다.)

조우푸위안 보게, 이건 그들 세 사람이 서명한 합의서일세.

루다하이 (합의서를 보면서) 뭐? (천천히 조그만 소리로) 그들 셋이 서명을 했어. 어떻게 내겐 말 한마디 없이 서명을 할 수 있지? 이렇게 날 배신하다니!

조우푸위안 그래, 이 바보야, 경험도 없이 함부로 떠들기만 한다고 일이 되는 줄 알아?

루다하이 그 대표 셋은 어디 있소?

조우푸위안 어제 저녁 차로 돌아갔지.

루다하이 (꿈에서 막 깨어난 것처럼) 그 세 놈이 날 속였군. 이 비겁한 노동자들이 날 팔아넘겼어. 흥, 이 비열한 이사 놈들, 당신들 돈이 이번에도 효력을 발휘했군.

조우핑 (노하여) 이 자식이!

조우푸위안 여러 말 할 거 없다. (고개를 돌려 루다하이를 보고) 루다하이, 자넨 지금 나하고 이야기할 자격조차 없어. ……광산에서는 이미 자넬 해고했으니까.

루다하이 해고?

조우충 아버지, 그건 불공평해요.

조우푸위안 (조우충에게) 넌 입 다물고 나가 있어!

(조우충이 분개하여 가운데 문으로 퇴장한다.)

루다하이 그래, 좋다. (이를 갈며) 당신 수법에 대해서는 내 일찍부터 들어 알고 있었지. 당신은 돈만 벌 수 있다면 무슨 짓이든 하니까. 경찰을 시켜 광산의 수많은 노동자들을 죽이고, 또 당신은…….

조우푸위안 무슨 헛소리!

루스핑 (루다하이에게 다가가) 그만둬라, 가자.

루다하이 흥, 당신 정체를 내가 다 알지, 옛날 하얼빈에서 다리공사를 맡았을 때도, 일부러 제방을 터서 사고를 낸 다음…….

조우푸위안 (사나운 목소리로) 나가!

(하인들이 루다하이를 끌어내면서 말한다. "나가! 나가!")

루다하이 (하인들에게) 이 나쁜 놈들, 이거 봐! 당신은 고의로 인부 2200명을 익사시키고, 한 목숨당 300원씩 빼먹었어! 그래, 당신이 모은 건 집안의 씨를 말릴 부정한 재산이야! 그래 놓고 아직도…….

조우핑 (화를 참지 못하고 루다하이 앞으로 와서 힘껏 그의 뺨을 두 대 갈긴다.) 이 못된 자식!

(루다하이가 되받아치려 하나 하인들에 의해 제지당한다.)

조우핑 쳐라!

루다하이 (조우핑을 향해 큰 소리로) 너! 너!

(그에게 소리치려는데, 하인들이 달려들어 루다하이를 때린다. 루다하이의 머리에서 피가 흐른다. 루스핑이 울부짖으며 루다하이를 감싼다.)

조우푸위안 (사나운 목소리로) 그만!

(하인들이 비로소 때리는 것을 멈추고, 루다하이의 손을 틀어잡는다.)

루다하이 이거 봐! 이 강도들아!

조우핑 (하인들에게) 저 자식 끌고 나가.

루스핑 (큰 소리로 울며) 아, 정말 강도들이구나! (조우핑의 앞까지 걸어가서 울먹이며) 네가 핑이구나. 핑, 그런데 어떻게…… 내 아들을 때릴 수가 있지?

조우핑 당신은 누구요?

루스핑 난 네…… 당신이 때린 저 아이의 어미요.

루다하이 엄마, 그 자식 아는 체할 것 없어요. 엄마도 당하지 않도록 조심하세요.

루스핑 (멍하게 조우핑의 얼굴을 보고 있다가 또 엉엉 울기 시작한다.) 다하이, 내 아들. 가자, 우리 가자. (루다하이의 다친 머리를 끌어안고 운다.)

(루다하이가 하인들에 의해 끌려 나가고 루스핑도 퇴장한다. 무대에는 조우푸위안과 조우핑만 남아 있다.)

조우핑 (미안해하며) 아버지.

조우푸위안 너, 너무 심했다.

조우핑 하지만 그 녀석이 아버지 명예를 더럽히잖아요.

(잠시 고요)

조우푸위안 카를 선생이 네 어머니 진찰은 했느냐?

조우핑 보셨어요. 별것 없었어요.

조우푸위안 그렇구나. (낮게 읊조리다가 갑자기) 이리 오너라!

(하인이 가운데 문으로 등장한다.)

조우푸위안 마님께 일러라, 루구이와 쓰펑의 품삯을 계산해 주라고. 내가 이미 그들을 해고했다.

하인 예, 나리.

조우핑 왜요? 그 두 사람이 뭘 어쨌게요?

조우푸위안 방금 그 녀석이 루씨고, 쓰펑의 오라비라는 걸 몰랐냐?

조우핑 (놀라며) 그 녀석이 쓰펑 오라비라구요? 그래도 아버지…….

조우푸위안 (하인에게) 마님보고 회계해서 루구이와 쓰펑에게 두 달 품삯을 더 계산해 주고, 오늘 당장 내보내라고 일러, 나가 봐.

(하인이 식당으로 퇴장한다.)

조우핑 아버지, 그래도 쓰펑과 루구이는 잘하고 있잖아요. 충직하고 성실해요.

조우푸위안 음. (하품을 하며) 피곤하구나. 서재에 가서 좀 쉬어야겠다. 애들에게 푸얼차 진하게 한 잔 가져오라고 전해라.

조우핑 예, 아버지.

(조우푸위안이 서재로 퇴장한다.)

조우핑 (한숨을 쉬며) 아! (급히 가운데 문으로 나간다.)

(조우충이 마침 가운데 문으로 등장한다.)

조우충 (다급하게) 형님, 쓰펑은요?

조우핑 모르겠다.

조우충 아버지께서 쓰펑일 그만두게 하셨다면서요?

조우핑 그래, 그리고 루구이도.

조우충 쓰펑의 오빠가 아버지 미움을 사기는 했지만 우리도 그 사람을 때렸잖아요? 그런데 쓰펑까지 괴롭혀서 뭘 어쩌겠다고?

조우핑 아버지께 여쭤 보렴.

조우충 이건 정말 말도 안 돼.

조우핑 나도 그렇게 생각해.

조우충 아버지 어디 계세요?

조우핑 서재에.

(조우충이 서재로 달려간다. 조우핑이 방 안에서 왔다 갔다 한다. 루쓰펑이 가운데 문으로 들어온다. 안색이 창백하고 눈가에 눈물이 맺혀 있다.)

조우핑 (황급히 루쓰펑에게로 가서) 쓰펑, 미안하다. 난 정말 네 오라빈 줄 몰랐어.

(루쓰펑은 손만 가로저을 뿐, 가슴에 가득 담은 말을 하지 못한다.)

조우핑 하지만 아무리 네 오빠라도 말을 그렇게 함부로 하는 게 아니었어.

루쓰펑 핑, 그 얘긴 더 이상 하지 마세요. (곧 식당 쪽으로 걸어간다.)

조우핑 뭐 하려고?

루쓰펑 제 물건 챙기러 가요. 잘 가세요, 내일도 먼 길 잘 다녀오세요.

조우핑 안 돼, 가지 마. (그녀를 가로막는다.)

루쓰펑 안 돼요. 놓으세요. 저희는 이미 해고당한걸요, 모르세요?

조우핑 (괴로워하며) 펑, 너…… 너 날 용서해 주겠니?

루쓰펑 아뇨. 그러지 마세요. 손 좀 잡아 봐요. 나 원망하지 않아요. 언젠가 이런 날이 오리란 거 이미 알고 있었어요. 하지만 오늘 밤에는 절대 저를 찾아오지 마세요.

조우핑 하지만 그 후에는?

루쓰펑 그건…… 다음에 얘기해요!

조우핑 안 돼, 쓰펑 난 널 봐야 해, 오늘 밤에 반드시 만나야 한단 말이야. 너한테 할 얘기가 아주 많아. 쓰펑, 넌…….

루쓰펑 아니, 안 돼요. 무슨 일이 있어도 오면 안 돼요.

조우핑 그럼 네가 방법을 찾아서 날 보러 와.

루쓰펑 다른 방법은 없어요. 지금 상황이 어떤지 아직 모르겠어요?

조우핑 그럼, 난 꼭 갈 거야.

루쓰펑 안 돼요. 안 돼. 말씀 부리지 마세요. 제발…….

(조우판이가 식당으로부터 등장한다.)

루쓰펑 아, 마님.

조우판이 여기 있었구나! (루쓰펑을 보고) 잠깐 기다려라. 네 아버지가 전기공을 불렀으니 곧 올 거야. 네 물건은 네 아버지한테 들려 보내든지 아니면 사람을 시켜 보내 줄게. ……네 집은 어디지?

루쓰펑 행화 골목 10호예요.

조우판이 마음 아파하지 말고. 일이 없을 때는 언제든 나를 찾아와도 좋아. 네게 줄 옷들도 나중에 사람 시켜서 보낼게. 행화 골목 10호라고 했지?

루쓰펑 네, 고맙습니다. 마님.

(루스핑이 밖에서 "쓰펑! 쓰펑!" 하고 부르는 소리가 들린다.)

루쓰펑 엄마, 저 여기 있어요.

(루스핑이 가운데 문으로 등장한다.)

루스핑 쓰펑, 잡동사니 챙겼으면 우리 먼저 가자. 곧 큰비가 내릴 것 같다.

(점차 바람 소리, 천둥소리가 들려오기 시작한다.)

루쓰펑 예, 엄마.

루스핑 (조우판이를 향하여) 마님, 저희는 물러가겠습니다. (루쓰펑을 향하여) 쓰펑, 마님께 고맙다고 인사드려야지.

루쓰펑 (마님께 인사를 한다.) 마님, 고맙습니다! (눈물을 머금고 조우핑을 보자 조우핑은 천천히 고개를 돌린다.)

(루스핑과 루쓰펑이 가운데 문으로 퇴장한다. 바람 소리와 천둥소리가 더 요란해진다.)

조우판이 핑, 너 아까 쓰펑과 무슨 얘기를 했지?

조우핑 당신은 물을 권리가 없어요.

조우판이 걔가 널 이해해 주리라고는 생각하지 마.

조우핑 그건 무슨 뜻이죠?

조우판이 더 이상 나를 속이지 마. 묻겠는데 어딜 가겠다고 했지?

조우핑 물을 필요 없어요. 당신이나 점잖게 굴어요.

조우판이 말해 봐, 오늘 저녁에 어디 갈 작정이지?

조우핑 저요……. (갑자기) 전 걜 찾아갈 거예요. 어쩌실래요?

조우판이 (위협하듯) 걔는 누구고 너는 누군지, 알고 있니?

조우핑 몰라요. 내가 아는 건 내가 지금 그 애를 진심으로 좋아하고 있고, 그 애도 날 좋아하고 있다는 것뿐이죠. 지금까지의 일들에 대해서는 당신도 잘 알 거라 생각하지만, 지금 당신이 다 말하길 원한다면 당연히 당신을 속일 필요도 없겠네요.

조우판이 너같이 고등 교육을 받은 사람이 이런 천한 하인의 딸하고 어울리다니. 이런 천한 계집아이하고…….

조우핑 (감정이 폭발하여) 당치 않은 소리! 당신은 걔를 천하다고 말할 자격이 없어요. 그럴 자격이 없다고요. 걘 당신과 달라요. 걘…….

조우판이 (냉소하며) 조심해, 조심하라고! 버림받은 여잘 너무 벼랑으로 몰지 마. 무슨 일을 저지를지 모르니까.

조우핑 나도 다 생각이 있어요.

조우판이 그래, 갈 테면 가 봐! 하지만 조심해, 지금 (창밖을 바라보며, 혼잣말로) 곧 폭풍우가 몰아칠 테니!

조우핑 (알았다는 듯) 고마워요. 잘 알아요.

(조우푸위안이 서재에서 등장한다.)

조우푸위안 여기서 무슨 이야기를 하고 있나?

조우핑 어머님께 방금 일어났던 일에 대해 말씀드리고 있었어요.

조우푸위안 그 사람들은 다 갔니?

조우판이 다 갔어요.

조우푸위안 여보, 충이 또 나한테 야단을 맞고 우는데, 당신이 불러서 좀 달래 주구려.

조우판이 (서재 앞으로 다가가서) 충, 충 안에 있니? (안에서 대답하는 소리가 들리지 않자 걸어 들어간다.)

(밖에서 비바람과 천둥이 더 거세진다. 조우푸위안이 창가로 다가가 밖을 내다본다. 바람 소리가 더욱 세차지더니, 화분이 땅에 떨어져 깨지는 소리가 들린다.)

조우푸위안 핑, 화분이 바람에 넘어졌구나. 아이들 시켜서 빨리 창문 닫으라고 해라. 이제 곧 폭풍우가 몰아칠 모양이다.

조우핑 네, 아버지! (가운데 문으로 퇴장한다.)

(조우푸위안이 창가에 서서 밖에 번개가 치는 것을 바라본다.)

(막이 내린다.)

제3막

행화 골목 10호, 루구이의 집

다음은 루씨네 집 외부의 모습이다.

정류장의 괘종시계가 10시를 알리는데, 행화 골목 사람들은 낮 동안은 악취가 뿜어져 나오다가 한밤이 되어서야 조계지 쪽에서 시원한 바람이 불어오는 연못가에 앉아서 땀을 식히고 있다. 방금 폭우가 한바탕 쏟아졌지만 날씨는 여전히 견디기 힘들 정도로 후덥지근하고, 하늘에는 불길한 검은 구름이 칠흑같이 잔뜩 덮여 있다. 사람들은 모두 내리쬐는 태양 아래의 들풀같이 비록 밤에 이슬을 좀 맞긴 하지만 마음은 여전히 답답하기만 해서, 또 한차례 뇌우가 오길 기다리고 있다. 연못 속 갈대 밑에 숨어 있던 청개구리들만 쉴 새 없이 힘차게 울어 대고, 한가로이 이야기를 나누는 사람들의 소리가 들렸다 끊겼다 한다. 별이 없는 하늘에서는 가끔 마른번개가 치는데, 푸른빛이 한 번 번쩍이면, 언뜻언뜻 연못가 수양버들이 물 위에서 흔들리는 광경이 보인다. 번개가 지나가면 다시 칠흑 같은 어둠이다.

바람을 쐬던 사람들이 점차 흩어지면 사방은 조용해지기 시작하고 천둥소리가 다시 은은하게 울린다. 청개구리도 놀란 듯 더 이상 울지 않고 바람이 다시 불기 시작해 버들잎이 사사삭 소리를 낸다. 깊은 골목에서는 외로운 들개들이 사납게 짖어 댄다.

이제 번갯불은 더욱 밝고 파르스름한 것이 섬뜩하기까지 하다. 천둥도 더욱 흉악하게 우르릉 쾅쾅 하고 울린다. 그럴수록 사방은 더욱 침울하게 조용해지고, 가끔 청개구리 우는 소리와 딱따기 소리만 더 크게 들린다. 들개 짖는 소리는 점점 뜸해지고 폭우가 곧 쏟아질 듯하다.

마지막에는 폭풍과 폭우가 막이 내릴 때까지 계속 쏟아진다.

그러나 관중들에게 보이는 것은 루쓰평의 방이다(두 칸짜리 루구이 집의 안쪽). 앞에서 서술한 것 중 소리를 제외한 나머지는 방 가운데 있는 나무 창문으로만 드러난다.

루쓰평의 방 안 모습.

루씨 집은 이제 막 저녁 식사를 끝냈으나, 각자의 마음은 모두 답답하기만 하다. 각자가 하나씩 걱정거리를 안고 있다. 루다하이는 방 한구석에서 혼자 무언가를 닦고 있고, 루스핑은 루쓰평에게 한마디도 하지 않은 채 침묵을 지키고 있다. 루스핑은 고개를 숙이고 방 가운데 원탁 옆에서 그릇과 수저를 정리하고 있고, 루구이는 왼쪽의 낡은 등받이 의자에 기대 앉았는데, 술이 얼큰하게 취하여 눈이 충혈된 모습이 꼭 원숭이 같다. 상반신을 의자에 기대고 루스핑을 바라보며 딸꾹질을 한다. 그가 갑자기 맨발을 의자 위에 올려놓았다가, 다시 바닥에 내려놓고 끌다가, 두 다리를 쩍 벌린다. 하얀 여름 셔츠를 입었는데 이미 땀에 젖어 몸에 달라붙어 있고, 쉴 새 없이 파초 부채를 부친다.

루쓰펑은 가운데 있는 창가에 서서 관객을 등진 채 불안한 듯 창밖을 바라보고 있다. 창밖 연못가에서는 바람 쐬는 사람들 얘기 소리와 청개구리 울음소리가 들려온다. 그녀는 때때로 불안스럽게 무슨 소리를 들은 것 같기도 하고, 때로는 몸을 돌려 아버지를 보다가 다시 짜증이 나는 듯 얼른 몸을 돌린다. 그녀 오른편 벽 쪽으로는 나무 침대가 하나 놓여 있고 그 위에는 돗자리가 깔려 있다. 그 위에는 아주 깨끗한 홑이불 한 채와 여름용 베개 하나, 그리고 부들부채 하나가 가지런히 놓여 있다.

방은 다른 가난한 사람들의 방처럼 아주 작고, 천장은 낮아서 머리를 내리누르는 듯하다. 침대 머리맡에는 담배 회사의 광고 그림이 한 장 걸려 있고, 그 왼쪽 벽에는 설에 붙였던 낡은 전통극 그림이 붙어 있는데, 이미 여러 곳이 찢어져 있다. 루구이가 앉아 있는 이 방의 유일한 의자 옆에는 작은 네모 탁자가 하나 있는데, 그 위에 거울, 빗, 그리고 여인들이 쓰는 싸구려 화장품이 몇 개 있는 걸로 보아 아마도 루쓰펑의 화장대인 듯하다. 왼쪽 벽으로 낮은 의자가 하나 있고, 가운데 원탁 옆에는 둥근 의자가 하나 덩그러니 놓여 있다. 오른쪽 루쓰평의 침대 아래에는 신식 구두 두어 켤레가 가지런히 놓여 있다. 신발 아래 하얀 보자기로 덮힌 상자에는 도자기 주전자와 투박한 찻잔 두 세 개가 들어 있다. 작은 원탁 위에는 석유등이 하나 있는데 그 등에는 아름다운 붉은 종이 갓이 씌워져 있다. 그리고 자질구레한 물건들이 몇 개 놓여 있는데 희미한 등불빛 아래 잘 보이지 않으나, 그래도 이곳이 여인의 방이라는 것을 알려 준다.

이 방에는 문이 두 개 있는데, 왼쪽(나무 침대가 있는 쪽)에 있는 것은 진한 꽃무늬 커튼이 걸린 작은 문이다. 안에는 석탄이 쌓여 있고 낡은 가구도 한두 개 있는데, 루쓰평이 옷을 갈아입는 데 쓰는 곳이다. 오른쪽에 있는 오래된 나무 문은 루씨 집의 다른 방으로 통하는 문이다. 밖은 루구이가 지내는 곳으로, 오늘 밤 루구이 부부가 잠을 잘 곳이다. 그 바깥방의 문은 연못가의 진흙길로 통한다. 이 안쪽 방과 바깥방 사이 나무 문 옆에는 널빤지 하나가 세워져 있다.

막이 열리면 루구이가 흥분하여 힘차게 저주 반 욕설 반의 가정 훈화를 막 마치고 있다. 방 안에는 침묵과 긴장이 흐른다. 무거운 답답함 속에 연못가에서 부르는 음탕한 사랑 노래가 들리고, 더위를 피해 바람 쐬는 사람들의 이야기 소리가 섞여 들린다. 각자 자기 생각을 하느라, 고개를 숙이고 말이 없다. 루구이는 온몸이 땀에 젖어 있다. 술을 너무 많이 마신 데다, 말하는 데도 너무 힘을 들여서, 입가에 침이 흐르고, 얼굴은 놀라울 정도로 붉다. 그는 집 안에서 자신의 위치와 권위에 만족하는 듯, 다 찢어진 파초 부채를 들고서 흔들고, 부치고, 삿대질한다. 온통 땀에 젖은 비대한 머리를 앞으로 내민 채, 눈은 흐리멍덩하게 뜨고, 각 사람 위에 부채질을 하고 있다.

루다하이는 여전히 자신의 총을 닦고 있고, 두 여자는 그를 별로 개의치 않고 아무 말 없이 루구이가 계속 말하길 기다린다. 이때 청개구리 소리와 구걸하는 노랫소리가 들린다.

루쓰펑이 창문 앞에 서서 간간이 깊은 한숨을 내쉰다.

루구이 (기침을 하며) 빌어먹을! (바닥에 가래를 뱉으며, 흥분해서 묻는다.) 너희들이 한번 생각을 해 봐. 너희들 중에 누구 나한테 잘한 게 있어? (루쓰펑과 루다하이에게) 듣기 싫어도 들어. 너희들 누구 하나 내가 고생해서 키우지 않은 놈이 있느냔 말이야. 근데 지금 너희들이 나한테 뭐 하나 잘하는 게 있어? (먼저 왼쪽을 향해 루다하이에게) 너 말 좀 해 봐. (갑자기 오른쪽을 향해 루쓰펑에게) 말 좀 해 보라니까. (중간 원탁 옆에 앉아 있는 루스핑을 보고, 잘난 체하며) 당신도 말해 보라고, 여기 모두 다 훌륭한 당신 자식 놈들이잖아! (캑 하고 또 가래를 뱉는다.)

(침묵이 흐른다. 밖에서는 호금 소리와 노랫소리가 들린다.)

루다하이 (루쓰펑을 향해) 저건 누구야? 10시 반이 다 되어 가는데 아직도 노랠 부르나?

루쓰펑 (별 뜻 없이) 장님 하나가 아내하고 매일 여기서 노래하며 구걸을 해. (부채질을 하며, 가늘게 한숨을 쉰다.)

루구이 나는 평생 요 모양 요 꼴이야. 운수가 트이질 않아. 이제 막 조우씨 댁에서 한 이 년간 그럭저럭 지냈지. 애들까지 다 자릴 잡아 놨는데, (루스핑을 가리키며) 근데 당신 때문에 말야. 당신은 집에 왔다 하면 사고를 치니, 원. 방금 전엔 또 어떻게 된 거야? 내가 전기공 불러서 왔더니 쓰펑이 일자리도 없어지고 내 뿌리까지 다 뽑혔으니. 젠장, 당신만 안 왔어도 (루스핑을 가리키며) 이렇게까지 재수가 없지는 않을 텐데? (또 가래를 뱉는다.)

루다하이 (총을 내려놓으며) 나한테 욕하고 싶으면 욕해요. 비비 꼬아서 엄말 괴롭히지 말고.

루구이 널 욕해? 너 같은 대단한 위인에게? 내가 욕을 해? 넌 돈 있는 사람한테도 면전에 대고 욕을 하는 놈인데 내가 감히 너한테 욕을 해?

루다하이 (못 참겠다는 듯) 술 두어 잔 마시고 계속 잔소리, 반 시간으로도 충분치 않아요?

루구이 충분해? 흥, 억울해 죽겠다. 화가 나서 죽겠어. 아직 멀었다고! 이 아비도 옛날에 사람을 안 부려 본 게 아니야. 먹고 마시고 즐기고 어느 것 하나 안 해 본 게 없다고! 그런데 네 어미 들어오고부터 패가망신이다. 망조가 들어 날로 기울었다고.

루쓰펑　그건 아빠가 도박으로 다 날린 거잖아요!

루다하이　상관하지 마. 지껄이게 둬.

루구이　(우선 입으로 통쾌하게 떠드는 데 급급해서, 마치 자기가 유일한 희생자라도 되는 듯) 잘 들어. 내가 이렇게 패가망신해서 망조가 들어 날로 기울었다니까. 남들한테 천대받는 것도 서러운데, 너희까지 푸대접이잖아. 지금은 어떠냐, 남들 천대조차 못 받게 됐잖아. 같이 굶어 죽자. 생각 좀 해 봐라, 너희가 잘한 게 뭐냐? (갑자기 자기 다리 올릴 곳이 없자 루스핑에게) 스핑, 저 발등상 좀 가져와. 다리 좀 올려놓게.

루다하이　(어머니에게 상관하지 말라며) 어머니!

(그러나 루스핑은 하나뿐인 둥근 의자를 가져다 루구이의 다리 아래 놓아 준다. 그가 다리를 올려놓는다.)

루구이　(루다하이를 바라보며) 누굴 탓하겠냐? 네가 욕을 해 댔으니, 그네들도 화가 났겠지. 우릴 해고하는 것도 당연해. 누가 나한테 네 아비라고 하던? 다하이야, 생각 좀 해 봐라. 내가 이 나이가 되어서 너랑 같이 굶어 죽게 생겼다. 내가 죽으면 너 나한테 얼굴 들 수 있겠냐? 내가 이러다 죽으면 어쩔래?

루다하이　(못 참고 일어서며, 큰 소리로) 죽으면 죽는 거지, 뭐가 대수라고!

루구이　(놀라 정신이 좀 난다.) 이 빌어먹을 자식!

루스핑 다하이!

(동시에 놀라 소리친다.)

루쓰펑 오빠!

루구이 (루다하이의 우락부락한 몸집과 손에 든 권총을 보고는 좀 겁을 먹고 웃으며) 이것 봐, 이놈 성격하고는! ……(또 이어서 말한다.) 그래, 다하이만 탓할 수도 없지. 조우씨 집안에는 위서부터 아래까지 제대로 된 놈이 하나도 없단 말이야. 내가 이 년을 모셨는데, 그놈들 돼먹잖은 거 내가 모를 줄 알아? 어차피 돈 있는 놈들은 아주 편하다니까. 나쁜 짓 해 놓고도 겉으로는 좋은 일 한 것보다 더 체면치레를 하지. 교양 있는 말을 많이 쓸수록 속은 더 도둑놈들이지. 망할 놈들! 오늘 나 쫓아낼 때도 나리고 마님이고 말은 번드르르하게 잘도 둘러대더군. 두고 봐라, 그놈의 집구석 속내를 내가 모를 줄 알고?

루쓰펑 (그가 소란을 피울까 두려워하며) 아빠, 제발 조우씨 댁에는 가지 마세요!

루구이 (자기도 모르게 교만해져서) 흥, 내일 내가 조우씨네 마님과 큰 도련님 기막힌 소행을 불어 버리면, 그 빌어먹을 영감탱이도 나한테 무릎을 꿇을걸? 배은망덕한 것! (의기양양하게 기침을 한다.) 빌어먹을! (퉤, 하고 또 가래를 뱉으며 루쓰펑에게) 차 좀 없냐?

루쓰펑 아빠, 정말 취했어요? 방금 전에 탁자 위에 올려놓았잖아요?

루구이 (컵을 들고 루쓰펑에게) 이건 맹물이잖아, 이 아가씨야! (땅에다 쏟아 버린다.)

루쓰펑 (냉랭하게) 원래 맹물이에요. 차가 어디 있어요?

루구이 (자기 흥을 깨 버렸다 싶어 루쓰펑에게 화를 내며) 야, 이 년, 내가 밥 먹고 나면 꼭 좋은 차 한잔해야 되는 거 모르냐?

루다하이 (일부러) 아, 아버지께서는 식후에 꼭 차를 드셔야지. (루쓰펑에게) 쓰펑, 너 한 냥에 4원 80전 하는 룽징차라도 좀 끓여 드리지 않고, 왜 아버질 화나게 하니?

루쓰펑 룽징차? 집엔 찻잎 부스러기도 없다고.

루다하이 (루구이를 보고) 들었죠? 그냥 물이나 마셔요. 그렇게 따지지 말고. (끓인 물 한 잔을 가져다가 그 옆에 있는 탁자에다 놓고 간다.)

루구이 여긴 내 집이야. 맘에 안 들면 네가 꺼져.

루다하이 (달려들며) 이걸…… 아휴…….

루스핑 (루다하이를 막으며) 얘, 너, 그럼 안 돼. 엄마를 봐서라도 대들지 마라.

루구이 제가 꽤 잘난 줄 아나 본데, 집에 온 지 이틀도 안 돼 이렇게 큰 소란을 피우고. 그래도 내 한마디 안 했는데, 이젠 날 치겠다? 당장 꺼져!

루다하이 (참으며) 어머니, 저 하는 꼴 더는 못 봐주겠어요. 어머니, 저 나갈게요.

루스핑 쓸데없는 소리, 비 오려나 본데 어딜 가?

루다하이 일이 좀 있어요. 일이 잘 안 되면 가서 인력거라도 끌 거예요.

루스핑 다하이, 너…….

루구이 가, 가, 가라고 해. 가난뱅이 팔자를 타고났네. 꺼져, 꺼져, 꺼지라고!

루다하이 조심해요. 나 더 이상 화나게 하지 말고.

루구이 (능글맞게) 네 어미가 여기 있는데 감히 아비를 어쩌겠다는 거야? 이 잡종 놈!

루다하이 뭐요? 누구 욕을 하는 거야?

루구이 너한테 했다, 이…….

루스핑 (루구이에게) 당신은 체면도 없어요? 그만해요!

루구이 체면? 난 그래도 사생아 키운 적은 없네. (루다하이를 가리키며) 저런 놈을 데리고 시집을 오다니.

루스핑 (마음 아파하며) 아, 기가 막혀!

루다하이 (권총을 꺼내 들고) 이…… 이놈의 영감탱이 죽여 버릴 거야. (루구이를 향해 겨눈다.)

(루구이가 소릴 지르며 급하게 안쪽 방으로 들어가서 꼼짝 않는다.)

루구이 (외친다.) 초, 초, 총!

루쓰펑 (루다하이 앞으로 달려가서, 그의 손을 잡고) 오빠.

루스핑 다하이, 내려놔라.

루다하이 (루구이를 향해) 엄마한테 잘못했다고 말해요. 다시는 헛소리 지껄이거나 함부로 욕하지 않겠다고.

루구이 어…….

루다하이 (한 발 다가서며) 말해요!

루구이 (겁을 먹고) 너, 너…… 너부터 내려놔.

루다하이 (화가 나서) 안 되지! 먼저 말해요!

루구이 그래. (루스핑에게) 내가 잘못했소. 다신 함부로 떠들지 않으리다. 욕도 않고.

루다하이 (그 유일한 둥근 의자를 가리키며) 저기 앉아요!

루구이 (풀이 죽은 채 의자에 앉아 고개를 숙이고 중얼거린다.) 이 잡종 새끼!

루다하이 흥, 당신은 내가 이렇게 힘을 뺄 가치도 없는 인간이에요.

루스핑 내려놔라, 어서 내려놔.

루다하이 (총을 내려놓으며, 웃는다.) 어머니, 걱정 마세요. 겁 좀 준 거에요

루스핑 이리 내. 이 권총 어디서 났니?

루다하이 광산에서 가져온 거예요. 경찰이 우리 덮칠 때 떨어뜨린 걸 주웠어요.

루스핑 그걸 뭐하러 가지고 있니?

루다하이 아무것도 안 해요.

루스핑 아닌데? 어서 말해 봐.

루다하이 (일그러지게 웃으며) 아무것도 아니에요. 조우씨네가 날 몰아붙여 나갈 구멍이 없으면 이걸 쓰려고 했어요.

루스핑 쓸데없는 소리! 이리 내.

루다하이 (내놓으려 하지 않는다.) 어머니!

루스핑 아까 밥 먹을 때 내가 말했잖아, 조우씨네하고는 이제 끝이라고. 우리 루씨들은 앞으로 영원히 그네들 들먹이지 않기로 말이다.

루다하이 (낮은 목소리로 천천히) 하지만 우리가 광산에서 흘린 피는 어쩌고요? 조우씨네 큰아들에게 따귀 맞은 건 또 어쩌고요? 그냥 끝내라고요?

루스핑 그래, 끝났다. 어떻게 그 빚을 다 계산할 수 있겠니? 보복은 끝이 없는 게야. 다 하늘이 정한 운명인 게지, 네가 좀 억울하더라도 난 여기서 끝내고 싶구나.

루다하이 그건 어머니 얘기죠. 전…….

루스핑 (큰 소리로) 다하이. 넌 내가 가장 아끼는 아들이야. 내 말 들어. 내가 언제 너한테 이런 어조로 말한 적 있니? 네가 만약 나리든 도련님이든 간에 조우씨네 사람을 다치게 한다면, 난 평생토록 널 보지 않을 거다.

루다하이 그래도 어머니……. (간청한다.)

루스핑 (명확하게) 너 엄마 성격 알지? 네가 만일 엄마가 제일 두려워하는 일을 저지르는 날에는, 너 보는 앞에서 죽어 버리고 말 테니.

루다하이 (긴 한숨을 쉬며) 아! 어머니. 정말……. (고개를 들었다 다시 떨구며) 그럼 전 평생 그들을 원망할 거예요……. 평생.

루스핑 (한숨을 쉬며) 하느님. 그럼 나도 모르겠다. (루다하이를 보고) 총 이리 다오. (루다하이는 안 주려 한다.) 이리 내! (루다하이에게 걸어가 총을 빼앗는다.)

루다하이 (고통스러워하며) 어머니, 정말…….

루쓰펑 오빠, 엄마께 드려!

루다하이 그럼 가져가세요. 하지만 어디 둘 건지는 알려 주세요.

루스핑 그래, 이 상자 안에 둘게. (총을 침대 머리맡 나무 상자에 넣는다.) 하지만 (루다하이에게) 내일 아침 일찍 경찰에 신고하고 반납해라.

루구이 아무렴. 그래야 맞지.

루다하이 당신은 가만있어요.

루스핑 다하이, 아버지께 그렇게 말하는 거 아니다.

루다하이 (루구이를 쳐다보고는 다시 고개를 돌려) 좋아요, 어머니, 저 갈게요. 인력거 차고에 아는 사람이라도 있나 한번 가 봐야겠어요.

루스핑 그래, 가 봐라. 하지만 반드시 돌아오너라. 식구끼리 서로 얼굴 붉혀서야 되겠니?

루다하이 네, 바로 돌아올게요.

(루다하이가 왼쪽 바깥방으로 통하는 문으로 나가고, 바깥방의 큰 문 닫히는 소리가 들린다. 루구이가 일어서서 루다하이가 나가는 걸 보더니 분한 듯이 다시 돌아와 원탁 옆에 선다.)

루구이 (혼잣말로) 저 빌어먹을 자식. (루스핑에게) 방금 전에 찻잎 좀 사 오랬더니 왜 안 사 왔어?

루스핑 그런 데 쓸 돈이 어디 있어요?

루구이 근데 쓰펑, 내 돈은? 방금 조우씨네서 받아 온 월급 말이다.

루쓰펑 조우씨 댁에서 두 달 치 월급 더 준 거 말이에요?

루구이 그래, 다 해서 60원이지.

루쓰펑 (조만간 알려 줘야 할 거라는 걸 알고) 아, 그거요. 빚 갚았어요.

루구이 뭐야? 다 빚을 갚아 버렸다고?

루쓰펑 방금 짜오 씨가 또 와서는 문을 막고 서서 노름빚 갚으라고 난리였어요. 그래서 엄마가 모두 줘 버렸어요.

루구이 (루스핑에게) 60원을? 몽땅 다 빚 갚았다고?

루스핑 그래요. 이번 노름빚은 그렇게 해서 다 갚은 셈이에요.

루구이 (안달하며) 젠장, 우리 집은 너희들 땜에 다 망한다니까, 지금이 빚 갚을 때냐?

루스핑 (침착하게) 다 갚아 버려야 시원하지. 여기 이 집도 이제 없앨 거예요.

루구이 이 집도 필요 없다고?

루스핑 글피면 지난[濟南]으로 돌아갈 거예요.

루구이 당신은 지난으로 가도 나는 쓰펑하고 여기 있을 건데, 이 집도 필요하지.

루스핑 이번엔 쓰펑도 데리고 함께 갈 거예요. 혼자 여기 두지 않겠어요.

루구이 (루쓰펑에게 웃으며) 쓰펑, 봐라. 네 엄마가 널 데리고 간단다.

루스핑 저번에 갈 때는 내 일이 어찌 될지 몰랐고, 외지라 땅도 물도 설어서 잴 못 데려가고 이웃 장씨 아줌마께 돌봐 달라 했지만, 지금은 그곳 일도 자리가 잡혔고, 이제 쓰펑도 여기 일이 없는데, 안 데려갈 이유가 없지요.

루쓰펑 (놀라며) 엄마, 정말 절 데려가실 거예요?

루스핑 (침통하게) 그래, 앞으로는 어떤 일이 있어도 엄마가 널 떠나지 않을 거야.

루구이 안 되지. 이 문제는 좀 더 의논을 해야 해.

루스핑 의논할 게 뭐 있어요? 당신도 가고 싶으면 글피에 같이 가도 돼요. 하지만 거기선 도박 친구를 찾을 수 없을 거예요.

루구이 물론 난 안 가지. 근데 쓰펑을 데려가서 거기서 뭐 하려고?

루스핑 딸은 당연히 엄마를 따라가야지. 전엔 어쩔 도리가 없어서 그랬지만.

루구이 (도도하게) 쓰펑이 나랑 있으면 잘 먹고, 잘 입고, 그럴듯한 사람들 만나고 하지만, 당신이 잴 데려가 봤자 고생만 시키지, 뭘 하겠어?

루스핑 (포기했다는 듯) 당신한테는 설명해도 몰라요. 잴한테 물어봐요. 날 따라갈 건지, 아님 당신하고 여기 있을 건지.

루구이 당연히 나랑 있겠다고 하겠지.

루스핑 글쎄 한번 물어보라니까요!

루구이 (반드시 이길 것이라 믿으며) 쓰펑, 이리 와서 내 말 똑똑히 들어. 어떻게 할래? 네 뜻대로 하렴. 엄마 따라 갈래? 아니면 나랑 여기 있을래? (루쓰펑이 돌아서는데 얼굴에 눈물이 가득하다.) 아니, 얘가 울긴 왜 울어?

루스핑 저런, 펑, 이 불쌍한 것.

루구이 말해 봐, 시집가는 것도 아닌데 말해 보라니까?

루스핑 (위로하며) 그래, 펑, 말해 봐. 아까 네가 확실하게 대답했지. 이번에는 엄마 따라가겠다고. 그런데 지금은 또 왜 그러니? 얘기해 봐, 우리 딸. 차근차근 엄마한테 말해 봐. 어떤 결정을 내리든 엄마가 널 좋아하는 건 변함없어.

루구이 당신이 가자니까 싫어서 그러지. 내 알지, 쟨 여길 떠나기 싫다고. (웃는다.)

루쓰펑 (루구이에게) 갈 거예요! (루스핑에게) 묻지 마세요. 엄마, 그냥 마음이 좀 안 좋아요. 엄마, 울 엄마, 엄마 따라갈게요. 엄마! (울면서, 루스핑 품에 안긴다.)

루스핑 그래, 우리 딸. 네가 오늘 많이 시달리는구나.

루구이 보라고, 애는 아주 대갓집 규수 같거든. 근데 당신 따라가면 고생길이 훤하잖아?

루스핑 (루구이에게) 그만해요. (루쓰펑에게) 엄마 팔자가 사나워서 미안하구나. 너무 슬퍼하지 마! 이제 엄마랑 같이 있으면 널 업신여기는 사람도 없을 거야. 내 새끼.

(루다하이가 왼쪽 문으로 들어온다.)

루다하이 어머니, 장씨 아줌마 오셨어요. 방금 길에서 만났어요.
루스핑 너, 우리가 가구 판다는 이야기 했니?
루다하이 네, 했어요. 방법을 찾아보겠다고 했어요.
루스핑 인력거 차고에는 아는 사람이 있던?
루다하이 네, 있어요. 다시 나가서 보증인을 한 명 찾아야 해요.
루스핑 그럼 같이 나가자. 쓰평, 너 좀 기다려라. 내 곧 돌아올 테니!
루다하이 (루구이에게) 다녀올게요. 술은 좀 깼어요? (루스핑에게) 오늘 밤 아마 밖에서 자고 올 거예요.

(루다하이와 루스핑이 같이 퇴장한다.)

루구이 (그들이 나가는 걸 보다가) 흥, 이 자식! (창문 앞에 서 있는 루쓰펑을 보고 말한다.) 네 엄마 갔다, 쓰펑. 말해 봐. 어쩔 셈이냐?

(대꾸를 하지 않는다. 한숨을 쉬더니, 밖에서 나는 청개구리 소리와 천둥소리를 듣는다.)

루구이 (비웃듯) 거 봐, 맘이 편치 않은 게지.
루쓰펑 (감추며) 뭐가요? 날이 더워서, 숨이 막혀 그래요.
루구이 너 나 속일 생각 마라. 너 밥 먹고 나서 내내 눈만 멀뚱멀뚱하고 있던데, 무슨 생각을 했냐?
루쓰펑 아무 생각도 안 했어요.

루구이 (일부러 감상적으로) 쓰평, 넌 확실한 내 자식이야. 나한테 친자식이라곤 너 하난데, 네가 엄마랑 가 버리면 난 여기 혼자 남게 되잖아.

루쓰평 그만하세요. 그렇잖아도 머리가 혼란스러워요. (밖에 번개가 친다.) 저거 봐요. 멀리서 또 번개가 치네요.

루구이 얘, 말 끊지 말고, 정말 엄마 따라 지난으로 갈 거냐?

루쓰평 네. (한숨을 쉰다.)

루구이 (무료하게 노래를 한다.) "꽃은 해마다 피고 지지만, 우리네 청춘은 가면 다시 오지 않네!" 제길. (갑자기) 쓰평, 사람이 살면서 좋은 시절이라고 해봤자 겨우 이삼 년이야. 그 기회 놓치면 그만이야.

루쓰평 그만 가세요. 저 피곤해요.

루구이 (서서히 유혹한다.) 조우씨 댁 일은 걱정 마라. 내가 있잖아. 우린 내일 다시 돌아갈 거야. 너 정말 여길 떠날 수 있겠냐? (암시하는 듯) 여길, 이렇게 좋은 곳을 말야. 조우씨 댁을…….

루쓰평 (그를 두려워하며) 쓸데없는 얘기 그만하세요. 그만 가서 주무세요! 밖에 바람 쐬던 사람들도 다 들어갔는데, 왜 아직 안 주무세요?

루구이 너 허튼 생각 마라. (진심 어린 말로) 세상에 믿을 사람 하나 없다. 믿을 건 돈밖에 없어. 참, 왜 하필 너랑 네 엄마만 돈 좋은 걸 모른단 말이냐.

루쓰평 어? 누가 문을 두드리는 거 같아요.

(밖에서 문 두드리는 소리)

루구이　11시가 다 됐는데, 누가 왔을라고?
루쓰펑　아빠, 제가 나가 볼게요.
루구이　아니다. 내가 나가 보마.

(루구이가 왼쪽 문을 반쯤 연다.)

루구이　누구요?

(밖에서 나는 소리　여기가 루씨네 집인가요?)

루구이　그렇소만, 무슨 일이요?

(밖에서 나는 소리　사람을 찾고 있습니다.)

루구이　누구시오?

(밖에서 나는 소리　저 조우씨 집에서 왔어요.)

루구이　(반가워서) 봐라, 왔잖냐? 조우 나리 댁에서 사람이 왔다고.
루쓰펑　(놀라서, 급히 말한다.) 안 돼요, 아빠. 우리 모두 나갔다고 하세요.

루구이　뭐? (영리하게 그녀를 한 번 쳐다보고는) 무슨 말을 하는 거냐?

(루구이가 나간다.)

(루쓰펑은 방을 대충 정리하고, 필요 없는 물건들을 왼쪽 커튼 뒤 작은 방에 가져다 놓는다. 오른쪽 구석에 서서 손님이 들어오기를 기다린다.)

(이때, 조우충이 루구이와 이야기하는 소리가 들린다. 잠시 후에 루구이와 조우충이 등장한다.)

조우충　(루쓰펑을 보고 기뻐하며) 쓰펑!

루쓰펑　(의아한 듯 바라보며) 둘째 도련님!

루구이　(아첨하는 미소를 지으며) 도련님, 비웃지 마십시오. 집이 누추합니다.

조우충　(웃는다.) 정말 찾기 힘들더라. 밖에 연못이 있던데? 경치가 아주 좋아.

루구이　둘째 도련님, 우선 좀 앉으세요. 쓰펑, (둥근 의자를 가리키며) 너 저기 좋은 의자 이리 갖고 오너라.

조우충　(루쓰펑이 말이 없자) 쓰펑, 어디 불편해?

루쓰펑　아니에요. ……(공손하게) 둘째 도련님, 여긴 어떻게 오셨어요? 만약 마님께서 아시면…….

조우충　마님이 보내서 온 거야.

루구이 (대강 알겠다는 듯) 마님께서 보내셨다고요?

조우충 음, 나도 한번 와 보고 싶었어. (루쓰평에게) 오빠와 어머닌?

루구이 나갔어요.

루쓰평 여긴 어떻게 아셨어요?

조우충 (천진하게) 어머니께서 알려 주셨어. 난 여기 이렇게 큰 연못이 있을 줄은 상상도 못했다. 비가 오니 정말 많이 미끄럽더라. 캄캄한 밤에는 조심하지 않으면 빠지기 쉽겠던데.

루구이 둘째 도련님, 미끄러지지는 않으셨죠?

조우충 (희한하다는 듯) 아니. 우리 집 자동차를 타고 왔어. 재미있었어. (방 안 모습을 바라보다가 아주 즐겁다는 듯 웃으며 루쓰평을 바라본다.) 아, 넌 여기서 살고 있구나.

루쓰평 얼른 돌아가시는 게 좋겠어요.

루구이 뭐?

조우충 (갑자기) 참, 내가 왜 왔는지 잊고 있었네. 두 사람이 우리 집을 떠난 후에 어머니께서 마음이 편치 않다 하시더라고. 당분간 일자리를 찾지 못할까 봐 걱정이라고. 루씨 아주머니께 100원을 갖다 주라고 하셨어. (돈을 꺼낸다.)

루쓰평 뭐라고요?

루구이 (조우씨네 집 사람들이 자기에게 잘못한 것을 걱정하고 있다고 생각하고 득의양양하게 웃으며 루쓰평에게) 봐라, 이 분들이 이렇게나 후덕하시다. 역시 돈 있는 분은 다르다니까.

루쓰펑 아니에요, 둘째 도련님. 저 대신 마님께 감사하다고 전해 주세요. 우리는 그럭저럭 지낼 수 있으니, 도로 가져가세요.

루구이 (루쓰펑에게) 얘가? 그래서야 되겠니? 마님께서 직접 둘째 도련님을 보내신 건데, 그 호의를 거절해서야 되겠어? (돈을 받으며) 돌아가시면 마님께 우린 모두 잘 있다고, 안심하시라고 전해 주세요. 감사하다고.

루쓰펑 (고집부리며) 아빠, 그러면 안 돼요.

루구이 너 같은 어린애가 뭘 알아?

루쓰펑 아빠, 받지 마세요. 엄마와 오빠가 알면 분명 싫어할 거예요.

루구이 (상관없다는 듯, 조우충에게) 이렇게 멀리까지 와 주셔서 정말 고맙습니다. 뭐 먹을 거라도 좀 사 올 테니 쓰펑과 좀 앉아 계세요. 그럼 실례하겠습니다.

루쓰펑 아빠, 가지 마세요. 안 돼요.

루구이 아무 말 말고, 우선 둘째 도련님께 차나 한잔 드려. 금방 올 테니까.

(루구이가 급히 나간다.)

조우충 (저도 모르게) 나가는 것도 좋지.

루쓰펑 (싫어하며) 아, 정말 못 말려! ……(맘에 안 든다는 듯) 누가 돈을 가져오랬어요?

조우충 너, 넌 내가 하나도 보고 싶지 않았나 보다. 왜지? 앞으로는 함부로 말하지 않을게.

루쓰펑 (말머리를 돌리며) 나리는 진지 드셨나요?

조우충 방금 막 드셨어. 아버지가 화를 내시니 어머니도 식사하다 말고 위층으로 올라가셨어. 내가 한참이나 권해야 했지. 그러지만 않았어도 이렇게 늦지는 않았을 텐데.

루쓰펑 (일부러 별 뜻 없이 그저 생각났다는 듯) 큰 도련님은요?

조우충 못 봤어. 형은 많이 상심한 것 같아. 또 자기 방에서 혼자 술을 마시더라고. 아마 취했을 거야.

루쓰펑 아! (한숨을 쉬며) ……왜 하인들을 보내지 않고 이런 누추한 곳까지 직접 왔어요?

조우충 (진심으로) 너 지금도 우릴 원망하고 있구나! ……(부끄러운 듯) 오늘 일은 정말 미안해. 하지만 형을 나쁜 사람이라고 생각하진 마. 지금 후회하고 있어. 넌 모르겠지만 형은 널 많이 좋아해.

루쓰펑 둘째 도련님, 저 지금은 이미 그 댁 하인이 아니에요.

조우충 하지만 우리 영원히 좋은 친구로 남으면 안 되니?

루쓰펑 전 엄마와 함께 지난으로 갈 거예요.

조우충 안 돼. 아직 가지 마. 조만간 너하고 네 아버지가 다시 우리 집으로 돌아올 수 있을 거야. 새집으로 이사하고 나면 아버지도 광산으로 가실 것 같아. 그럼 그때 돌아와. 내가 얼마나 기쁘겠니!

루쓰펑 도련님은 참 착해요.

조우충 쓰펑, 이런 작은 일로 슬퍼하지 마. 세상은 넓어. 넌 공부를 해야 돼. 그러다 보면 이 세상에는 우리와 마찬가지로 많은 사람들이 고통을 참고 견디며 꾸준히 일해서 끝내 기쁨을 얻는다는 걸 알게 될 거야.

루쓰펑 아무리 그래도 여잔 결국 여자예요! (갑자기) 들어 보세요. (개구리 소리) 개구리들은 왜 잠도 자지 않고, 한밤중까지 울고 있을까?

조우충 아니야, 넌 평범한 여자가 아니야. 넌 힘이 있어. 괴로움도 견딜 줄 알고. 우리는 아직 젊잖아. 앞으로 이 세상에서 인류의 행복을 위해 일할 수 있어. 난 불평등한 사회가 싫고, 강한 권력만 좇는 사람들도 싫어. 그래서 아버지가 미워. 우리는 모두 억눌리고 있어. 모두 똑같아…….

루쓰펑 둘째 도련님, 목마르죠? 차 한잔 드릴게요. (일어나서 차를 따른다.)

조우충 아니, 괜찮아.

루쓰펑 아뇨, 시중 한번 들게요.

조우충 그렇게 말하지 마. 이제 세상은 바뀌어야 해. 난 지금까지 널 아랫사람으로 생각한 적 없어. 넌 나의 쓰펑이고 나의 길을 인도해 주는 사람이야. 우리가 살 참된 세상은 여기가 아니야.

루쓰펑 아, 말씀도 참 잘하세요.

조우충 어떤 때는 난 아예 현실을 잊어버려. (꿈을 꾸듯) 집도 잊고, 너도 잊고, 어머니도 잊고, 때로는 나 자신까지 잊을 때가 있어. 마치 어느 겨울 새벽, 하늘은 아주 맑고 ……가없는 바다 위에……. 아, 바다제비같이 가벼운 작은 돛단배가 떠 있지. 바닷바람이 세차게 불어 바다 공기에 살짝 비린내와 짠 냄새가 섞여 날 때, 하얀 돛을 팽팽하게 펴고 한 마리 솔개가 날개를 편 것처럼 바닷물에 닿을 듯 말 듯 비껴서, 저 하늘가를 향해 날아가는 모습을 상상하지. 그럴 때면 하늘가엔 하얀 구름 몇 조각만 둥실 떠 있고, 우린 뱃머리에 앉아 앞을 바라보고 있어. 그 앞에 보이는 게 바로 우리 세상이야.

루쓰펑 우리요?

조우충 그래, 너와 나, 우리는 날 수 있어. 정말 순수하고 즐거운 세상으로. 거긴 싸움도 없고 가식이나 불평등도 없고, 또……. (고개를 조금 든다. 눈앞에 그런 세상이 펼쳐져 있다는 듯이.)

루쓰펑 참 좋은 생각이네요.

조우충 (친절하게) 나와 같이 갈 생각이 있으면 그 사람도 같이 가도 괜찮아.

루쓰펑 누구요?

조우충 네가 어제 말한 사람. 네 마음을 이미 그에게 허락했다고 했잖아. 그 사람도 분명 너 같을 거야, 분명…….

(루다하이가 들어온다.)

루쓰펑 오빠.

루다하이 (차갑게) 이건 또 뭐 하는 거냐?

조우충 루 선생!

루쓰펑 조우 나리 댁 둘째 도련님께서 우릴 보러 오셨어.

루다하이 아니…… 지금 시간에 너희 둘이 여기 같이 있을 줄은 생각도 못했는걸? 아버지는?

루쓰펑 뭐 좀 사러 나가셨어.

루다하이 (조우충을 향해) 참 이상하군! 이렇게 늦게! 조우씨댁 도련님께서 이 누추한 곳까지 오다니……. 우릴 보겠다고.

조우충 그렇잖아도 만나고 싶었어요. 악수 좀 해도 될까요? (오른손을 내민다.)

루다하이 (비꼬듯) 난 그 따위 외국 예절은 몰라.

조우충 (손을 다시 빼며) 그럼 용건부터 얘기하죠. 당신에게는 진심으로 미안합니다.

루다하이 뭐가 말이오?

조우충 (얼굴이 빨개진다.) 오늘 오후에, 우리 집에서…….

루다하이 (벌컥 화를 내며) 그 일은 얘기도 꺼내지 마.

루쓰펑 오빠, 그러지 마. 좋은 뜻으로 위로해 주러 온 건데.

루다하이 도련님, 우린 당신네 위로 따윈 필요 없어. 우리는 날 때부터 천한 팔자니, 한밤중에 여기까지 와서 위로하고 뭐 그럴 필요는 없소.

조우충 내 뜻을 오해한 것 같아요.

루다하이 (확실하게) 오해 같은 건 없소. 집에 다른 사람도 없이 내 누이 혼자 있는데 여기 왔다, 이게 무슨 뜻이지?

조우충 그런 식으로 생각할 줄은 몰랐어요.

루다하이 하지만 누구라도 그렇게 생각할걸. (돌아서 루쓰펑에게) 나가 있어.

루쓰펑 오빠!

루다하이 넌 우선 좀 나가 있어. 난 이 사람하고 할 얘기가 있으니까. (루쓰펑이 나가지 않자) 나가!

(루쓰펑이 천천히 왼쪽 문으로 나간다.)

루다하이 둘째 도련님, 얘길 나눠 보니, 당신네 집안에서는 그래도 당신이 제일 판단력 있는 사람 같더군. 하지만 잘 기억해. 앞으로 다시 위로 따위 한다고 여기 오면…… (갑자기 사납게) 다리를 분질러 버리겠어.

조우충 다리를 분질러 버린다고?

루다하이 (반드시 그럴 거라는 태도로) 그래!

조우충 (웃으며) 어떤 이유든 사람이라면 다른 사람의 동정까지 거절하진 않을 거라 생각했는데.

루다하이 동정은 당신과 나 사이의 일이 아니야. 그것도 지위를 봐 가면서 해야지.

조우충 다하이 씨, 난 가끔 당신도 편견이 심하다고 느껴요. 돈 있는 사람이 다 죄인은 아니잖아요? 아무리 그래도 당신들에게 다가갈 수조차 없단 말인가요?

루다하이 당신은 너무 어려서 얘기해도 이해하지 못할 거야. 시원하게 말해 주지. 당신은 여기 와서는 안 돼. 여기는 당신이 올 곳이 아니라고.

조우충 왜죠? ……오늘 아침에 그랬잖아요. 나랑 친구가 되고 싶다고. 쓰펑도 내 친구가 되고 싶어 할 거라고 생각해요. 그런데 내가 여기 와서 좀 돕는 것도 안 돼요?

루다하이 그게 무슨 자비를 베푸는 거라 생각하지 말라고. 듣자 하니, 쓰펑을 공부시키고 싶다고 했다며? 그래? 쓰펑은 내 누이야. 내가 알지. 그 아이는 주관도 없고 그냥 그런 보통 여자애라고. 스타킹도 신고 싶고 자동차도 타고 싶은.

조우충 그렇다면 잘못 본 거예요.

루다하이 난 잘못 보지 않았어. 당신같이 돈 있는 사람들 세계를 더 많이 접할수록 걔의 근심만 커지지. 당신네 자동차, 당신네 댄스 그리고 여유로운 생활이 그 애의 눈을 미혹해서, 벌써 자기가 어디서 왔는지 잊어버리게 됐다고. 이제 집으로 돌아왔어도 성에 차는 게 없을 거야. 하지만 그 앤 가난뱅이의 자식이니, 아마 어떤 노동자의 마누라가 되겠지. 빨래하고, 밥 짓고, 연탄재 치우고. 뭐 학교 가서 공부를 해? 부잣집에 시집가서 마님이 돼? 그런 건 다 대갓집 규수들이나 꾸는 꿈이지! 우리 가난뱅이들은 생각할 엄두조차 나지 않는 일이야.

조우충 당신 말도 일리가 있어요. 하지만…….

루다하이 그러니까 만약 광산 사장 댁 도련님이 정말 쓰펑을 위한다면, 다신 쓰펑과 만나지 말라고.

조우충 정말 편견이 심하군요. 내 아버지가 광산 사장이라고 나까지…….

루다하이 지금 경고하는 거야……. (눈을 부라린다.)

조우충 경고?

루다하이 언제든 당신이 다시 우리 집에 찾아와서, 내 누이와 함께 있는 게 내 눈에 띄면, 내 반드시…… (웃는다. 갑자기 태도를 조금 누그러뜨리고) 됐어. 그런 일은 없길 바라야지. 도련님, 시간이 늦었어. 우리도 자야겠소.

조우충 정말 이런 식으로 나올 줄은…… 생각지 못했네요. 아버지가 제대로 보셨어.

루다하이 (어둡게) 흥! (폭발한다.) 당신 아비는 개자식이야!

조우충 뭐라고?

루다하이 네 형은…….

(루쓰펑이 왼쪽 문에서 달려 나온다.)

루쓰펑 오빠, 그만해! (루다하이를 가리키며) 오빠, 정말 이상해졌어!

루다하이 너 왜 이렇게 멍청해?

루쓰펑 오빠랑 얘기하지 않을 거야. (조우충에게) 가세요, 가라고요. 오빠랑 더 얘기할 거 없어요.

조우충 (할 수 없다는 듯 루다하이를 보며) 좋아, 가지. (루쓰펑을 향해) 정말 미안해. 여기 온 게 널 더 불쾌하게 했나 봐.

루쓰펑 됐어요, 가세요. 여긴 도련님이 있을 곳이 못 돼요.

조우충 알았어, 갈게. (루다하이에게 따뜻하게) 잘 있어요. 괜찮아요. 그래도 난 당신 친구가 되고 싶어요. (손을 뻗으며) 악수 한번 해 줄래요?

(루다하이는 그를 무시하고 몸을 돌려 들어간다.)

루쓰펑 참!

(조우충도 아무 말 않고 가려 한다.)

(루구이가 왼쪽 문으로 등장, 과일과 술병, 안주를 들고 온다. 얼굴이 더 벌게졌고 걸음걸이도 엉망이다.)

루구이 (조우충이 가려는 걸 보고) 아니, 왜요?

루다하이 비켜 주세요. 간대요.

루구이 아니, 안 되지, 이제 막 오셨는데 이렇게 금방 가시다니?

루쓰펑 (화가 나서) 오빠에게 물어봐요!

루구이 (상황을 조금 알아차린 듯, 갑자기 조우충을 향해 웃으며) 상관할 거 없어요. 좀 앉으세요.

조우충 아니요, 가겠어요.

루구이 도련님, 그럼 뭐라도 좀 드시고 가시지. 제가 도련님 드리려고 멀리까지 가서 사 왔는데 좀 드시고, 술도 한잔 하시고 가세요.

조우충 아니에요, 늦었어요. 돌아가 봐야겠어요.

루다하이 (루쓰펑을 향해, 루구이가 사 온 물건들을 가리키며) 어디서 돈이 나서 저런 걸 사 왔지?

루구이 (고개를 돌려 루다하이에게) 내 거야. 네 아비가 번 돈이라고.

루쓰펑 아니죠, 아빠. 조우 나리 댁 돈이잖아요! 또 막 썼군요! (고개를 돌려 루다하이를 향해) 아까 조우 나리 댁 마님이 엄마 드리라고 100원을 보내셨어. 엄마 안 계시다고 아빠가 내 말은 듣지도 않고 받았다니까.

루구이 (무섭게 루쓰펑을 쏘아보고는 해명이라도 하듯 루다하이에게 말한다.) 둘째 도련님이 직접 가져오셨잖아. 내가 안 받으면 말이 되겠냐?

루다하이 (조우충 앞에 가서) 뭐라고? 우리한테 돈을 주러 온 거라고?

루쓰펑 (루다하이를 향해) 오빠 이제 알았구나!

루구이 (루다하이에게 비굴한 낯빛을 보이며) 봐라, 조우 나리 댁 사람들 모두 좋은 분들이잖냐?

루다하이 (표정을 확 바꾸고 루구이에게) 돈 내놔요!

루구이 (의아해하며) 뭐하게?

루다하이 내놓을 거예요, 안 내놓을 거예요? (눈에 핏대를 세워) 안 내놓으면, 저 상자 안에 뭐가 들었는지 잘 생각해 봐요.

루구이 (겁을 먹고) 줄게, 준다고! (지전을 끄집어내 루다하이에게 주며) 여기 있다, 100원.

루다하이 (한 번 세어 보고는) 뭐야? 10원이 모자라잖아?

루구이 (억지로 웃으며) 내, 내, 내가 썼다.

조우충 (더 이상 그들을 보고 싶지 않아) 안녕히 계세요. 이만 갈게요.

루다하이 (조우충을 잡으며) 잠깐, 이런 수에 넘어갈 줄 알고?

조우충 그건 또 무슨 뜻이죠?

루다하이 나한테도 돈 있어, 있다고. 주머니에 딱 10원이 남았네. (잔돈과 은화를 꺼내서, 같이 놓고는) 딱 100원이네. 가져가라고! 당신네 동정은 필요 없어.

루구이 말도 안 돼!

조우충 당신 정말 인정이란 것도 모르는 사람이군.

루다하이 맞아, 난 인정 따위 몰라. 당신네 이런 가식, 인자한 듯 꾸미는 거 난 싫다고…….

루쓰펑 오빠!

루다하이 가져가라고! 꺼져, 꺼지라고.

조우충 (모든 환상이 반쯤 깨져 버린 듯 실망하여 잠시 서 있다가, 갑자기 돈을 집으며) 좋아요, 가죠, 가. 내가 틀렸군요.

루다하이 잘 들어. 앞으로 조우씨네 누구라도 여기 다시 오는 날엔 살려 두지 않을 거야, 누구든 간에!

조우충 고맙네요. 우리 집에서 나 말고 이런 멍청이 짓 하는 사람은 없을 겁니다. 안녕히 계세요!

(조우충, 오른쪽으로 퇴장하려 한다.)

루구이 다하이.

루다하이 (큰 목소리로) 가라고 해요!

루구이　알았다, 알았어. 등불 밝혀 드릴게요. 밖이 깜깜해요!
조우충　고마워.

(두 사람이 같이 오른쪽 문으로 퇴장한다.)

루쓰펑　둘째 도련님! (뛰어나간다.)
루다하이　쓰펑, 쓰펑! 넌 나가지 마! (루쓰펑이 이미 나간 걸 보고) 바보 같은 계집애!

(루스핑이 오른쪽 문에서 등장한다.)

루다하이　어머니, 조우씨네 둘째 아들이 왔던 거 아시죠.
루스핑　응, 문 앞에 자동차가 서 있는 걸 봤다. 누가 온 건지 몰라서 못 들어오고 좀 기다렸어.
루다하이　제가 쫓아 보낸 것도 아시죠?
루스핑　(무겁게 고개를 끄덕인다.) 안다. 문 앞에서 들었다.
루다하이　조우씨네 여편네가 100원을 보내왔대요.
루스핑　흥! (발끈하여) 그런 돈 필요 없다. 내일 쓰펑 데리고 떠날 거야.
루다하이　가시려고요? 쓰펑도 데리고요?
루스핑　그래, 내일 떠날 거야.
루다하이　내일이요?
루스핑　생각을 바꿨어, 내일.
루다하이　잘됐네요. 그럼 전 다른 말 할 필요 없겠네요.

루스핑 뭘 말이니?

루다하이 아무것도 아녜요. 제가 돌아왔을 때 쓰펑이 그 집 둘째 아들이랑 얘기하고 있는 걸 봤거든요.

루스핑 (자신도 모르게) 무슨 얘길 하디?

루다하이 모르겠어요. 아주 친해 보였어요.

루스핑 (놀라며) 뭐? ……(혼잣말로) 이런 어리석은 것.

루다하이 어머니, 장씨 아줌마 만난 일은 어떻게 됐어요?

루스핑 가구 파는 문제는 이미 다 상의했다.

루다하이 잘됐네요. 어머니, 저 갈게요.

루스핑 어딜 가게?

루다하이 돈을 다 썼어요. 아무래도 밤새 인력거를 끌어야 될 것 같아요.

루스핑 됐어. 그럴 필요 없다. 나한테 돈 있으니까, 오늘은 집에서 자거라.

루다하이 아뇨. 그건 두었다 쓰세요. 저 갈게요

(루다하이가 오른쪽 문으로 나간다.)

루스핑 (부른다.) 다하이! 얘야!

(루쓰펑이 등장한다.)

루쓰펑 엄마, (불안하게) 다녀오셨어요?

루스핑 조우 나리 댁 도련님 배웅하느라 엄마가 온 것도 못 봤구나.

루쓰펑 (설명한다.) 둘째 도련님은 마님이 보내신 거래요.

루스핑 네 오라비 말 들으니, 둘이 한참 동안 얘기했다며?

루쓰펑 저랑 둘째 도련님이랑요?

루스핑 그래, 무슨 얘길 하더냐?

루쓰펑 아무것도요! ……그냥 평소 하던 얘기들이요.

루스핑 펑, 정말이냐?

루쓰펑 오빠한테 무슨 말을 들으신 거예요? 오빠는 남의 뜻도 모르고.

루스핑 펑, (그녀를 바라보더니 손을 잡는다.) 날 봐라, 난 네 엄마다. 그렇지?

루쓰펑 엄마, 왜 그러세요?

루스핑 엄마가 널 아끼니? 안 아끼니?

루쓰펑 엄마, 왜 그런 말씀을 하세요?

루스핑 하나 물어보자. 엄마는 이 하늘 아래 제일 불쌍한 사람이지? 아무도 사랑해 주지 않는 불쌍한 늙은이.

루쓰펑 아냐, 그렇게 말하지 마요. 내가 엄마 사랑하잖아.

루스핑 펑, 네게 부탁이 하나 있다.

루쓰펑 엄마, 말씀하세요. 무슨 일인지!

루스핑 나한테 얘기해 주렴, 조우씨네 아들이랑…… 어떤 사이냐?

루쓰펑 오빤 쓸데없는 소리만 하네. ……오빠가 엄마한테 뭐라고 했어요?

루스핑 아니야, 오빤 별말 안 했어. 내가 묻는 거야!

루쓰펑 왜 그런 걸 물어요? 내가 얘기했잖아? 아무것도 아니라고. 엄마, 아무 일 없어!

(멀리서 천둥 치는 소리가 들린다.)

루스핑 들어 봐. 밖에 천둥이 치지? 엄마는 불쌍한 사람이다. 내 딸이 이런 일로 날 속이지 않았으면 좋겠다!

루쓰펑 (잠시 멈추었다가) 엄마, 내가 엄마를 왜 속여? 내가 얘기했잖아요. 두 해 동안…….

루구이 (바깥방에서) 여보, 빨리 와서 자. 몇 신데 그래?

루스핑 신경 쓰지 말고 먼저 자요.

루구이 어서 와!

루스핑 상관 말고 자요! ……(루쓰펑에게) 뭐라고 했니?

루쓰펑 제가 말했잖아요. 요 두 해 동안 매일 밤…… 집에 돌아와서 잤다고요?

루스핑 얘야, 솔직하게 말해야 한다. 엄마는 다시 무슨 일이 생기면 더는 감당할 수 없단다.

루쓰펑 엄마, (훌쩍거리며) 엄마는 왜 딸을 못 믿어요? (루스핑의 품에 안겨 엉엉 운다. 루스핑이 딸을 안아 준다.)

루스핑 (눈물을 흘리며) 펑, 불쌍한 녀석, 널 못 믿는 게 아니라 널 너무 사랑하기 때문에 그래. (침울하다.) 누가 널 속이고 상처 줄까 봐. 어미가 세상 사람들을 못 믿어서 그래. 바보야, 넌 어미 맘을 몰라. 이 어미가 얼마나 고생했는지, 말로 다 할 수 없지. 어미가 젊었을 땐 아무도 그런 걸 일러 주지 않았어. ……너만 잘못된 길로 가지 않는다면, 어미 옛일도 다 얘기해 줄 수 있어……. 가엾은 녀석. 한 걸음 잘못된 길로 들어서니, 계속 잘못된 길로 가게 되더라. 얘야, 이 어미한테 딸이라곤 너 하나뿐이다. 내 딸은 이 어미처럼 살아선 안 돼. 사람 마음이란 믿을 수가 없는 거야. 사람이 나쁘다는 게 아니라, 너무 나약해서 쉽게 변한다는 거지. 얘야, 넌 내 딸이야. 하나뿐인 보물단지! 언제까지라도 엄마 사랑하지? 만약 네가 날 속인다면, 그건 날 죽이는 거나 마찬가지야. 이 불쌍한 것아!

루쓰펑 안 그럴게요, 엄마, 절대. 전 영원히 엄마 딸이에요.

루스핑 펑, 여기 있자니 매일매일이 걱정이다. 우리 내일 바로 가자. 여길 떠나자.

루쓰펑 (일어서면서) 네? 바로 내일요?

루스핑 (결단력 있게) 그래, 생각을 바꿨다. 내일 바로 떠나자. 그리고 영원히 돌아오지 말자.

루쓰펑 영원히 돌아오지 않는다고요? 엄마, 안 돼. 왜 그렇게 일찍 가려고 해요?

루스핑 뭐 해야 할 일이라도 있니?

루쓰펑 (망설이며) 저, 저…….

루스핑 엄마랑 빨리 떠나고 싶지 않은 거냐?

루쓰펑 (한숨을 쉬고는 쓴웃음을 지으며) 좋아요. 내일 가요.

루스핑 (갑자기 의심이 든다.) 얘야, 너 혹시 나한테 또 숨기는 거 있니?

루쓰펑 (눈물을 닦으며) 엄마, 그런 거 없어요.

루스핑 (자상하게) 착하지. 엄마가 아까 한 말 기억하지?

루쓰펑 기억해요!

루스핑 펑, 난 네가 평생 조우씨네 사람들을 안 만났으면 좋겠다!

루쓰펑 알겠어요, 엄마!

루스핑 (무겁게) 아니, 맹세하렴.

루쓰펑 (두려워하며 엄마의 단호한 얼굴을 바라본다.) 아이, 꼭 그렇게까지 해야 해요?

루스핑 (여전히 엄숙하게) 응, 해야 해.

루쓰펑 (무릎을 꿇으며) 엄마. (엄마에게 안기며) 아, 엄마. 나…… 못하겠어요.

루스핑 (눈물을 흘리며) 엄마 마음 아프게 할 거니? 너 삼 년 전 엄마가 네 병간호하다 거의 죽을 뻔한 거 잊었어? 지금 넌……. (고개를 돌리고 운다.)

루쓰펑 엄마, 할게요, 할게.

루스핑 (일어서면서) 이렇게 무릎 꿇고 말해라.

루쓰펑 엄마, 약속할게요. 앞으로는 영원히 조우 나리 댁 사람들 안 만날게요.

(우르릉 쾅 벼락 치는 소리가 지나간다.)

루스핑 얘야, 하늘에서 천둥이 치는구나. 앞으로 만약 네가 엄마 말 어기고 조우씨네 사람을 만난다면?

루쓰펑 (두려워하며) 엄마, 절대, 절대 안 그럴 거예요.

루스핑 얘야, 말해, 말하라니까. 만약 네가 엄마 말을 어기면…….

(밖에서 천둥 치는 소리가 들린다.)

루쓰펑 (아무것도 아랑곳하지 않고) 그……그러면 하늘이 저한테 벼락을 내릴 거예요. (루스핑의 품에 안기며) 아! 엄마! (소리 내어 운다.)

루스핑 (딸을 안고 크게 운다.) 불쌍한 것, 엄마가 나쁘다. 엄마가 저지른 잘못인데 미안하다, 미안해. (운다.)

(루구이가 오른쪽 문에서 등장한다. 짧은 적삼을 벗고, 조끼(배자)만 입고 있다. 온몸에 살집이 두툼하고, 얼굴엔 기름기가 흐른다. 저속한 노래를 흥얼거리며, 게슴츠레한 눈으로 루스핑과 루쓰펑을 바라본다.)

루구이 (루스핑을 향해) 늦었는데 안 자? 무슨 얘기야?

루스핑 상관 마요. 혼자 자라니까. 난 오늘 밤엔 쓰펑과 잘 거예요.

루구이 뭐라고?

루쓰펑 아니에요, 엄마. 가서 주무세요. 저 혼자 있고 싶어요.

루구이 여보, 펑 저 애 오늘 하루 종일 힘들었는데, 계속 그렇게 볶아 댈 거야?

루스핑 애야, 정말 엄마가 옆에 있지 않아도 되겠니?

루쓰펑 엄마, 저 혼자 이 방에서 좀 쉬게 해 주세요.

루구이 이리 와, 뭐 해? 걔도 좀 쉬라고 해. 걔 늘 혼자 잤다고. 나 먼저 가네.

(루구이가 퇴장한다.)

루스핑 그러자. 그럼 잘 자렴. 좀 이따 다시 와 볼게.

루쓰펑 네, 엄마!

(루스핑이 퇴장한다.)

(루쓰펑이 오른쪽 문을 닫는다. 옆방에서 루구이가 또 "꽃은 해마다 피고 지지만, 우리네 청춘은 가면 다시 오지 않네!"라는 유행가 가락을 흥얼거린다. 루쓰펑이 원탁 앞에 서서 등잔불을 줄인다, 이때 밖에서 개구리 소리와 함께 개 짖는 소리가 들린다. 그녀가 침대 머리에서 슬리퍼를 갈아 신고 일어나 단추를 몇 개 풀고, 두 걸음 옮기다가 다시 돌아와서 침대에 앉아 깊게 한숨을 쉰 뒤 침대에 눕는다. 바깥 방에선 루구이가 아직도 나지막이 노래를 부른다. 어머니는 옆에서 떠들지 말라고 낮은 목소리로 타이른다. 방 밖에서는 딱! 딱! 야경 도는 소리가 들린다. 루쓰펑이 다시 침대 위에 일어나 앉아 부채를 힘껏 부친다. 답답한지, 창문을 열고는 창문 앞에 서서 묶었던 머리를 푼다. 깊이 숨을 들이마시고, 창문은 가볍게 반쯤만 닫는다. 여전히 번민으로 마음이 안정되지 않아 온갖 일들이 떠오른다. 손수건

으로 얼굴의 땀을 닦고 원탁 옆으로 온다. 루구이가 말하다 노래하다 하는 소리가 들린다. 그녀는 괴로워서 "하느님!" 하더니, 술병을 들고 입에 한 모금 부어 넣는다. 자신의 가슴을 쓰다듬는다. 가슴속에서 불이라도 나는 것 같아 탁자 옆에 앉는다.)

(루구이가 오른쪽 문으로 등장, 맨발로 슬리퍼를 끈다.)

루구이 아직도 안 자냐?
루쓰펑 (바라보면서) 네.
루구이 (아직 그녀가 술병을 들고 있는 걸 보고) 누가 너더러 술 마시라니? (술병과 안주를 들고, 웃으며) 얼른 쉬어라.
루쓰펑 (멍하니) 응.
루구이 (문 앞까지 가서) 늦었다. 네 엄마도 잠들었다.

(루구이가 퇴장한다.)

(루쓰펑이 오른쪽으로 가 문을 닫고, 문 옆에 한참 서서, 루구이와 루스핑이 얘기하는 소리를 듣다가, 다시 원탁 쪽으로 걸어가 길게 한숨을 쉰다. 낮고 무겁게 탁자를 치더니, 탁자에 엎드려 흐느낀다. "하느님 어떡해요!" 바깥 멀리서 휘파람 소리가 들려온다. 루쓰펑이 갑자기 탁자 위의 등을 밝히더니, 달려가 창을 열고 내다본다. 곧 창을 닫고 등진 채로 서 있는데, 두려움으로 가슴이 뛰어 거칠게 숨을 헐떡인다. 휘파람 소리가 더 또렷해지니, 그녀가 붉은 종이로 등을 덮어 창 앞에 놓는다. 창백한 얼굴로 가쁜 숨을 쉰다. 휘파람 소리는 더

욱 가까워지는데, 멀리서는 천둥이 친다. 두려워져 다시 등을 가져온다. 등을 어둡게 하고, 탁자에 기대어 듣고 있다. 창밖에서 발걸음 소리와 두어 차례 기침 소리가 들린다. 루쓰펑이 살금살금 창가로 다가가, 얼굴이 관객을 향하도록 창에 기대어 선다.)

(밖에서 창문을 두드리는 소리가 들린다.)

루쓰펑 (떨리는 소리) 아…….

밖에서 나는 소리 (창문을 두드리며, 낮은 목소리로) 이봐! 창문 열어 봐!

루쓰펑 누구세요?

밖에서 나는 소리 (우물쭈물하며) 맞혀 봐!

루쓰펑 (떨리는 소리) 당신, 여긴 왜 왔어요?

밖에서 나는 소리 맞혀 보라니까!

루쓰펑 지금 안 돼요. (얼굴은 잿빛, 목소리는 떨린다.)

밖에서 나는 소리 정말이야?

루쓰펑 엄마가 집에 계세요.

밖에서 나는 소리 거짓말하지 마! 주무시잖아.

루쓰펑 (마음이 쓰여) 조심해요, 오빠가 당신을 몹시 미워한다고요.

밖에서 나는 소리 (아무렇지 않게) 집에 없다는 거 알아.

루쓰펑 (몸을 돌려, 관객에게 등을 보인 채) 가세요!

밖에서 나는 소리 싫어!

(밖에서 힘껏 창문을 밀려 하자 루쓰펑이 온 힘을 다해 막는다.)

루쓰펑 안 돼요, 안 된다고요! 들어오지 마요.

밖에서 나는 소리 (나지막히) 쓰펑, 제발, 문 좀 열어 봐.

루쓰펑 아뇨. 안 돼요. 이미 밤이 늦었어요, 옷도 다 벗었어요.

밖에서 나는 소리 (급박하게) 뭐? 옷도 다 벗었다고?

루쓰펑 응, 벌써 침대에 들었어요!

밖에서 나는 소리 (떨리는 소리로) 그……그럼…… 난……. (긴 한숨을 쉰다.)

루쓰펑 (간곡하게) 그러니 들어오지 마세요. 네?

밖에서 나는 소리 좋아. 알았어, 갈게. (또 급하게) 하지만 우선 창문 좀 열어 봐, 나 좀…….

루쓰펑 안 돼요, 빨리 가세요.

밖에서 나는 소리 (다급하게 간청한다.) 싫어, 쓰펑, 나…… 아…… 나, 입맞춤 한 번만 하게 해 줘.

루쓰펑 (고통스러워서) 아이 참, 큰 도련님, 여긴 당신 집이 아네요. 날 좀 놔둬요.

밖에서 나는 소리 (미워하듯) 날 잊었구나, 다시는…….

루쓰펑 (결심한 듯) 그래요. (몸을 돌려 관객을 향해 서서) 당신을 잊었어요. 가세요.

밖에서 나는 소리 (갑자기) 방금 내 동생 왔었지?

루쓰펑 음, ……네 …… 충…… 충이 왔어요!

밖에서 나는 소리 (날카롭게) 아! (길게 한숨을 쉰다.) 그렇게 됐군. 그래서 그러는구나.

루쓰펑 내가 그를 좋아하지 않는 거 알잖아요.

밖에서 나는 소리 (독하게) 흥, 너무해. 마음이 변했나? 알아서 해……. (코웃음을 친다.)

루쓰펑 누가 마음이 변했대요?

밖에서 나는 소리 그럼 왜 창문을 안 열어 주지? 내가 널 정말 사랑한다는 거 몰라? 난 너 없으면 안 되는 거 몰라?

루쓰펑 (사정하듯) 아, 큰 도련님. 나 좀 그만 힘들게 할 수 없어요? 오늘 하루 당신이 얼마나 많은 일을 벌였는지 알아요? 아직도 모자라요?

밖에서 나는 소리 (진정으로) 잘못했다는 거 알아. 하지만 지금은 널 봐야겠어. 그래. 봐야 해.

루쓰펑 (한숨을 쉬고는) 좋아요, 그럼 내일 얘기해요! 내일 당신이 하자는 대로 할게요! 뭐든지 다요!

밖에서 나는 소리 (간절하게) 내일?

루쓰펑 (쓴웃음을 지으며, 눈물이 떨어지자 닦으며) 내일, 그래요. 내일.

밖에서 나는 소리 내일, 정말?

루쓰펑 네, 정말로요. 나 거짓말한 적 없잖아요.

밖에서 나는 소리 좋아. 그렇게 하지. 내일은 헛걸음하게 하면 안 돼.

(발걸음 소리)

루쓰펑 가요?

밖에서 나는 소리 응, 갈게.

(발걸음 소리가 점점 멀어진다.)

루쓰핑 (가슴에 큰 돌멩이 하나를 올려놓은 듯, 혼잣말로) 갔구나! 아, (가슴을 쓸며) 너무 답답해, 너무 더워! (창문을 열고 창 앞에 서니 바람이 들어온다. 뜨겁게 단 얼굴을 쓰다듬으며, 깊이 한숨을 쉰다.) 아!

(갑자기 창문 앞에 조우핑이 나타난다.)

루쓰핑 엄마야! (창문을 닫기 바쁘다. 조우핑이 이미 창문을 좀 열었다. 둘이 실갱이를 한다.)

조우핑 (창문을 계속 민다.) 이번에는 날 쫓아 보내지 못할걸.

루쓰핑 (힘을 써 닫으려 한다.) 아니. 가요, 가세요! (둘이 하나는 밀고 하나는 막고 실갱이를 한다.)

(조우핑이 이미 창문을 넘어 들어왔다. 온몸이 진흙투성이고, 오른쪽 얼굴은 반쯤 피투성이다.)

조우핑 봐 봐, 나 들어왔잖아.

루쓰핑 (뒤로 물러서며) 또 취했군요!

조우핑 아니, (동정을 구하며) 쓰펑. 왜 날 피해? 너 오늘 변했어. 나 내일 아침 일찍 가는데, 날 속이려 했어. 내일

보자고? 난 지금밖에 널 볼 수 없단 말야. 근데 뭘 두려워해? 왜 날 보지 않으려 하지? (오른쪽 피투성이 얼굴을 돌린다.)

루쓰펑 (겁을 내며) 얼굴이 왜 그래요? (조우핑의 피 묻은 얼굴을 가리킨다.)

조우핑 (얼굴을 만지며, 손에 피가 묻는다.) 널 찾아오다 길에서 넘어졌어. (루쓰펑에게 다가간다.)

루쓰펑 안 돼요. 가세요, 가. 제발요, 가세요.

조우핑 (이상하게 웃는다.) 싫어, 널 잘 좀 봐야겠어. (그녀의 손을 잡는다.)

(천둥소리가 크게 울린다.)

루쓰펑 (피하며) 안 돼요. 들어 봐요. 천둥소리예요. 창문을 닫아 줘요.

(조우핑이 창문을 닫는다.)

조우핑 (가까이 다가가며) 뭐가 무서워?

루쓰펑 (떨리는 목소리) 당신이 무서워요. (뒤로 물러서며) 당신 모습이 무서워요. 당신 얼굴이 온통 피투성이잖아요. ……당신을 못 알아보겠어요. ……당신은…….

조우핑 (이상하게 웃으며) 내가 누구 같아? 바보 같으니. (그녀의 손을 잡는다.)

(밖에서 여인의 탄식 소리, 창문을 두드린다.)

루쓰평 (그를 밀어내며) 들어 봐요. 무슨 소리지? 누가 창문을 두드리는 것 같아요.

조우핑 (들어 본다.) 쓸데없이. 아무 소리도 안나!

(천둥소리가 크게 울리더니 벼락이 친다.)

루쓰평 (나지막이) 아, 엄마. (조우핑의 품으로 뛰어들며) 무서워요! (구석으로 숨는다.)

(천둥소리가 우르릉 쾅쾅 나며 큰 비가 내린다. 무대가 더 어두워진다. 바람이 휙 불자 창문이 밀려 열린다. 밖은 칠흑같이 어둡다. 갑자기 시퍼렇게 번개가 번쩍하더니, 조우판이의 새파랄 정도로 창백한 얼굴이 창문 앞에 나타난다. 마치 죽은 송장 같다. 주룩주룩 내리는 비가 그녀의 산발이 된 머리를 흠뻑 적시고 있다. 아무 소리도 내지 않지만 쓴웃음과 함께 눈물이 눈가로 흘러내린다. 안에서 포옹하는 사람들을 그저 바라만 본다. 번개가 멈추자 창밖은 또 칠흑같이 어둡다. 다시 번개가 칠 때 그녀는 손을 뻗어 창문을 닫고 밖에서 잠가 버린다. 뇌성이 더 꽈르릉꽈르릉 울리고, 방이 완전히 어두워진다. 흑암 속에서 루쓰평의 나지막한 말소리만 들린다.)

루쓰평 안아 줘요. 무서워요.

(원탁 위 등에만 불이 밝혀진 채 무대가 일시 캄캄해진다. 창밖에 번개의 섬광이 시퍼렇게 번쩍인다. 밖에서 루다하이가 문 두드리는 소리, 집으로 들어오는 소리가 들린다. 무대가 점차 밝아지면, 조우핑이 둥근 의자에 앉아 있고 루쓰펑이 옆에 서 있다. 침대가 좀 흐트러져 있다.)

조우핑 (자세히 듣더니) 누구야?

루쓰펑 소리 내지 마세요!

(루스핑의 소리 어떻게 돌아왔니?

루다하이의 소리 비가 너무 많이 와서 인력거 보관 창고가 무너졌거든요.)

루쓰펑 (낮은 목소리로, 다급하게) 오빠가 돌아왔어요. 가요, 빨리요.

(조우핑이 급히 창문 앞으로 가 창문을 민다.)

조우핑 (움직이지 않는다.) 이상하다!

루쓰펑 왜요?

조우핑 (급하게) 창문이 밖에서 잠겼는데?

루쓰펑 정말요? 도대체 누가?

조우핑 (다시 민다.) 안 돼, 안 열려.

루쓰펑 소리 내지 마세요. 엄마랑 오빠가 문 쪽에 있어요.

(루다하이의 소리 판자는요?
루스핑의 소리 쓰펑 방에 있다.)

루쓰펑 어머, 핑. 들어올 것 같아요. 숨어요, 숨어!

(루쓰펑이 막 조우핑을 왼쪽 문으로 들어가 숨게 하려는 순간, 루다하이가 등불을 가지고 문을 밀고 들어온다.)

루다하이 (천천히, 야유하며) 뭐야? (루쓰펑이 조우핑과 같이 있는 것을 보고는 양쪽이 다 몸이 굳어 움직이지 못한다. 잠시 침묵 후 쉰 목소리로) 엄마, 빨리 와 보세요, 귀신을 봤어요!

(루스핑이 급히 들어온다.)

루스핑 (목소리가 잠겨) 세상에!
루쓰펑 (엄마가 들어오는 걸 보고는 오른쪽 문으로 뛰쳐나가며, 고통스럽게) 아! 맙소사!

(루스핑이 문빗장을 붙잡고 서 있는데, 거의 혼절할 듯하다.)

루다하이 어, 네놈이었군! (탁자 위에 있던 칼을 들고 조우핑에게로 달려든다.)
루스핑 (있는 힘껏 루다하이의 옷깃을 잡아당기며) 다하이, 제발 그러지 마라. 네가 움직이면 엄만 네 앞에서 죽어 버릴 거야.

루다하이 놔요, 놓으라고요! (급해서 발을 동동 구른다.)

루스핑 (조우핑이 놀라서 꼼짝도 못하는 것을 보고는 발을 구르며) 바보 같으니, 빨리 도망 안 가?

(조우핑이 오른쪽 문으로 뛰어 나간다.)

루다하이 (소리를 지르며) 저놈 잡아! 아버지, 저놈 잡으라고요! (엄마가 루다하이를 붙잡고 늘어지니 루다하이가 조우핑을 쫓아가려고 엄마를 바닥에 몇 걸음 끌고 간다.)

루스핑 (조우핑이 멀리 도망간 것을 보고 그제야 바닥에 앉은 채 넋을 잃고 있다.) 아, 하나님 맙소사!

루다하이 (화가 나 발을 동동 구른다.) 엄마! 왜 그랬어요? 바보 같이!

(루구이가 등장한다.)

루구이 그놈 갔어? 근데 쓰펑은?

루다하이 뻔뻔스러운 것, 도망갔어요.

루스핑 뭐? 우리 펑! 얘야! 밖에 호수에 물이 불었잖아! 얘야, 제발 어리석은 짓 하지 마라! 쓰펑! (뛰어간다.)

루다하이 (그녀를 붙든다.) 어디 가시게요?

루스핑 이렇게 비가 오는데, 뛰쳐나가다니! 쓰펑을 어서 찾아야 돼!

루다하이 알았어요, 저도 갈게요.

루스핑 지체할 수 없어! (뛰어나간다. "쓰펑!" 하고 부르는 소리가 점점 멀어진다.)

(루구이가 갑자기 모자를 쓰고 뛰쳐나간다. 루다하이 혼자 원탁 앞에서 꼼짝 않고 서 있다가, 상자가 있는 곳으로 가 권총을 꺼내서 보더니, 다시 품에 넣고 빠른 걸음으로 나간다. 밖에는 폭풍우 소리와 루스핑이 루쓰펑을 부르는 소리가 계속된다.)

(급하게 막이 내린다.)

제4막

조우씨 저택 거실. 한밤중 새벽 2시경.

막이 오르면 조우푸위안이 혼자 소파에 앉아 서류들을 읽고 있다. 옆에는 스탠드가 켜 있고 사방은 깜깜하다.

밖에서는 은은하게 뇌성이 울리고 주룩주룩 빗소리가 들린다. 창 앞에는 휘장이 드리워져 있다. 가운데 문은 꽉 닫겨 있고 문의 유리창으로 내다보이는 화원의 모든 경치는 어둠 속에 잠겨 있다. 가끔 눈이 부시게 하늘을 가로지르는 번개가 나무와 전신주를 질푸르게 드러내고는, 순식간에 다시 칠흑 같은 어둠에 잠긴다.

조우푸위안 (서류들을 내려놓고 기지개를 켜며 피곤한 듯 허리를 편다.) 이리 오너라! (안경을 벗고 눈을 비비며 소리를 좀 높여) 거기 누구 없나? (안경을 닦으며 왼쪽 식당 문 앞으로 걸어가서, 다시 보통 어조로 돌아와) 여기 누가 있나? (밖에는 번개가 친다. 멈춘다. 오른쪽 장롱 앞으로 다가와 벨을 누른다. 무심코 다시 루스핑의 사진을 본다. 사진을 들고 안경을 끼고 본다.)

(하인이 등장한다.)

하인 나리!
조우푸위안 한참을 불렀어.
하인 밖의 빗소리 때문에 못 들었습니다.
조우푸위안 (괘종시계를 가리키며) 어째 시계가 멈추었지?
하인 (변명한다.) 늘 쓰펑이 밥을 주었는데, 오늘 개가 나가는 바람에 잊어버렸나 봅니다.
조우푸위안 몇 시나 됐나?
하인 네……. 아마 2시쯤 됐을 겁니다.
조우푸위안 방금 집사에게 지난으로 돈을 보내라고 했는데, 제대로 처리했는가?
하인 지난에 있는 루 씨에게 보내는 것 말씀이시죠?
조우푸위안 음.
하인 준비되어 있습니다.

(밖에 번개가 친다. 조우푸위안이 고개를 돌려 화원을 바라본다.)

조우푸위안 마님이 등나무 시렁 옆 전깃줄은 사람 불러 고쳐 놓았나?

하인 사람은 불렀는데, 전기 수리공이 비 때문에 작업을 할 수 없다며 내일 다시 오겠다 하였습니다.

조우푸위안 위험하지 않겠나?

하인 그렇잖아도 좀 전에 큰 도련님 강아지가 거길 지나다 전깃줄에 감전되어 죽었어요. 그래서 새끼줄을 둘러 울타리를 해 놓았으니 사람들은 그리로 가지 않을 겁니다.

조우푸위안 그래? ……참, 몇 시라고?

하인 2시가 다 되었습니다. 주무시겠습니까?

조우푸위안 마님 좀 내려오시라 하게.

하인 주무시는데요?

조우푸위안 (무심코) 둘째는?

하인 벌써 주무시죠.

조우푸위안 그럼 큰애는?

하인 큰 도련님은 저녁 드시고 곧장 나가셔서 아직 안 돌아오셨습니다.

(잠시 침묵)

조우푸위안 (소파로 돌아와 앉는다. 외로워하며) 아니 집 안에 사람이 하나도 없는 거야?

하인 네, 나리. 아무도 없네요.

조우푸위안 오늘 저녁에는 손님도 하나 안 왔어?

하인 네. 나리. 밖에 비가 많이 와서 다들 집에 박혀 있는 모양입니다.

조우푸위안 (기지개를 켜며 더욱 공허함을 느낀다.) 온 집 안에 나 혼자만 깨어 있는 모양이군.

하인 네, 모두 다 잠든 것 같습니다.

조우푸위안 알겠네. 가 보게.

하인 필요한 건 없으십니까?

조우푸위안 없네.

(하인이 가운데 문으로 퇴장한다. 조우푸위안이 일어서서 우울하게 거실 안을 왔다 갔다 하다가 다시 오른쪽 장롱 앞에 서더니, 가운데 등을 켜고 루스핑의 사진을 본다.)

(조우충이 식당 쪽에서 등장한다.)

조우충 (아버지가 여기 있을 줄은 생각지도 못한 듯) 아버지!

조우푸위안 (기쁜 기색을 나타내며) 너…… 아직 안 잤니?

조우충 네.

조우푸위안 뭐 찾니?

조우충 어머니가 내려오신 줄 알았어요.

조우푸위안 (실망하여) 응, 네 어머니는 위층에 있다.

조우충 안 계신 것 같아요. 한참이나 노크를 했는데. 문이 잠겨 있었어요……. 아, 그럼 어쩌면…… 아버지, 전 올라갈게요.

조우푸위안 얘야.

(조우충이 멈춰 선다.)

조우푸위안 좀 있으렴.

조우충 아버지, 무슨 일이세요?

조우푸위안 아니다. (자상하게) 넌 왜 아직 안 자고?

조우충 (순종적으로) 네, 아버지. 늦게 일어났거든요. 이제 자야죠.

조우푸위안 오늘 식후에 카를 선생이 지어 주신 약은 먹었니?

조우충 먹었어요.

조우푸위안 테니스도 치고?

조우충 네.

조우푸위안 재미있었니?

조우충 네.

조우푸위안 (일어서서, 조우충의 손을 잡고) 왜, 내가 무섭니?

조우충 네, 아버지.

조우푸위안 (건조하게) 내게 불만이 있는 것 같구나. 그러냐?

조우충 (할 말이 궁해서) 아뇨. 무슨 말을 해야 할지 잘 모르겠어요, 아버지.

(잠시 고요)

(조우푸위안이 소파로 돌아와 앉더니 한숨을 쉰다. 조우충에게 오라고 손짓하니 조우충이 다가간다.)

조우푸위안 (외롭게) 오늘은…… 어째 이 아비가 좀 늙은 것 같구나. (멈춘다.) 그런 것 같니?

조우충 (냉담하게) 아뇨, 모르겠어요. 아버지.

조우푸위안 (갑자기) 만약 언젠가 이 아비가 죽으면 널 돌봐 주지 못할 텐데, 두렵지 않니?

조우충 (무표정하게) 네, 두려워요.

조우푸위안 (아들에게 자신을 가깝게 느끼게 하려고 친근하게) 너 오늘 아침에 네 학비로 누굴 도와주고 싶다고 했지? 말해 봐라. 내가 허락할 수도 있으니.

조우충 (후회하며) 그건 잠시 제가 멍청해서 해 본 말이에요. 앞으로는 그런 얘기 하지 않을 거예요.

(잠시 고요)

조우푸위안 (대답을 구하듯) 모레면 새집으로 이사할 텐데, 좋지 않니?

조우충 네.

(잠시 고요)

조우푸위안 (나무라듯 조우충을 바라보며) 넌 내게 통 말을 하지 않는구나.

조우충　(맥없이) 저…… 잘 못하겠어요. 평소에 저희를 별로 보고 싶어 하지 않으시는 것 같아서요. (위축되어서) 오늘은 아버지가 좀 이상해요. 저…… 전…….

조우푸위안　(그런 얘기를 더는 계속하기가 민망한 듯) 그래, 들어가 봐라!

조우충　네, 아버지. (식당 쪽으로 퇴장한다.)

(조우충이 식당 쪽으로 나간다.)

(조우푸위안은 좀 실망하여 아들이 나가는 것을 보더니, 다시 루스핑의 사진을 집어 들고, 외롭게 사방을 둘러본다. 스탠드를 끄고 서재로 향한다.)

(조우판이가 가운데 문으로 등장한다. 소리 없이 들어온다. 비옷에서는 여전히 빗물이 줄줄 흐르고, 머리카락이 흠뻑 젖어 있다. 얼굴색이 너무 창백해서 마치 석고상 같다. 높이 솟은 하얀 콧날, 얇고 붉은 입술이 죽은 듯이 그 얼굴에 새겨져 있다. 마치 준엄한 가면에다 새겨놓은 듯, 얼굴에는 아무런 표정이 없다. 다만, 그녀의 두 눈에는 가슴속의 불길이 미친 듯이 활활 타오르는 것처럼 보인다. 그러나 그것 역시 냉혹한 것이다. 사랑과 미움이 여인의 모든 것을 불태워 버려, 그녀는 모든 것을 다 버렸고, 오로지 부글부글 끓고 있는 복수심만 남아 있는 듯하다.)

(그녀가 조우푸위안을 본다. 조우푸위안이 놀라 그녀를 바라본다.)

조우판이 (전혀 이상할 것 없다는 듯) 아직 안 잤어요? (그대로 가운데 문 앞에 서서 움직이지 않는다.)

조우푸위안 당신? (다가가서, 거칠고 낮은 음성으로) 어딜 갔소? (그녀를 바라보며, 멈춰 서서) 충이 저녁 내내 당신을 찾았소.

조우판이 (아무렇지도 않게) 나가서 좀 걸었어요.

조우푸위안 이렇게 비가 퍼붓는데, 나가서 걸었다고?

조우판이 네……. (갑자기 복수라도 하듯) 난 정신병자잖아요!

조우푸위안 아니, 정말 어딜 갔소?

조우판이 (지겹다는 듯) 상관할 것 없어요.

조우푸위안 (그녀를 살피며) 이렇게 옷이 다 젖었는데 벗지도 않고 뭐 해?

조우판이 (차갑게, 의미를 담아) 속이 타서 밖에서 식히는 중이었어요.

조우푸위안 (못 참겠다는 듯) 쓸데없는 소리 하지 말고. 도대체 어딜 갔었소?

조우판이 (무심히 그를 바라보며, 또박또박) 당신 집에!

조우푸위안 (짜증스레) 이 집에?

조우판이 (복수의 쾌감을 느끼며, 미소 짓는다.) 네. 화원에서 비를 좀 감상했죠.

조우푸위안 밤중 내내?

조우판이 (시원스럽다는 듯) 네, 밤새 젖었죠.

(잠시 고요. 조우푸위안이 의아하다는 듯 그녀를 바라본다. 그녀는 마치 석상처럼 여전히 문 앞에 서 있다.)

조우푸위안 판이! 올라가 쉬지.

조우판이 (싸늘하게) 아뇨. (갑자기) 뭘 들고 있는 거예요? (경멸하듯) 흥! 또 그 여자 사진! (손을 뻗어 액자를 집는다.)

조우푸위안 안 봐도 돼. 핑 생모니까.

조우판이 (뺏어서 두어 걸음 나아가 불빛에 비춰 본다.) 핑의 생모는 참 예쁘기도 해.

(조우푸위안은 상관하지 않고 소파에 가서 앉는다.)

조우판이 그렇잖아요?

조우푸위안 그래.

조우판이 아주 온순해 보여요.

조우푸위안 (앞쪽만 바라본다.)

조우판이 똑똑하기도 하고.

조우푸위안 (생각에 잠겨) 음.

조우판이 (기쁜 듯) 참 젊다.

조우푸위안 (자기도 모르게) 아니, 늙었어.

조우판이 (생각난 듯) 벌써 죽었다면서요?

조우푸위안 음, 맞아. 벌써 죽었지.

조우판이 (사진을 내려놓고) 이상해. 꼭 어디서 본 것 같아.

조우푸위안 (고개를 들며, 의심스레) 그럴 리가, 그럴 리가 있나?

……어디서 봤겠소?

조우판이 (갑자기) 이름도 예뻐. 스핑. 스핑, 조금 아랫것 이름 같긴 하지만.

조우푸위안 됐소. 가서 자구려.(일어나서 사진을 집어 든다.)

조우판이 그건 뭐 하려고요?

조우푸위안 모레 이사할 텐데, 잃어버릴까 봐.

조우판이 아뇨. (그의 손에서 사진을 뺏어서는) 밤새 여기 두세요. 잃어버리지 않을 테니. 내가 지키고 있을게요. (탁자에 놓는다.)

조우푸위안 괜히 미친 척하지 말고! 지금 좀 지나치거든!

조우판이 난 미쳤어요. 상관하지 마세요.

조우푸위안 (화가 나서) 좋아, 방으로 올라가요. 난 여기서 혼자 좀 쉬고 싶소.

조우판이 아뇨. 내가 여기서 쉬어야겠어요. 당신이 나가요.

조우푸위안 (엄숙하게) 판이, 가라고. 올라가라니까!

조우판이 (경멸하듯) 아뇨, 싫어요. 잘 들어요. (거친 소리로) 싫다고요.

(잠시 고요)

조우푸위안 (낮은 소리로) 당신 여기 주의해야 돼. (머리를 가리키며) 카를 선생 말 기억하라고. 안정하고 말도 너무 많이 하지 말라 했지. 내일 카를 선생이 올 거야. 내가 이미 약속을 잡아 놓았소.

조우판이　고마워요. (앞을 보면서) 내일? 흥!

(조우핑이 고개를 숙인 채 식당 쪽에서 걸어 나오는데, 얼굴빛이 매우 우울하다. 서재로 향한다.)

조우푸위안　핑이냐.

조우핑　(고개를 들고, 깜짝 놀라서) 아버지! 아직 안 주무셨어요?

조우푸위안　(나무라며) 아니, 이제 돌아오느냐?

조우핑　아뇨, 아버지. 아까 들어왔다가, 뭐 좀 사러 잠깐 나갔다 왔어요.

조우푸위안　지금은 뭐 하려고?

조우핑　서재에 가서 아버지 소개장이 거기 있나 보려고요.

조우푸위안　내일 아침 차로 간다면서?

조우핑　갑자기 오늘 밤 2시 30분 기차가 있다는 게 생각나서 지금 곧 떠나려고요.

조우판이　(갑자기) 지금?

조우핑　네.

조우판이　(의미심장하게) 그렇게 서둘러야 해?

조우핑　네, 어머니.

조우푸위안　(부드럽게) 밖에 비가 많이 오던데 한밤중에 가려면 불편할 텐데?

조우핑　지금 가면 내일 아침 일찍 닿으니, 사람 만나기도 편하고요.

조우푸위안　편지는 서재 책상 위에 있다. 지금 가는 것도 좋지.

(조우핑이 고개를 끄덕이며, 서재로 향한다.)

조우푸위안　잠깐! (조우판이에게) 당신이 가서 편지 좀 가져오구려.

조우판이　(의아하다는 듯 조우푸위안을 바라보며) 음!

(조우판이가 서재로 들어간다.)

조우푸위안　(조우판이가 나가는 걸 보고 진중하게) 통 위층으로 올라가려 하질 않는구나. 좀 이따가 네가 모시고 올라가서 잘 좀 주무시도록 하인들에게 보살피라고 하렴.

조우핑　(어쩔 수 없이) 네. 아버지.

조우푸위안　(더욱 조심스레) 이리 와 보렴!

(조우핑이 다가선다.)

조우푸위안　(낮은 목소리로) 아랫사람들에게 더 조심하라고 일러야겠어. (짜증스레) 병세가 더 나빠진 것 같다. 방금도 혼자서 어딘가 나갔다 오더구나.

조우핑　밖에 나갔다 왔다고요?

조우푸위안　그래. (심각하게) 밤새 비에 흠뻑 젖어서 돌아왔어. 말하는 것도 이상하고. 조짐이 좋지 않아……. (나쁜 징조라도 다가온 것처럼) 나도 이제 늙었어. 집안이 평안했으면 좋겠는데…….

조우핑 (불안하여) 너무 심각하게 생각하지 마세요, 아버지. 다 잘 지나가겠지요.

조우푸위안 (위축되어서) 아냐, 아냐. 어떤 때는 정말 뜻밖의 일이 벌어지기도 하지. 운명이란…… 참 이상한 거야. 나도 오늘 갑자기 깨달았다. 사람 사는 게 너무…… 너무나 쉽지 않구나. 정말…… 정말 생각지도 못한 일이 벌어지니. (지친 듯) 피곤하구나. (큰 짐을 내려놓듯 홀가분하게) 어쨌든 오늘은 지나갔나 보다. (스스로 안위하듯) 이제…… 더 이상 무슨 풍파가 닥치진 않겠지. (춥지도 않은데 전율하듯) 물론, 그런 일은 없을 거야. 네가 광산에 가서 고생을 좀 하겠다니 기쁘다. 네가 가져갈 게 하나 있다. (조우핑을 사방탁자 앞으로 데려가더니, 서랍을 열고 뭔가 보여 준다.) 그러나 이건 자기 보호용으로만 써야 해. 절대 쓸데없이 일을 벌여서는 안 된다. (서랍 열쇠를 조우핑에게 준다.)

(조우판이가 편지를 가지고 나온다.)

조우판이 (귀찮다는 듯) 편지 여기 있어요!

조우푸위안 (막 꿈에서 깬 듯, 조우핑에게) 그래, 가거라. 나도 자야겠다. (기쁜 기색을 띠며) 참! 모레면 우리도 새집으로 옮길 테니, (조우판이에게) 당신도 한 이틀 푹 쉬구려.

조우판이 (그가 빨리 나가기를 고대하며) 네, 그러죠.

(조우푸위안은 서재 쪽으로 퇴장한다.)

조우판이 (조우푸위안이 나가는 걸 보고, 어둡게) 이젠 꼭 가겠다는 거네.

조우핑 (소리에 약간 화가 나 있다.) 네.

조우판이 (갑자기 급하게) 방금 아버지가 뭐라고 하셨어?

조우핑 (피하듯) 어머니 모시고 올라가서 주무시게 하라고요.

조우판이 (냉소적으로) 하인 몇 시켜서 날 2층에다 가두어 버리지 않고?

조우핑 (일부러 잘 모르겠다는 듯) 무슨 뜻이죠?

조우판이 (공격적으로) 날 속이려 하지 마. 다 알아, 안다고. (마음 아파하며) 날 정신병자라고 했겠지. 미쳤다고. 다 알아. 네게도 날 그렇게 대하라고 했겠지. 누구든 다 날 그렇게 대하게 하니까.

조우핑 (놀라서) 아뇨, 그렇게 생각하지 마세요.

조우판이 (괴상한 표정으로) 너, 너까지 날 속이려 해? (낮은 소리로, 어둡게) 너희들 눈빛을 보면 다 알 수 있어. 부자가 모두 내가 빨리 미쳐 버리길 바라지! (독살스럽게) 너희…… 아버지하고 아들하고…… 뒤에서 날 무시하고 비웃어. 뒤에서 내가 어떻게 될지 지켜보고 있어.

조우핑 (스스로를 진정시키며) 너무 과민하게 생각하지 마세요. 2층으로 모셔다 드릴게요.

조우판이 (돌연 높은 소리로) 그럴 필요 없어. 비켜! (억제하며, 증오하며, 낮은 소리로) 네 아버지 말야, 뒤에서 몰래 날 미치광이 취급하고 네게 조심하라 하면서, 이 미치광이 모시고 올라가라 그러디? 그럴 필요 없어.

조우핑 (혐오감을 누르면서) 그러면 편지 주세요. 저는 이만 갈게요.

조우판이 (잘 모르겠다는 듯) 어딜 가겠다는 거야?

조우핑 (어쩔 수 없이) 떠나야 해요. 짐도 챙겨야 하고.

조우판이 (갑자기 냉정하게) 그럼 하나만 물을게. 오늘 저녁에 어디 다녀왔어?

조우핑 (적대적으로) 묻지 마세요. 다 알잖아요.

조우판이 (낮은 소리로, 겁을 주려는 듯) 그래, 결국 걔한테 갔지.

(잠시 고요. 조우판이가 조우핑을 바라보자 조우핑이 고개를 숙인다.)

조우핑 (단호하게 어둡게) 네, 갔어요, 갔다고. (도전하듯) 어쩌시려고요?

조우판이 (약해져서) 어쩌겠어? (억지로 웃음을 지으며) 아까 오후에는 내가 잘못했어. 미안해. 그럼 떠난 후에 걘 어쩔 건데?

조우핑 이후에요? ……(갑자기) 결혼할 거예요!

조우판이 (완전히 뜻밖인 듯) 결혼?

조우핑 (확정적으로) 네.

조우판이 (가슴이 찢어지는 듯) 아버지는?

조우핑 (담담하게) 나중에 말씀드리죠.

조우판이 (비밀스레) 핑, 지금 네게 기회를 한 번 줄게.

조우핑 (무슨 말인지 몰라) 뭐라고요?

조우판이 (구슬리듯) 오늘 떠나지만 않는다면 아버지껜 내가 방법을 강구해 볼게.

조우핑 그럴 필요 없어요. 이건 광명정대한 일이에요. 누구에게든 얘기할 수 있어요. ……걘…… 그저 좀 가난할 뿐이에요.

조우판이 (분해서) 너 지금 얘기하는 게 꼭 네 동생 같구나. ……(우울하게) 핑!

조우핑 어쩌려고요?

조우판이 (음울하게) 네가 떠나면 난 어떻게 하라고?

조우핑 모르겠어요.

조우판이 (두려운 듯) 아버질 보라고, 상상이 안 돼?

조우핑 무슨 얘길 하는지 모르겠어요.

조우판이 (머리를 가리키며) 여기 말이야, 모르겠어?

조우핑 (아는 듯 모르는 듯) 무슨 얘기예요?

조우판이 (마치 다른 사람의 일을 서술하듯) 우선 그놈의 전문의인지 하는 카를 선생이 매일같이 와서는 약을 먹으라고 하겠지. 약, 약, 약 먹으라고! 점점 더 많은 하인들이 시중들면서 마치 괴물이라도 되는 듯 날 지키겠지. 그들은…….

조우핑 (지겨운 듯) 제발 그런 쓸데없는 생각 좀 하지 마세요.

조우판이 (상관치 않고) 다들 네 아버지 말투를 배우겠지. "조심해, 조심. 좀 정상이 아냐!" 하면서, 모두들 몰래 뒤에서 낮은 소리로 수군대겠지. 차츰 누구든 조심조심하며 날 보지 않으려 할 거야. 마지막에는 쇠사슬로 묶어 놓겠지. 그땐 정말 미친 사람이 되어 있겠지.

조우핑 (어찌할 방법이 없어) 참! (시계를 보며) 시간이 없어요. 편지 주세요. 짐도 챙겨야 하고요.

조우판이 (간청하듯) 핑, 안 될 거 없어. (연민을 기대하며) 핑, 생각 좀 해 봐. 너 전혀…… 조금도 마음이 움직이지 않는 거야?

조우핑 정말…… (일부러 더 독하게) 당신 스스로 그 길을 가고 싶다면 난들 어쩌겠어요?

조우판이 (분노하며) 뭐라고? 네 어머니도 아버지 때문에 분을 못 이겨 죽은 것 몰라?

조우핑 (다 끝낼 작정으로, 더 매섭게 그녀를 자극한다.) 내 어머닌 당신과 달라요. 사랑을 아시니까요. 아들을 사랑했고, 아버지에게 부끄러운 것도 없고요.

조우판이 (감정이 폭발하여 눈에서 광기의 불꽃이 뻗어 나온다.) 네가 그런 얘기 할 자격이 있어? 잊었어? 바로 이 방에서였지. 삼 년 전의 널? 너 자신이 정말 죄인이란 걸 잊었니? 잊었어? 우리가…… (갑자기 멈추고, 자신을 억제하며, 냉소적으로) 응, 그래. 그건 지난 일이니까 얘기하지 말자.

(조우핑이 고개를 떨구고 몸을 떨며 소파에 앉는다. 후회에 사로잡혀 얼굴 근육마저 부자연스러운 경련을 일으킨다.)

조우판이 (그를 향해 돌아서서 우는 소리로, 실망한 듯 말한다.) 음, 핑, 그래. 이번에는 내가 네게 부탁할게. 마지막으로 부탁하는 거야. 나 여지껏 아무에게도 이렇게 날 죽여 가며 얘기해 본 적 없어. 한데 지금은 제발 부탁이야. 날 불쌍히 여겨 줘. 난 정말 이 집에서 더 이상 못 견디겠어. (구슬프게 호소한다.) 오늘 하루 내가 어떤 고통을 당했는지 너도 다 봤잖아. 이게 어디 하루 이틀로 끝나겠어? 이제 한 달 내내, 일 년 내내, 내가 죽을 때까지 그럴 테지. 네 아버진 날 싫어해. 내가 자기 죄악을 다 알기 때문에 두려워하는 거지. 모든 사람이 날 괴물, 미치광이로 여기기를 바라는 거야, 핑……!

조우핑 (마음이 혼란스러워) 됐어요. 그만해요.

조우판이 (급박하게) 핑, 난 친척도 친구도 없어. 믿을 사람이 하나도 없어. 제발 부탁이야, 가지 마…….

조우핑 (회피하며) 아, 안 돼요.

조우판이 (애원하듯) 가려면 나도 데리고 가…….

조우핑 (두려워하며) 뭐요? 정말 말도 안 돼!

조우판이 (애원한다.) 아냐, 아냐, 날 데리고 가……. 여기서 날 나가게 해 줘. (아무것도 상관치 않고) 나중에 쓰펑을 데리고 온다면…… 같이 살아도 좋아. 단지, 단지 (열렬하게) 제발 날 떠나지만 말아 줘.

조우핑 (놀랍고 두려워서 그녀를 쳐다보며 물러선다. 잠시 고요. 떨리는 소리로) 아니, 정말 미쳤나 봐요!

조우판이 (위로하듯) 아냐, 그런 식으로 말하지 마. 널 정말 잘 아는 사람은 나뿐이야. 난 네 약점을 알고, 너도 날 알아. 너에 대해선 모든 게 훤해. (갑자기 매혹적으로 웃으며, 조우핑에게 기묘한 손짓을 한다. 더욱 유혹하려는 듯 웃으며) 이리 와. 자…… 뭐가 두려워?

조우핑 (그녀를 바라보며 더 이상 참지 못하고 소리친다.) 아, 그렇게 웃지 마요. (더 강하게) 내게 그런 식으로 웃지 마요. (괴로워서 자기 머리를 때리며) 아, 난 나 자신이 미워. 밉다고, 내가 이렇게 살아 있는 것 자체가 증오스러워.

조우판이 (마음이 아파) 내가 널 그렇게 괴롭게 하니? 하지만 내가 몇 년 못 살 거란 거 알잖아.

조우핑 (괴로워하며) 모르겠어요? 이런 관계는 누가 들어도 진저리 칠 거예요. 내가 왜 매일같이 술 마시고 개판을 치는 줄 알잖아요? 내가 자신을…… 자신을 증오하기 때문이란 거.

조우판이 (차갑게) 내가 몇 번이나 말했어, 난 그렇게 생각하지 않는다고. 내 양심이 그렇게 여기지 않아. (정중하게) 핑, 오늘은 내가 잘못했어. 만약 오늘 내 말대로 집을 떠나지 않으면 다시 쓰펑을 불러올게.

조우핑 뭐라고요?

조우판이 (분명하게) 다시 오라고 해도 된다고.

조우핑 (그녀 앞에 가서 무거운 소리로, 천천히) 당장 내 앞에서 사라져!

조우판이 (잠깐 멍했다가 천천히) 뭐라고?

조우핑 당신은 지금 정상이 아니에요. 어서 올라가서 자요.

조우판이 (자기 운명을 뚜렷하게 느끼며) 그럼 끝장이군.

조우핑 (피곤한 모습으로) 네, 가세요.

조우판이 (절망적으로, 침울하게) 방금 루구이네서 너와 쓰펑이 함께 있는 걸 봤어.

조우핑 (놀라며) 뭐요? 루씨 집에 갔다고요?

조우판이 (앉으며) 그래. 그 집 앞에서 한참 서성였지.

조우핑 (후회와 두려움으로) 언제요?

조우판이 (고개를 숙이고) 네가 창문으로 들어가는 걸 봤어.

조우핑 (급히) 그럼…….

조우판이 (혼이 빠진 듯 앞을 바라보고) 그 창 앞에 서 있었지.

조우핑 그럼 탄식하던 여인의 소리가 당신?

조우판이 응.

조우핑 그러고 거기 한참이나 있었다고요?

조우판이 (천천히, 그러나 낭랑하게) 거의 네가 떠날 때까지.

조우핑 아! (그녀 옆으로 가서 작은 소리로) 그 창문, 당신이 닫은 거예요? 그래요?

조우판이 (더 낮은 소리로, 음울하게) 응, 나야.

조우핑 (끔찍해하며, 독하게) 정말 내 상상을 초월하는 괴물이로군요!

조우판이 (고개를 들고) 뭐?

조우핑 (난폭하게) 정말 미쳤군!

조우판이 (무표정하게 그를 바라보며) 어쩔 건데?

조우핑 (증오하며) 죽어 버려! 가요!

(조우펑이 식당 쪽으로 급히 나가 버린다. 문이 쾅 닫힌다.)

조우판이 (멍하니 잠시 앉아서 식당 문을 바라본다. 루스핑의 사진을 흘낏 보더니 손에 들고는 낮은 소리로 음울하게) 당신 아들이야! (천천히 사진틀에 든 사진을 조각조각 찢어 버린다. 조용히 일어서서 두어 걸음 걷는다.) 이상해. 이렇게 마음이 고요하다니!

(가운데 문이 살짝 열린다. 조우판이가 고개를 돌리니, 루구이가 살금살금 걸어 들어온다. 그의 교활한 눈길이 그녀를 보며 웃고 있다.)

루구이 (절을 하고 몸을 약간 굽신거리며) 마님, 안녕하세요?

조우판이 (좀 놀라며) 무슨 일로 왔는가?

루구이 (거짓 웃음을 띠고) 안부 여쭈러 왔습죠. 문 앞에서 한참이나 기다렸습니다.

조우판이 (정신을 가다듬으며) 음, 방금 문 앞에 있었다고?

루구이 (소리를 낮추어) 예. (더 비밀스레) 큰 도련님과 다투시는 걸 들었습니다요. 그래서…… (거짓 웃음을 띠며) 감히 들어올 수가 있어야죠.

조우판이 (침착하게, 서두르지 않고) 자네는 뭐하러 왔는데?

루구이 (어찌해야 할 줄을 다 아는 듯) 그저 마님께 보고를 드리려고, 큰 도련님께서 오늘 밤 술에 취해서 저희 집에 오셨더라고요. 그런데 마님께서도 오셨다니 더 말씀드릴 것도 없게 됐네요.

조우판이 (혐오스러워하며) 그래서 어쩌려고.

루구이 (조금 목을 세우고) 나리를 뵈려고요.

조우판이 벌써 주무시네. 무슨 일로 뵈려는가?

루구이 별일 아닙니다요. 마님께서 해결해 주시면 나리야 뵙지 않아도 그만입죠……. (강조하며, 언중유골이다.) 마님께서 하시기에 따라서.

조우판이 (한참 걸려서, 겨우 눌러 참으며) 말해 보게. 혹 내가 도와줄 수 있을지.

루구이 (교활하게 반복한다.) 마님께서 해결해 주시면 나리야 뵙지 않아도 그만입죠. 번거롭게 해 드려서 어쩌나? (거짓 웃음) 그럼 모두 일을 덜죠.

조우판이 (여전히 표정 없이) 뭔데? 말해 보게.

루구이 (아첨하듯) 마님께서 해결해 주시면, 덕을 쌓으시는 거죠. ……그저 저희들 먹고 살게만 해 주십시오.

조우판이 (언짢아서) 너, 넌 내가…… (부드럽게 어조를 바꾸어) 좋아. 별일 아니군.

루구이 (으쓱해서) 감사합니다, 마님. (영리하게) 그럼 마님, 언제부터 나올까요?

조우판이 (시원스레) 새집으로 이사한 다음 날부터 오게.

루구이 (인사를 올리며) 은혜가 한량없습니다! (갑자기) 깜빡했습니다요, 마님. 둘째 도련님 못 보셨나요?

조우판이 못 봤는데.

루구이 좀 전에 마님께서 둘째 도련님 편에 100원을 보내셨지요?

조우판이 (귀찮다는 듯) 응?

루구이 (완곡하게) 한데, 제 아들 녀석이 고스란히 돌려보냈답니다.

조우판이 자네 아들?

루구이 (설명하듯) 다하이 말입니다요. ……우리 개망나니 아들이요.

조우판이 그래서?

루구이 (매우 점잖게) 우리 스핑은 사실 아직 모릅니다요.

조우판이 (놀라서, 낮은 소리로) 스핑? (얼굴이 어두워지며) 누가 스핑이야?

루구이 (자기가 무시당한 듯하여, 비꼬며) 스핑이 스핑이죠, 제 집사람…… 루 씨요.

조우판이 루씨댁이 스핑?

루구이 (자랑하듯) 공부도 좀 했습죠. 이름도 꽤 괜찮지요?

조우판이 '스핑.' 그 두 글자 어떻게 쓰는지 아나?

루구이 제가, 저, (난감하여 억지로 웃으며) 잘 기억이 안 나네요. 그래도 핑 자는 큰 도련님 핑 자와 같았던 것 같아요.

조우판이 뭐? (갑자기 바닥에서 찢어 버린 사진 조각을 맞추어 그에게 보이며) 봐 봐, 이 사람 알겠어?

루구이 (한 번 보더니, 고개를 들고) 모르겠습니다요, 마님.

조우판이 (급박하게) 자네가 아는 사람 중에 이 여자를 닮은 사람 없어? (잠시 멈추었다가) 생각해 봐. 가까운 사람부터.

루구이 (고개를 젓는다.) 없어요. 마님, 하나도 없어요. (갑자기

의아해서) 마님, 왜 그런 걸?

조우판이 (돌이켜 보며 의혹에 빠진다.) 틀림없이 내가 쓸데없는 생각을 하는 거겠지. (앉는다.)

루구이 (탐욕스럽게) 저, 마님, 방금 저희에게 100원을 보내셨잖아요? 한데 우리 다하이 놈이 그 돈을 돌려보냈어요. 생각해 보셔요…….

(차츰 가운데 문이 열린다.)

루구이 (고개를 돌려) 누구요?

(루다하이가 가운데 문으로 들어온다. 옷이 흠뻑 젖었다. 얼굴빛이 어둡다. 불안하게 사방을 둘러본다. 그의 거동에는 분명히 피곤과 증오가 묻어 있다. 조우판이가 놀라서 루다하이를 본다.)

루다하이 (루구이를 향해) 여기 있었군요!

루구이 (아들이 보기 싫어서) 어떻게 들어왔냐?

루다하이 (차갑게) 철문은 닫혔는데 불러도 아무도 안 열어 주길래, 담 넘어 들어왔죠.

루구이 여긴 뭐하러 왔냐? 네 어미나 봐 주지 않고. 쓰펑 찾는 건 어떻게 됐어?

루다하이 (젖은 수건으로 얼굴에 흘러내리는 빗물을 훔치며) 아직 못 찾았어요. 엄마도 문 앞에 와 계셔요. (심각하게) 쓰펑 못 보셨어요?

루구이 (경멸하며) 아니, 못 봤어. (루다하이가 작은 일을 크게 떠벌린다 싶어서 언짢게 눈쌀을 찌푸리며) 됐어, 쓰펑 곧 돌아올 거야. (루다하이에게 다가가) 나랑 집에 돌아가자. 조우 어른 댁 일도 잘됐으니. 끝났어, 가자!

루다하이 안 가요.

루구이 뭘 하려고?

루다하이 좀 기다리세요. ……먼저 이 댁 큰 도련님 좀 불러줘요. 찾을 수가 없군.

루구이 (의아하여 자신의 턱을 쓰다듬으며) 뭘 어쩌려고? 내가 막 일을 되게 해 놓았구먼, 네가 또 사고 치려고?

루다하이 (냉정하게) 아무것도 아니에요. 얘기 좀 하려고요.

루구이 (못 믿겠다는 듯) 아닌 것 같은데, 너 또 일 치려고…….

루다하이 (사납게, 루구이의 멱살을 잡고) 안 찾아올 거예요?

루구이 (겁먹고) 찾아올게, 찾아온다니까. 이것 좀 놔.

루다하이 좋아요. (놓아준다.) 가 보세요.

루구이 너 약속해. 큰 도련님과 그냥 몇 마디 말로 하는 거다. 설마…….

루다하이 알았어요. 싸우려고 온 거 아니니까.

루구이 정말이냐?

루다하이 (겁나게 루구이 앞에까지 다가와 낮은 소리로) 갈 거예요? 안 갈 거예요?

루구이 나 참, 다하이, 너, 너…….

조우판이 (침착하게) 루구이, 불러오게, 내 여기 있을 테니. 괜찮아.

루구이 그렇죠. (루다하이에게) 하지만 큰 도련님 오시면, 난 저 문으로 나갈 거야. 나 (웃으며) 좀 일이 있어.

루다하이 (명령조로) 사람 불러서 문 좀 열라 하세요. 엄마도 들어와 안에서 비라도 피하게.

루구이 그래, 그래. (식당 쪽으로 나간다.) 다 마치면 난 일이 있어 간다.

루다하이 잠깐! (한 걸음 다가가, 낮은 소리로) 들어가서 만약 큰 도련님 안 찾아오고 혼자 내빼면, 조금 이따가 집에 가서…… 흠!

루구이 (화가 나) 너, 너, 너…… (조그만 소리로 혼잣말) 이 빌어먹을 놈! (별수 없이, 식당 쪽으로 나간다.)

조우판이 (일어서며) 넌 누구지?

루다하이 (거칠게) 쓰펑 오라비요.

조우판이 (부드러운 소리로) 여기 와서 쓰펑을 찾는 건가? 우리 집 큰 도련님을 보겠다고?

루다하이 그렇소.

조우판이 (어두운 눈빛으로) 만나지 않으려 할걸.

루다하이 (냉정하게) 그럴지도 모르죠.

조우판이 (천천히) 지금 곧 떠나려고 한다던데.

루다하이 (고개를 돌려) 뭐라고!

조우판이 (슬쩍 암시하듯) 곧 떠난다니까.

루다하이 (분노하여) 도망을 간다고? 그 자식이?

조우판이 음, 그렇다니까!

(식당 쪽에서 등장한 조우핑, 얼굴에는 당황한 기색. 곧 루다하이를 발견하고 억지로 고개를 끄덕여 인사한다. 목소리가 좀 떨리지만, 가까스로 스스로를 진정시킨다.)

조우핑 (루다하이에게) 아니!

루다하이 다행히 아직 여기 있었군. (고개를 돌려) 여기 부인은 자리를 좀 비켜 달라고 하지. 당신하고 둘이서만 할 얘기가 있으니.

조우핑 (조우판이를 바라보나 그녀가 꿈쩍 않고 있자 앞으로 다가가서) 위층으로 올라가세요.

조우판이 알았어! (고개를 치켜들고 식당 쪽으로 나간다.)

(잠시 침묵. 두 사람 모두 주먹에 힘을 준다. 루다하이가 분에 받쳐 조우핑을 바라보나 둘 다 움직이지 않는다.)

조우핑 (참지 못하고 떨리는 소리로) 지금 여기 올 줄은 몰랐소.

루다하이 (어둡게 가라앉은 소리로) 곧 떠나신다고.

조우핑 (놀랐으나 다시 진정하고, 억지로 웃으며) 하지만 마침 적당한 때에 오셨소. 어쩔 작정이오? 난 이미 마음의 준비가 됐소.

루다하이 (증오를 띠고 웃으며) 준비가 됐다고?

조우핑 (침울하게 그를 바라보며) 그렇소.

루다하이 (그의 면전으로 다가와) 이 자식! (힘껏 조우핑의 얼굴을 후려친다. 방금 다친 곳이 또 터져 피가 흐른다.)

조우핑 (주먹을 쥔 채, 자신을 억제하며) 당신……. (참는다. 주머니에서 흰 비단 손수건을 꺼내 얼굴의 피를 닦는다.)

루다하이 (이를 갈며) 흥? 지금 와서 도망을 가겠다고!

(잠시 고요)

조우핑 (화를 억누르며, 변명하듯 일부러 소리를 낮춰서) 진작부터 계획이 잡혀 있었소.

루다하이 (악독하게 웃으며) 진작부터 계획이 잡혀 있었다고?

조우핑 (평정을 되찾으며) 우리 사이에 오해가 너무 많은 것 같소.

루다하이 오해라고! (자기 손에 묻은 피를 보고 몸에다 닦는다.) 난 오해 같은 거 없어. 네가 그야말로 비겁하고 자기 생각만 하는 형편없는 놈이란 건 알지.

조우핑 (부드럽게) 우린 겨우 두 번 본 게 다요. 그것도 모두 내가 제일 형편없을 때. 당신에게 제일 형편없는 인상을 준 것 같군.

루다하이 (경멸하듯) 핑계는 필요 없어. 넌 대갓집 도련님인걸! 속은 시커멓고 살기는 너무 쉽지. 힘은 넘치는데 어디다 써야 할지 몰라서, 가난한 집 딸 데리고 놀기나 하고, 일 벌여 놓고 책임은 하나도 안 지지!

조우핑 (루다하이의 기세를 보고 희망을 잃은 듯) 지금 내 결백을 주장해 봐야 소용없겠지. 당신은 목적이 있어서 온 걸 테니. (차분하게) 칼이든 총이든 꺼내. 자, 마음대로 하라고.

루다하이 (비웃으며) 그렇게 통이 커? ……네 집에서? 꽤 총명하군! 흥. 하지만 넌 그럴 가치도 없는 인간이야. 내 이 소중한 생명을 이미 다 죽어 가는 너하고 바꿀 순 없지.

조우핑 (루다하이를 마주 보며 용기를 내어) 내가 당신을 두려워할 줄 아나 본데, 아니오! 당신보다 나 자신이 더 두렵거든. 하나 이미 잘못한 건 어쩔 수 없고, 다시 또 잘못 나갈 수는 없지.

루다하이 (조소하듯) 너 같은 놈은 살아 있는 게 잘못이야. 좀 전에 우리 어머니만 아니었으면 그 자리에서 죽여 버렸을 거야! (겁을 주며) 아직도 네 목숨은 내 손안에 있어.

조우핑 죽을 수만 있다면 그것도 큰 복이지. (씁쓸하게) 내가 죽기를 두려워할 것 같은가? 천만에, 천만에! 난 살기 싫은 사람이오. 환영이오. 이미 충분히 살아, 더 살기 싫은 사람이오.

루다하이 (혐오하며) 오! 너…… 사는 게 싫증 났다 이거지! 그런데 내 바보 같은 어린 동생 데려다가 널 모시게 해? 널?

조우핑 (도리가 없어 억지로 웃으며) 이기적이라고? 양심도 없는 놈이라고? 내가 그냥 좀 놀고 끝내려는 것 같아? 동생에게 물어봐. 내가 얼마나 동생을 사랑하는지. 내가 살아 있는 건 다 그 애 때문이라고.

루다하이 그럴듯한데! (갑자기) 그럼 왜…… 왜 결혼하려고 하지 않지?

조우핑 (잠시 멈추었다가) 그게 제일 고통인 거지. 내가 처한 환경 말이야. 우리 집 같은 데서 그걸 허락할 거라 생각해?

루다하이 (신랄하게 비꼬며) 어, 그래서 한편으론 진심으로 그 앨 사랑한다고 하면서 무슨 짓이든 다 멋대로 하고, 한편으로는 네 집안과 네 광산 사장 아버질 생각하고. 그들이 애를 버리라고 하면 그냥 버리고 다시 훌륭한 가문 규수와 결혼하고. 그런 거 아냐?

조우핑 (참지 못하고) 쓰펑에게 물어봐. 내가 이번에 떠나는 건, 이 집을 떠나서, 아버지 안 계신 데서 방법을 찾아 결혼하려는 거라고.

루다하이 (조롱하며) 참 잘도 둘러대는군. 그럼 한밤중에 우리 집에 왔던 건 어떻게 변명할 테야?

조우핑 (치밀어 올라 격렬하게) 내 얘기는 변명이 아냐. 당신에게 변명할 필요도 없고. 그래도 당신이 쓰펑 오라비니까 내가 이런 얘길 하는 거라고. 난 쓰펑을 사랑하고, 쓰펑도 날 사랑해. 우리는 둘 다 젊고 다 같은 사람이야. 둘이 늘 함께 있다 보니, 실수도 생긴 거고. 하지만 앞으로 잘할 거야. 아내로 맞을 거라고. 난 전혀 양심에 꺼리는 거 없어.

루다하이 그럼 넌 아주 도리에 맞게 하고 있다는 거네. 하지만 귀한 광산 사장님 댁 도련님께서 노동자 동생, 일하는 아줌마의 가난한 딸을 사랑한다면 누가 그걸 믿겠어?

조우핑 (잠시 멈추었다가, 머뭇거리며) 그, 그…… 그것도 얘기할 수 있어. 날 이렇게 만든 여자가 있어.

루다하이 (긴장해서, 낮은 소리로) 뭐라고? 여자가 또 있어?

조우핑 음. 바로 방금 여기서 본 부인.

루다하이 그 여자?

조우핑 (괴로워하며) 내 계모지! ……아, 이 얘기를 가슴속에 묻어 둔 게 몇 년인지? 아무에게도 말할 수 없었어……. 그녀는 공부도 했고, 교육도 많이 받았지. 그녀가, 그런 그녀가 날 보고는 맘이 동해서 날 원했어……. (갑자기 멈춘다.) ……물론 나도 일부 책임이 있지만.

루다하이 쓰펑도 알아?

조우핑 알아. 그녀가 안다는 거 알아. (고통의 눈물을 머금고, 괴로워하며) 그때 난 너무 바보 같았어. 그 후 갈수록 두렵고, 한이 되고, 자신이 혐오스러웠어. 이런 말도 안 되는 관계를 증오했지. 알겠어? 그녀에게서 벗어나고 싶었어. 하지만 그녀가 날 놓아주지 않아. 날 붙들고 놓아주지 않아. 완전히 물귀신이야. 아무것도 상관치 않아. 난 정말 살기가 싫어졌어. 알아? 술 마시고 노름하고 그녀에게서 벗어날 수만 있다면, 죽어도 좋다 생각했어. 그래서 모든 교육받은 여자, 겉으로 점잖은 체하는 여자를 증오하게 됐다고. 그러다가 쓰펑을 만났어. 쓰펑 덕분에 정신이 들어, 다시 일 년을 살 수 있었어.

루다하이 (자기도 모르게 한숨을 내뱉는다.) 그럴 수가.

조우핑 이 얘기는 몇 년간 아무에게도 해 본 일이 없어. 한데…… (천천히) 이상해. 갑자기 당신에게 해 버리다니.

루다하이 (어둡게) 아마도 네 아버지의 업보인 게지.

조우핑 (생각지 않았던 듯, 정색하며) 뭐? 말도 안 돼. (방금 너무 충동적으로 잘 알지도 못하는 사람에게 마음속 이야기를 했다는 생각이 든다. 잠시 고요. 진정하고 방금 왜 그렇게 얘기가 나왔는지 이유를 생각해 본다. 갑자기, 천천히) 당신이 쓰펑의 오라비니까 내 진심을 믿어 달라고 한 얘기야. 조금도 그녀를 속인 적 없어.

루다하이 (조금 선의를 담아) 그럼 정말 쓰펑을 원해? 쓰펑은 순진한 애야. 알잖아? 걘 절대 다른 사람에게 시집가지 않을 거야.

조우핑 (진실되게) 음, 내가 오늘 가서 일이 정리되면 한두 달 후에 데리러 올 거야.

루다하이 하지만 광산 사장 댁 도련님, 그런 얘길 누가 믿어?

조우핑 (옷 주머니에서 편지를 꺼낸다.) 이 편지를 봐. 이거 내가 방금 쓰펑에게 쓴 거야. 이 일에 대해서.

루다하이 (일부러 피하며) 나한테 보여 줄 거 없어, 난…… 시간 없어.

조우핑 (잠시 고개를 들며) 그렇다면 달리 내 마음을 증명할 방법이 없어. 그 주머니에 든 살인 무기가 내 담보가 되어 줘야겠어. 아직 날 못 믿겠거든, 난 아직 당신 손안에 있으니.

루다하이 (마음이 쓰려) 큰 도련님, 내가 이렇게 쉽게 끝내 줄 거라 생각해? (악독하게) 내가 정말 내 동생을 이런 놈에게 줄 것 같아?

조우핑 (놀라 당황한다.) 그럼 어쩔 건데?

루다하이 (증오하며) 죽여 버릴 거야. 네 아버지는 나쁘지만, 그래도 봐줄 만해. 너야말로 이 세상에서 제일 쓸모없고 기백도 없는 놈이야.

조우핑 응, 좋아. 해 봐! (두려운 듯 눈을 감는다.)

루다하이 하지만…… (한숨을 쉬며, 총을 조우핑에게 건넨다.) 이거 가져가. 이건 너희 광산 거니까.

조우핑 (알 수 없다는 듯) 어쩌라고? (총을 받는다.)

루다하이 (괴로워하며) 됐어. 늙은 여인네들이 제일 바보 같아. 우리 어머니 때문이야. 내 동생은 우리 어머니 명줄이나 같아. 네가 쓰평만 잘살게 해 준다면, 아무 얘기도 하지 않겠어.

(조우핑이 뭔가 얘기를 하려 하자, 루다하이가 손을 저으며, 더 얘기할 필요 없다고 막는다. 조우핑이 침울하게 탁자 앞에 가서 총을 놓는다.)

루다하이 (명령조로) 그럼 내 동생이나 나오라고 해.

조우핑 (이상하다는 듯) 뭐라고?

루다하이 쓰평 말야……. 여기 너하고 있는 거 아냐?

조우핑 아니, 아니, 난 집에 있을 거라고 생각했는데.

루다하이 (의심하며) 이상하군. 엄마랑 두 시간 넘게 개를 찾아 다녔는데 보이지 않았어. 여기 있는 줄 알았지.

조우핑 (걱정하며) 아니, 빗속으로 나간 지 두 시간이나 됐다고? ……다른 데 갈 데 없어?

루다하이 (확신한다는 듯) 이 한밤중에 어딜 가겠어?

조우핑 (갑자기 두려움에 휩싸여) 아, 설마……. (주저앉아 멍하니 바라본다.)

루다하이 (알아채고) 혹시…… 아니, 그럴 리가 없어. (경멸조로) 아니, 그럴 용기는 없을 거야.

조우핑 (떨며) 아니, 그럴 수도 있어. 걜 잘 몰라서 그래. 쓰펑은 체면도 알고, 성격도 강직해. 하지만 그러기 전에 먼저 날 만나려고 할 거야. (벌써 그녀가 강물에 빠진 모습이라도 본 듯이) 그렇게 경솔하게 행동해선 안 되지.

(잠시 고요)

루다하이 (갑자기) 흥, 연기도 잘하는군. 날 속일 수 있을 줄 알아? 너…… 걘 분명 여기 있어! 너 있는 데 있어!

(바깥 먼 곳에서 휘파람 소리가 들린다.)

조우핑 (손으로 저지하며) 아니. 좀 조용히 해 봐. (휘파람 소리가 가까워지자, 희색을 띠고) 쓰펑이 왔어! 소리가 들려!

루다하이 뭐?

조우핑　그녀 소리야. 매번 이렇게 만나거든.

루다하이　어디 있는 거야?

조우핑　아마 화원 어디쯤?

(조우핑이 창문을 열고 휘파람을 분다. 답하는 소리가 가까워진다.)

조우핑　(고개를 돌리고, 눈에 눈물을 글썽이며 웃는다.) 왔어!

(가운데 문을 두드리는 소리)

조우핑　(루다하이에게) 우선 잠시 옆방에 좀 숨어 있어. 오라버니가 여기 있을 줄은 생각도 못할 테니까. 더 이상 충격을 견디지 못할 거야.

(서둘러 루다하이를 식당 쪽으로 안내하고 루다하이는 퇴장한다.)

(밖에서 나는 소리　(낮게) 핑!)

조우핑　(급히 가운데 문으로 달려가) 평! (문을 연다.) 들어와!

(루쓰펑이 가운데 문으로 들어온다. 머리는 흐트러지고 옷은 다 젖었다. 얼굴에는 눈물과 빗물이 뒤범벅이 되어 흐르고, 눈가에는 물이 뚝뚝 흐르는 흐트러진 머리카락이 붙어 있다. 옷은 피부에 달라붙어 있고, 비에 젖은 후의 한기로 덜덜 떨고 있다. 이가 아래위로 맞부딪친

다. 조우핑을 보자 길 잃은 아이가 엄마를 만난 듯 멍하니 바라본다.)

루쓰펑 핑!

조우핑 (감동해서) 펑!

루쓰펑 (겁을 내며) 아무도 없어요?

조우핑 (마음이 아프고 불쌍해서) 없어. (그녀의 손을 잡는다.)

루쓰펑 (용기를 내서) 아! 핑! (조우핑을 안고 흐느낀다.)

조우핑 (한참이나 보지 못했다는 듯) 아니, 이게 뭐야? 어떻게 된 거야? 어떻게 날 찾아왔지? (멈추지 못하고) 어떻게 들어왔어?

루쓰펑 쪽문으로 들어왔어요.

조우핑 펑, 손이 얼음장이네. 옷부터 갈아입자.

루쓰펑 아뇨. 핑, (흐느끼며) 먼저 당신 좀 보게 해 줘요.

조우핑 (그녀를 소파로 데리고 와서 자기 옆에 앉히고, 열렬하게) 펑, 너 어디 갔었어?

루쓰펑 (그를 보더니, 눈물을 머금은 채 웃는다.) 핑! 아직 여기 있었군요. 난 그사이 몇 년은 흐른 것 같아요.

조우핑 (손에 잡히는 대로 소파 위에 있는 자색 담요를 그녀에게 둘러 준다.) 가련한 펑, 왜 이렇게 바보 같아? 어딜 갔었어? 바보같이!

루쓰펑 (눈물을 닦으며, 조우핑의 손을 잡고. 조우핑이 그 옆에 쪼그리고 앉는다.) 어딘지도 모르고, 그냥 혼자 빗속을 달렸어요. 하늘에서는 번개가 치고, 앞은 온통 뿌예서 아무것도 보이지 않았어요. 모든 걸 다 잊어버리고 달렸어요. 엄마가 부르는 소리를 들은 것도 같았는데 두려워서 그냥 죽어라 달렸어요. 우리 집 문 앞에 있는 강으로 뛰어들려고.

조우핑 (루쓰평의 손을 꽉 잡는다.) 펑!

루쓰펑 ……하지만 어찌 된 건지 빙빙 돌기만 하고 찾을 수가 없었어요.

조우핑 아. 펑, 미안해. 용서해 줘. 내가 널 이렇게 만들었어, 용서해 줘. 날 원망하지 마.

루쓰펑 핑, 난 절대 당신 원망하지 않아요. 정신없이 다시 여기까지 왔네요. 정원 전신주 아래 왔을 때 갑자기 죽어 버리고 싶었어요. 그 전선에 닿기만 하면 다 잊을 수 있다는 것 알아요. 난 엄마를 사랑해요. 내가 엄마에게 한 맹세 때문에 두려웠어요. 엄마가 내게 나쁜 딸이라고 할까 봐 두려워서, 차라리 죽고 싶었어요. 근데 내가 전선을 건드리려는 순간에 갑자기 당신 방 창문에 불이 켜 있는 게 보였어요. 당신이 방에 있다는 생각을 하니, 아, 핑, 갑자기 이렇게 죽을 수는 없다 싶었어요. 당신을 버려두고 나 혼자 죽을 수는 없다고, 세상은 넓다는 생각이 들었어요. 우리 떠나요. 우리 같이 여길 떠나면 되잖아요? 핑, 당신…….

조우핑 (심각하게) 함께 떠나자고?

루쓰펑 (급박하게) 그 방법밖에 없어요. 핑, 난 이제 돌아갈 집도 없어요. (마음이 쓰린 듯) 오라버니는 내가 미워 죽을 지경이고, 엄마는 뵐 낯이 없어요. 이제 내겐 아무것도 없어요, 가족도 친구도. 오직 당신밖에 없어요. 핑, (슬피 호소한다.) 내일 날 데리고 떠나요.

(잠시 고요)

조우핑 (무겁게 고개를 흔든다.) 아니, 아니…….

루쓰펑 (실망을 금치 못해) 핑!

조우핑 (그녀를 바라보며, 무겁게) 아니, 아니……. 지금 당장 떠나자.

루쓰펑 (믿을 수 없다는 듯) 지금요?

조우핑 (가엾게 여기며) 음, 원래 혼자 갔다가 다시 와서 널 데리고 가려 했는데, 이제 그럴 필요 없겠어.

루쓰펑 (믿지 못하여) 정말 함께 가요?

조우핑 응, 정말.

루쓰펑 (너무 기뻐서 담요를 떨쳐 버리고 일어나서 조우핑의 손에 연신 입을 맞추며 눈물을 훔친다.) 정말, 정말이죠? 핑. 당신은 내 구세주, 세상에서 제일 좋은 사람이에요. 당신은 내…… 아, 사랑해요! (그의 발아래 엎드려 눈물을 흘린다.)

조우핑 (감동하여, 몰래 손수건으로 눈물을 훔친다.) 펑, 이제 우리 영원히 함께 있을 거야, 헤어지지 않고.

루쓰펑 (조우핑의 품 안에서 스스로를 위로하듯) 음, 우리 여기 떠나요. 헤어지지 말고요.

조우핑 (자신을 다스리며) 그래, 펑. 근데 가기 전에 봐야 할 사람이 있어. 만나고 나서 바로 떠나자.

루쓰펑 누구요?

조우핑 네 오라버니.

루쓰펑 오라버니?

조우핑 널 찾고 있어, 지금 식당에 와 있어.

루쓰펑 (두려워하며) 아니, 안 돼요. 만나지 마요. 당신을 미워한단 말예요. 죽이려고 할 거야. 떠나요, 지금 당장.

조우핑 (달래며) 난 이미 만났어……. 지금 꼭 만나야 해. (단호하게) 그렇지 않으면 떠날 수도 없어.

루쓰펑 (겁에 질려) 하지만 핑, 정말…….

(조우핑이 식당 쪽으로 가서 문을 연다.)

조우핑 루다하이! 다하이! ……어, 없네. 이상하다. 식당 문으로 나갔나? (루쓰펑을 바라본다.)

루쓰펑 (조우핑 앞으로 걸어가 애원한다.) 핑, 상관없어요. 빨리 떠나요. (그를 끌어 가운데 문쪽으로 간다.) 우리 그냥 가요.

(루쓰펑이 조우핑을 끌고 가운데 문으로 가니, 가운데 문이 열리고 루스핑과 루다하이가 들어온다.)

(두 시간 만에 루스핑의 모습은 완전히 다른 사람처럼 변했다. 빗속에서 울고 외치고 다니느라 목소리가 완전히 잠겼고, 실망하여 눈꺼풀

도 아래로 축 처졌고, 앞이마의 주름은 깊이 파였다. 과도한 충격으로 얼이 빠져서, 완전히 고통에 잠긴 사람의 모습이다. 그녀의 옷은 불에 어느 정도 말린 것 같지만, 머리는 아직 젖었고, 귓가에는 젖은 머리카락이 어지러이 붙어 있다. 손이 떨린다. 조심스레 걸어 들어온다.)

루쓰펑 (깜짝 놀라) 엄마! (움츠러든다.)

(잠시 멈추었다가, 루스핑이 가련하다는 듯 루쓰펑을 바라본다.)

루스핑 (루쓰펑에게 손을 내밀며 애통해한다.) 펑, 이리 온!

(루쓰펑이 어머니 앞으로 달려가 무릎을 꿇고 흐느낀다.)

루쓰펑 엄마! (엄마의 무릎을 끌어안는다.)

루스핑 (루쓰펑의 머리를 쓰다듬으며, 애통해한다.) 내 딸, 불쌍한 녀석.

루쓰펑 (소리 없이 흐느끼며) 엄마, 용서해 주세요. 용서해 줘요, 엄마 말을 지키지 못했어요!

루스핑 (루쓰펑을 일으키며) 왜 진작 말하지 않았어?

루쓰펑 (고개를 숙이며) 엄말 사랑하니까. 엄마, 두려웠어요. 엄마가 조금이라도 날 싫어하거나 천박하게 여길까 봐 감히 얘기할 수가 없었어요.

루스핑 (침통하게) 엄마가 너무 무심했다. 응당 생각이 미쳤어야 하는데. (쓰린 마음으로) 하지만 하늘도 무심해. 이런 일이 있으리라고 누가 생각이나 했겠니? 하늘 아래 이런 일이, 하필 우리 아이들에게 닥치리라고. 아, 내가 팔자가 사나워서지. 우리 팔자가 참 사납기도 하구나.

루다하이 (냉담하게) 어머니, 우리 돌아가요. 쓰평은 일단 우리랑 돌아가자. ……내 이미 (조우핑을 가리키며) 상의했어요. 그가 먼저 가고 나중에 쓰평을 데려간대요.

루스핑 (혼란스러워) 누가 그래, 누가?

루다하이 (싸늘하게 어머니를 바라본다.) 어머니, 어머니 뜻은 알지만, 이렇게 할 수밖에 없어요. 그럼 이제 조우씨 이름은 저도 더 이상 들먹이지 않을게요. 보내 주세요.

루스핑 (헷갈려하며, 앉는다.) 뭐라고? 쟤들을 보내 주라고?

조우핑 (머뭇거리며) 아주머니, 믿어 주세요. 제가 쓰평을 잘 돌볼게요. 저희는 지금 함께 떠나겠어요.

루스핑 (루쓰평의 손을 잡고, 떨면서) 평, 네가 같이 떠난다고?

루쓰평 (고개를 숙이고는, 어쩔 수 없이 엄마의 손을 꽉 잡으며) 엄마, 저 어쩔 수 없이 먼저 떠나야겠어요.

루스핑 (더 참지 못하고) 너흰 같이 갈 수 없다!

루다하이 (이상해서) 어머니, 왜 그러세요?

루스핑 (일어서며) 아니, 안 돼!

루쓰평 (초조하게) 엄마!

루스핑 (그녀를 보지 않고 손만 잡고) 우리 가자. (루다하이에게) 인력거 하나 불러라. 쓰평이 걷지 못할 것 같다. 가자, 어서 돌아가자.

루쓰펑 (죽자고 뒤로 물러난다.) 엄마, 이러시면 안 돼요.

루스핑 안 돼, 안 된다니까! (멍한 채 단조롭게) 가자, 돌아가.

루쓰펑 (애원한다.) 엄마, 내가 엄마 눈앞에서 죽었으면 좋겠어?

조우핑 (루스핑 앞에 나가) 아주머니, 면목 없습니다. 하지만 최선을 다해 제 잘못을 메꾸어 갈게요. 이미 일이 이리 되었으니, 제발……

루다하이 어머니, (이해가 되지 않아) 이번만큼은 왜 그러시는지 이해가 안 돼요.

루스핑 (어쩔 수 없이, 엄하게) 넌 인력거부터 불러와! (루쓰펑에게) 펑, 내 말 잘 들어. 차라리 태어나지 않았으면 좋았을걸! 저 사람하고는 절대 보낼 수 없다. ……가자.

(루다하이가 문 앞에 이르렀을 때, 루쓰펑이 소리를 지른다.)

루쓰펑 (외친다.) 아! 엄마! (기절하여 엄마 품으로 쓰러진다.)

루스핑 (루쓰펑을 껴안고) 내 딸, 이를 어쩌니?

조우핑 (급하게) 기절했어요.

(루스핑이 루쓰펑의 이마를 짚으며, 낮은 소리로 "쓰펑!" 하고 부른다. 더 이상 참지 못하고 눈물을 흘린다.)

(조우핑이 식당으로 뛰어간다.)

루다하이 갈 필요 없어요. ……괜찮아, 냉수 좀 있으면 돼요.

어려서부터 그랬거든.

(조우핑이 냉수를 그녀 얼굴에 뿌리니, 루쓰평이 점차 정신을 차린다. 얼굴이 죽은 듯이 창백하다.)

루스핑 (루쓰펑에게 물을 먹이며) 펑, 착한 내 딸, 오너라. 돌아와. ……불쌍한 내 딸,

루쓰펑 (점차 입을 벌리더니, 눈을 뜬다. 크게 숨을 몰아쉬며) 아, 엄마!

루스핑 (위로하며) 펑, 엄마가 너무하다 생각지 마라. 엄만 더 괴롭단다.

루쓰펑 (한숨을 내쉬며) 엄마!

루스핑 왜 그래, 펑!

루쓰펑 저 꼭 해야 할 얘기가 있어요, 핑!

조우핑 펑, 좀 괜찮아?

루쓰펑 핑, 저 지금까지 감추고 얘기하지 않은 게 있어요. (동정을 기대하며 엄마를 바라본다.) 엄마에게도요.

루스핑 뭔데, 얘야, 얘기해 봐.

루쓰펑 (훌쩍이며) 저, 저…… (용기를 내어) 벌써 그의 아일……. (엉엉 운다.)

루스핑 (절박하게) 뭐라고? 그의 아일……. (너무 충격을 받아 꼼짝하지 못한다.)

조우핑 (루쓰펑의 손을 잡으며) 쓰펑, 아니, 정말이야? 너…….

루쓰펑 (울면서) 음.

조우핑 (희비가 교차된다.) 언제? 얼마나 됐어?

루쓰펑 (고개를 숙이며) 한 삼 개월 됐어요.

조우핑 (기뻐하며 위로하듯) 근데 쓰펑? 왜 얘기하지 않았어? 쓰펑…….

루스핑 (낮은 소리로) 하나님, 어떻게 이런 일이!

조우핑 (루스핑에게 다가가) 아주머니, 이제 더 이상 고집 피우지 마셔요. 다 제 잘못이에요. 제발! (무릎을 꿇는다.) 제발 쓰펑을 보내 주세요. 제가 약속드려요. 쓰펑에게 잘할게요. 아주머니께도요.

루쓰펑 (루스핑 앞으로 가서 꿇어앉는다.) 엄마, 절 불쌍히 여기고 허락해 주세요. 저희를 같이 보내 주세요.

루스핑 (소리 없이 앉아서 멍하니 있다.) 이건 꿈이겠지. 내 아이가, 내가 낳은 아이가 삼십 년이 지난 지금…… 아, 하나님 맙소사, (얼굴을 가리고 울며, 손을 젓는다.) 가거라. 난 이제 너희 모른다.

조우핑 고맙습니다. (일어나서) 가자, 쓰펑! (루쓰펑이 일어난다.)

루스핑 (고개를 돌리며, 자기도 모르게) 아, 안 돼!

(루쓰펑이 다시 꿇어앉는다.)

루쓰펑 (애걸한다.) 엄마, 왜, 왜 그래요? 전 이미 마음을 정했어요. 그가 부자든 가난하든, 그가 누구든, 전 그이 사람이에요. 처음으로 제 마음을 허락한 사람이에요. 제 눈에는 그이밖에 안 보여요. 이제 여기까지 왔으니,

전 어디든 그를 따라갈 거고, 그가 뭐가 되든 그를 따라 살 거예요. 엄마, 모르시겠어요? 전…….

루스핑 (더 이상 말하지 말라고 손짓하며, 고통스럽게) 얘야.

루다하이 어머니, 쟤가 이렇게까지 일을 벌여 놓았으니, 어쩌겠어요? 그냥 보내 주세요.

조우핑 (침울하게) 아주머니, 정말 펑을 못 보내시겠다고 하시면, 어쩔 수 없이 뜻을 거스르고 떠날 수밖에 없습니다. 펑!

루쓰펑 (고개를 젓는다.) 핑! (다시 엄마를 보고) 엄마!

루스핑 (깊은 슬픔 속에서 낮은 소리로) 아, 누가 이런 죄를 지었는지, 누가 이런 업보를 만들었는지, 하늘만이 아시겠지! ……불쌍한 것들, 저들은 자기들이 무슨 일을 하고 있는지도 모르니까요! 하나님, 만약 벌하시려거든 저 하나만 벌하세요. 죄는 제게 있어요. 제가 시작을 잘못했어요. (상심해서) 이제 어찌할지 알았어요. 일은 이미 벌어졌고, 이 불공평한 하늘을 원망만 하고 있을 순 없지요. 한 번 죄를 지으면 두 번째 죄가 따라오는 법이니. …… (루쓰펑의 머릴 쓰다듬으며) 쟤들은 순결한 아이들이에요. 복을 누리며 잘 살아야 해요. 이 업보는 제가 지은 것이니, 저 혼자 고통받는 걸로 족해요. 저렇게 행복한데 어떻게 죄인 줄 알겠어요? 쟤들은 젊어요. 저희들이 알고 지은 죄가 아니잖아요? (일어서서, 하늘을 보며) 오늘 저녁 저 아이들을 함께 보내겠어요. 이 죄과는 나만이 알고 그 죄과는 저로 인한 것이니, 하나님, 모든 죄업은 다 제가 지은 것입니다. 제 아이들은 다 착하고 순결한 아이들이에요. 그럼, 하나님, 정말 무슨 일이 있다면 다 제가 혼자 감당하겠어요. (고개를 돌려) 평…….

루쓰펑 (불안하게) 엄마, 힘들겠지만…… 무슨 말을 하고 있는지 통 모르겠어요.

루스핑 (고개를 돌려, 부드럽게) 아무것도 아니다. (미소 지으며) 일어나거라. 평, 둘이 함께 떠나거라.

루쓰펑 (일어서서 감동하여, 어머니를 끌어안고) 엄마!

조우핑 (시계를 보며) 시간이 없어. 이십오 분밖에 안 남았어. 자동차를 가져오라 해야겠어. 가자.

루스핑 (침착하게) 아니. 너희들 지금 떠나려거든 주위 사람들 모르게 어둠 속에서 떠나거라. (루다하이에게) 다하이, 넌 인력거 한 대 불러와라. 집에 가야겠다. 네가 재들을 역까지 전송해 주어라.

루다하이 네.

(루다하이가 가운데 문으로 퇴장한다.)

루스핑 (루쓰펑에게, 구슬프게) 이리 오너라, 내 딸. 어디 한번 안아 보자.

(루쓰펑이 다가와 엄마에게 입을 맞춘다.)

루스핑　(조우핑에게) 너도 오너라. 한번 잘 좀 보자꾸나.

(조우핑이 다가와 고개를 숙인다.)

루스핑　(조우핑을 바라보더니 눈물을 훔친다.) 됐다. 가거라. ……한데 너희들 가기 전에 내게 약속할 게 있다.

조우핑　말씀하세요.

루스핑　만약 약속하지 않으면 쓰펑은 보내지 않을 거다.

루쓰펑　엄마, 말씀하세요. 약속할게요.

루스핑　(둘을 보면서) 너희 이번에 떠나면 멀리 갈수록 좋다. 뒤돌아보지 마. 오늘 떠나면 생사 불문하고 앞으로 영원히 날 보려 해선 안 된다.

루쓰펑　(슬퍼하며) 엄마! 그럴 순…….

조우핑　(눈짓을 하며, 소리를 죽여) 지금은 슬픔을 주체할 수 없어 그러시지만, 나중에는 괜찮을 거야.

루쓰펑　응, 그래……. 엄마, 그럼 우리 갈게요.

(루쓰펑이 무릎을 꿇고 어머니께 절을 하며, 눈물을 뚝뚝 흘린다.)

(루스핑은 안간힘을 다해 참는다.)

루스핑　(손을 저어) 가거라!

조우핑　우리 식당 쪽으로 나가자. 그쪽에 내 물건들을 뒀어.

(조우핑, 루쓰펑과 루스핑 세 사람이 식당 쪽으로 왔을 때 식당 문이 열리며 조우판이가 나타난다. 세 사람이 모두 놀라서 본다.)

루쓰펑 (너무 놀라 소리가 나오지 않는다.) 마님!

조우판이 (나지막이) 아니, 어딜 가려고? 밖에 아직 번개가 치는데.

조우핑 (조우판이에게) 아니, 밖에서 엿듣고 있었군요!

조우판이 음, 나뿐 아니라 또 있어. (식당 문 쪽으로) 어서 나오렴, 너도!

(조우충이 식당에서 걸어 나온다. 기가 죽어 있다.)

루쓰펑 (깜짝 놀라) 둘째 도련님!

조우충 (불안한 듯) 쓰펑!

조우핑 (기분이 나빠, 동생에게) 충, 넌 어쩌면 그리 생각이 없니?

조우충 (영문을 몰라) 어머니께서 부르셔서요. 무슨 일인지 모르겠어요.

조우판이 (차갑게) 이제 분명해졌잖아?

조우핑 (초조하게, 조우판이에게) 도대체 뭐 하는 거예요?

조우판이 (조롱하듯) 동생 불러서 너희들 배웅하라고.

조우핑 (화가 나서 어쩔 줄 모른다.) 정말 비열해…….

조우충 형!

조우핑 충, 미안하다……! (갑자기 조우판이를 향해) 하지만 이 세상에 당신 같은 어머니는 없을 거예요!

조우충 (혼란스러워) 어머니, 어떻게 된 거예요?

조우판이 보렴! (루쓰펑에게) 쓰펑, 어디로 갈 참이니?

루쓰펑 (어쩔 줄 몰라 머뭇거리며) ……저……저요?

조우핑 바보 같은 말 할 거 없어. 얘기해 줘, 자신 있게 얘기해 주라고. 우리 함께 갈 거라고.

조우충 (상황을 이해하고) 뭐? 쓰펑? 형과 함께 떠난다고?

루쓰펑 네, 둘째 도련님. 저, 전…….

조우충 (반쯤 나무라듯) 왜 진작 말하지 않았어?

루쓰펑 말하지 않은 게 아니고 말했어요. 절 찾지 마시라고. 전 이미…… 이미 좋은 여인이 아니니까.

조우핑 (루쓰펑에게) 아냐, 왜 네가 좋은 사람이 아니라는 거야? 저들에게 말해 줘! (조우판이를 가리키며) 말해 줘. 내게 시집올 거라고!

조우충 (좀 놀라며) 쓰펑! 너…….

조우판이 (조우충에게) 이제 알겠니?

(조우충이 고개를 떨군다.)

조우핑 (갑자기 조우판이를 향해, 독하게) 당신 정말 지독하군요. 당신 아들이 당신 대신 우릴 갈라놓을 거라 생각해요? 충, 말해 봐. 어쩔 셈이니? 어서 말하라고. 내게 어떻게 할 건데? 형이 다 이해할게.

(조우충이 조우판이를 바라보고 다시 루쓰펑을 바라본 후 고개를 떨

군다.)

조우판이 충! 말하라니까! (잠시 고요. 급하게) 충, 왜 가만있어? 왜 쓰펑을 붙잡고 묻지 않니? 왜 형을 붙잡고 묻지 않아? (잠시 침묵)

(모두들 조우충을 본다. 조우충은 아무 말도 하지 않는다.)

조우판이 충, 말 좀 해 봐. 너, 죽은 사람이냐? 벙어리라도 됐어? 멍청한 거니? 자기가 좋아하는 사람을 남이 빼앗아 가는데, 아무렇지도 않아?

조우충 (고개를 들고 희생양처럼 괴로운 표정으로) 아니, 엄마! (다시 루쓰펑을 바라보고 고개를 숙인다.) 쓰펑이 원한다면, 난 아무 할 말 없어.

조우핑 (조우충 앞으로 다가가 그 손을 잡고) 아, 충, 착한 내 동생!

조우충 (스스로를 의심하는 듯, 뭔가 생각하는 듯) 아냐. 응, 갑자기 알 것 같아. ……내가 정말 쓰펑을 사랑한 건 아닌 것 같아. (아득해져서) 예전에는…… 내가, 내가 뭘 몰랐나 봐!

조우핑 (감격하여) 하지만, 충…….

조우충 (조우핑의 열렬한 얼굴빛을 보며, 물러서듯) 형, 쓰펑을 데려가요. 잘해 줘야 해요!

조우판이 (환멸을 느끼며, 실망하여) 아니, 너! (갑자기 화가 복받쳐) 넌 내 아들도 아냐! 넌 날 안 닮았어. 넌…… 정말 죽은 돼지 새끼같이 미련해!

조우충 (모욕을 느끼며) 엄마!

조우핑 (놀라) 왜 그러는 거예요?

조우판이 (어지럽게) 그러고도 네가 사내냐? 내가 너였다면 걜 패 주든, 불에 태워 버리든, 죽여 버리든 했을 거야. 바보 멍청이! 그렇게 기백이 없어? 넌 그래 네 아버지 아들이로구나, 작은 새끼 양. 내가 잘못 봤다. ……넌 내 아들이 아냐, 아니라고!

조우핑 (불만스레) 당신이 충의 어머니 맞아요? 그런 식으로 말하다니.

조우판이 (고통스럽게) 핑, 말해. 말해 주라고. 난 겁나지 않아, 말해 주라고, 난 이미 걔 엄마도 아니라고.

조우충 (괴로워하며) 엄마, 왜 그래?

조우판이 (모든 속박을 벗어 버린 듯) 걜 부를 때부터 난 이미 나 자신을 잊어버렸어. (조우충에게 반쯤 미친 듯) 날 네 엄마로 생각하지 마. (큰 소리로) 네 엄만 벌써 죽었어! 네 아버지에게 억눌려서 벌써 죽어 버렸어. 속 터져 죽었다고! 이젠 네 엄마가 아냐. 조우핑을 보고서 다시 살아난 여인이란 말야. (아무것도 개의치 않는 듯) 그녀 역시 남자의 진정한 사랑이 필요했다고. 살아 있는 여인이고 싶었단 말야!

조우충 (가슴이 아파) 아, 엄마.

조우핑 (조우충에게 눈길을 보내며) 병이시잖아. (조우판이에게) 2층으로 올라가죠! 좀 쉬셔야겠어요.

조우판이 뭐라고? 난 병이 아냐, 병이 아니라고, 정신 말짱해. 내가 정신 나간 소리 한다고 생각하지 마. (눈물을 훔치며 비통하게) 얼마나 참고 살았는데, 이 죽은 것 같은 곳에서. 감옥 같은 조우씨 저택에서 염라대왕하고 십팔 년을 살았지만, 내 마음은 죽지 않았어. 네 아버지는 그저 충을 낳게 했을 뿐, 내 마음은, 난 여전히 나라고. (조우핑을 가리키며) 그만이 날 온전히 다 원했지. 근데 지금은 내가 필요 없대. 날 버렸어.

조우충 (극심한 고통 속에) 엄마, 사랑하는 엄마, 지금 왜 이래?

조우핑 상관하지 마라. 미쳤어!

조우판이 (격렬하게) 네 아버지 따라 하지 마. 난 미치지 않았어. ……미치지 않았다고! 말해, 네가 저들에게 말해 주라고. ……내 마지막 억울함을!

조우핑 (난처해서) 나더러 무슨 얘길 하라는 거예요? 올라가서 쉬세요.

조우판이 (냉소하며) 숨기지 마! 저들에게 얘기해 줘. 난 네 계모가 아니라고.

(모두 놀란다. 잠시 정적)

조우충 (어찌할 줄 몰라) 엄마!

조우판이 (상관치 않고) 말해 주라고. 쓰펑에게 말해 줘, 쓰펑에게!

루쓰펑 (참지 못하여) 엄마! (엄마 품으로 뛰어든다.)

조우핑 (동생을 바라보다가, 조우판이를 향해) 꼭 그래야겠어요? 과거지사를 꼭 들춰야겠어요? 충을 평생 괴롭히려고요?

조우판이 (모성을 이미 잃어버리고 소리친다.) 난 자식도 없어, 남편도 없고, 집도 없어, 아무것도 없다고, 그저 네 말 한마디만 듣고 싶어. 내가…… 내가 네 것이라는.

조우핑 (고뇌한다.) 아, 충! 충의 저 불쌍한 모습 좀 봐요. 어머니로서 조금이라도 자식을 생각한다면요……!

조우판이 (복수하듯) 너도 지금 네 아버지하고 똑같아. 이 위선자! 잊지 마, 네 동생을 속인 건 바로 너야. 날 속인 것도, 네 아버지를 속인 것도 바로 너라고!

조우핑 (분노하여) 말도 안 돼. 아니야, 난 아버지를 속이지 않았어! 아버지는 좋은 분이야. 평생 도덕적이었다고.

(조우판이가 냉소한다.)

조우핑 ……(루쓰펑에게) 상관 마, 미쳤어. 가자.

조우판이 못 갈걸. 대문도 잠겼어. 아버지가 오실 거야. 사람을 보냈어.

루스핑 뭐라고요, 부인!

조우핑 도대체 어쩌자는 거예요?

조우판이 (차갑게) 떠나기 전에 네 아버지도 장래의 며느리를 보셔야지. (소리친다.) 푸위안, 푸위안……!

조우충 엄마, 그러지 마!

조우핑 (조우판이 앞으로 가서) 미쳤어. 어디 다시 소리쳐 보시지!

(조우판이가 서재 앞으로 달려가 외친다.)

루스핑 (당황하여) 쓰펑, 우리 나가자.

조우판이 아니, 이미 왔어!

(조우푸위안이 서재에서 나오자, 다들 움직이지 못한다. 죽은 듯한 정적)

조우푸위안 (입구에서) 웬 소란인가? 어서 올라가 자지 않고?

조우판이 (우세하다고 느끼며) 당신 새 가족을 좀 보시라고요.

조우푸위안 (루스핑과 루쓰펑이 같이 있는 것을 보고 놀라며) 아니, 당신…… 다들 어찌 된 거야?

조우판이 (루쓰펑을 끌어다가) 자, 당신 며느릿감이에요. 잘 보세요. (조우푸위안을 가리키며 루쓰펑에게) 자, 아버님이라고 불러 봐! (루스핑을 가리키며 조우푸위안에게) 이 부인과도 인사 나누시라고요.

루스핑 마님!

조우판이 핑, 이리 오렴. 아버지 앞에서 장차 장모 될 분에게 절 올려야지.

조우핑 (어쩔 줄 몰라하며) 아버지, 저, 저…….

조우푸위안 (알았다는 듯) 어찌 된 거야……? (루스핑에게) 스핑, 결국 돌아왔군.

조우판이 (놀라서) 뭐라고요?

루스핑 (당황하여) 아니에요. 아니, 사람을 잘못 보셨어요.

조우푸위안 (후회하듯) 스핑, 당신이 돌아올 줄 알았소.

루스핑 아니에요, 아니라고! (고개를 숙이고) 아! 하나님!

조우판이 (경악하여) 스핑? 아니, 스핑이라고요?

조우푸위안 음, (짜증스레) 판이, 알면서 일부러 다시 물을 것 없소. 이 사람이 바로 핑의 생모요. 삼십 년 전에 죽었다던.

조우판이 하나님 맙소사!

(잠시 고요. 루쓰펑이 괴로운 듯 외마디 소리를 지르고 어머니를 바라본다. 루스핑이 고통스레 고개를 떨군다.)

(조우핑이 혼란스러워 이해할 수 없다는 듯 아버지와 루스핑을 바라본다. 이때 조우판이가 점차 조우충에게 다가간다. 지금 그녀는 갑자기 더욱 비참한 운명을 발견하고 차츰 조우핑을 동정하게 된다. 자신이 방금 미친 듯이 소란을 피웠다는 걸 깨닫고 금세 평소 어머니의 감정을 회복한다. 자기도 모르게 부끄러움과 회한으로 자기 아들 충을 바라본다.)

조우푸위안 (침통하게) 핑, 이리 오너라. 네 생모가 죽지 않고 아직 살아 있었다.

조우핑 (반쯤 미친 듯) 아니에요. 아버지! 아니라고 해 주세요.

조우푸위안 (엄하게) 몹쓸 놈. 핑! 어디서 함부로 지껄이는 게냐. 출신은 그냥 그렇지만 그래도 네 생모다.

조우핑 (너무나 괴로워서) 아, 아버지!

조우푸위안 (정중하게) 네가 쓰펑하고 남매인 게 부끄럽다고 인륜을 저버릴 순 없다.

루쓰펑 (어머니에게) 아, 엄마! (괴로워한다.)

조우푸위안 (무겁게) 핑, 용서해 다오. 내 평생 한 가지 잘못한 게 있다면 바로 이 일이다. 난 스핑이 지금까지 살아 있으리라고는, 또 여길 찾아오리라고는 생각하지 못했다. 이것도 운명이겠지. (루스핑을 향해 한숨을 쉬고) 나도 늙었어. 아까 당신을 보내고 크게 후회했지. 당신에게 2만 원을 부치려 했어. 지금 다시 왔으니, 핑은 효자라 당신을 잘 모실 거요. 내가 잘못한 것을 저 아이가 채워 줄 거요.

조우핑 (루스핑에게) 당신이…… 당신이 내…….

루스핑 (자기도 모르게) 핑……. (고개를 돌리고 흐느낀다.)

조우푸위안 무릎 꿇고 큰절 올려라. 핑! 꿈이 아니다. 네 생모다.

루쓰펑 (혼란스러워) 엄마, 이거 사실이 아니죠?

(루스핑이 아무 말 하지 않고 흐느낀다.)

조우판이 (조우핑을 향해, 후회스러워하며) 핑, 난 정말…… 이런 일이 있을 줄은 상상도 못 했어. 핑…….

조우핑 (조우푸위안을 향해 이상한 웃음을 짓고) 아버지! (루스핑을 향해 이상한 웃음을 지으며) 어머니! (루쓰평을 보고 그녀를 가리키며) 네가…….

루쓰핑 (조우핑과 서로 바라보다가 돌연 더 이상 참을 수 없어) 아, 하나님! (가운데 문으로 뛰어나간다.)

(조우핑이 소파에 엎드러진다. 루스핑은 죽은 듯이 서 있다.)

조우판이 (급히 외친다.) 쓰펑! 쓰펑! (조우충에게) 충, 쟤 이상하다. 얼른 따라가 봐.

(조우충이 가운데 문으로 달려 나가 루쓰펑을 부른다.)

조우푸위안 (조우핑 앞에 와서) 핑, 어찌 된 일이냐?

조우핑 (갑자기) 절 낳지 말았어야 했어요! (식당 쪽으로 달려 나간다.)

(멀리서 루쓰펑의 외마디 소리가 들리고, 조우충이 미친 듯이 루쓰펑을 부르더니, 이어 조우충도 외마디 소리를 지른다.)

루스핑 (외친다.) 쓰펑, 무슨 일이냐?

조우판이 (동시에 외친다.) 충! 내 아들!

(루스핑과 조우판이가 함께 가운데 문으로 달려 나간다.)

조우푸위안 (급히 창문 앞에 가서 커튼을 젖히고 떨리는 목소리로) 어찌, 어찌 된 거냐?

(하인이 가운데 문으로 달려 들어온다.)

하인 (숨을 헐떡이며) 나리!

조우푸위안 얼른 말해, 어찌 됐어?

하인 (급해서 말을 잇지 못한다.) 쓰펑이…… 죽었어요…….

조우푸위안 (급히) 둘째는?

하인 도련님도…… 돌아가셨어요.

조우푸위안 (떨리는 소리로) 아냐, 그, 그럴 리가?

하인 쓰펑이 전선에 부딪혀 감전이 됐는데, 도련님이 모르고 쓰펑을 구하려고 잡았다가 둘이 함께 감전이 됐습니다.

조우푸위안 (거의 어지러워 기절할 듯) 그럴 리가. 그, 그…… 그럴 리가 없어!

(조우푸위안과 하인이 함께 달려 나간다.)

(조우핑이 식당에서 나온다. 얼굴은 창백하나 침착하다. 루다하이의 권총을 두었던 탁자로 다가가서 서랍을 열고 권총을 꺼낸다. 손이 좀 떨린다. 천천히 오른쪽 서재로 들어간다.)

(밖에는 사람들 소리가 시끄럽다. 우는 소리, 외치는 소리, 떠드는 소

리가 뒤섞여 소란하다. 루스핑이 가운데 문으로 들어오는데, 얼빠진 모습이 마치 만들어 놓은 석고상 같다. 늙은 하인이 손전등을 들고 뒤를 따른다.)

(루스핑이 아무 소리도 내지 않고 무대 가운데 서 있다.)

늙은하인 (위로한다.) 부인, 정신 차리세요. 이러고 있으면 안 돼요. 울어야 해요. 속 시원히 울어야 해요.

루스핑 (넋이 빠져) 음, 울음이 나오지 않아.

늙은하인 하늘의 뜻인걸요. 어쩔 수 없잖아요. ……하지만 울어야 해요.

루스핑 아니, 좀 조용히 있고 싶어요. (멍하니 서 있다.)

(가운데 문이 열리고, 조우판이가 하인들에 둘러싸여 들어온다. 우는지 웃는지 알 수가 없다.)

하인 (밖에서) 들어가세요, 마님. 보지 마세요.

조우판이 (사람들에게 둘러싸여 가운데 문까지 오자 문에 기대어 괴상한 웃음을 웃는다.) 충, 그렇게 입 딱 벌리고 마치 날 비웃는 것 같구나. ……충, 이 바보 같은 녀석.

조우푸위안 (가운데 문까지 와서 얼굴에는 눈물 흔적) 판이, 들어와! 내 오금이 다 저린걸. 보지 말라니까.

늙은하인 마님, 들어오세요. 벌써 감전돼서 다 타 버린걸, 어찌할 방도가 없네요.

조우판이 (들어와서도 마른 울음을 운다.) 충, 우리 착한 아들. 방금까지도 멀쩡했는데, 어떻게 죽을 수가 있어? 그리 참혹하게? (멍하니 서 있다.)

조우푸위안 (이미 들어와) 좀 진정하시오. (눈물을 닦는다.)

조우판이 (미친 듯 웃으며) 충, 넌 죽어야 돼. 나 같은 어미를 두었으니 넌 죽어야 돼!

(바깥에서 하인들이 루다하이와 싸운다.)

조우푸위안 누군가? 이럴 때 누가 싸우고 그래?

(늙은 하인이 뛰어나가 묻는다. 곧 다른 하인이 등장한다.)

조우푸위안 밖에 무슨 소란인가?

하인 오늘 아침에 왔던 그 루다하이가 지금 또 와서 소란이 벌어졌습니다.

조우푸위안 들어오라고 해!

하인 나리, 그놈이 차고 때리고 해서 우리 쪽 몇이 다쳤어요. 벌써 쪽문으로 도망갔어요.

조우푸위안 도망갔다고?

하인 네, 나리.

조우푸위안 (잠시 있다가, 갑자기) 쫓아가, 쫓아가서 데려와.

하인 네, 나리.

(하인이 함께 나간다. 집 안에 조우푸위안, 루스핑, 조우판이만 있다.)

조우푸위안 (슬퍼하며) 아들 하나를 잃었어. 또 잃을 수는 없지.

(세 사람이 모두 앉는다.)

루스핑 다 가거라. 가는 게 낫지. 난 이 녀석을 알아. 걔는 오지 않을 거예요. 당신을 증오하니까.

조우푸위안 (정적. 이상하다고 느끼며) 젊은 것들이 우리보다 먼저 가다니, 우리 늙은이들만 남았군……. (갑자기) 핑은? 큰아인? 핑, 핑! (아무 대답이 없다.) 이리 오너라! 아무도 없나? (대답이 없다.) 좀 찾아봐. 큰아이는?

(서재에서 총소리. 집안에 죽은 듯한 정적)

조우판이 (갑자기) 아! (서재로 달려 들어간다. 조우푸위안은 얼이 빠져 움직이지 못한다. 조우판이가 곧 미친 듯이 소리를 지르며 뛰어 나온다. 외친다.) 핑…… 핑이…….

조우푸위안 핑…… 핑이…….

(조우푸위안과 조우판이가 함께 서재로 달려간다.)

(루스핑이 일어서서 서재로 두어 걸음 옮기다가 무대 가운데까지 와서는 점점 앞으로 고꾸라져서 바닥에 무릎을 꿇고 있다. 마치 서막에

서 노부인이 넘어지려 하던 모습과 같다.)

(무대가 점점 어두워지며 서막에서 연주했던 음악인 바흐의 미사곡이 멀리서부터 들리기 시작하고 완전히 깜깜해졌을 때 가장 크게 울려서, 서막 말미의 소리와 같다. 막이 내려왔다가 곧 열리고 미성이 이어진다.)

미성(尾聲)

막이 열리면 무대는 깜깜하다. 멀리 교회에서 미사를 드리는 합창 소리와 오르간 소리가 들리고, 서막에서 들리던 남매 소리가 들린다.

(동생 소리　누나, 가서 물어봐.
누나 소리　(작은 소리로) 싫어. 네가 가서 물어봐, 네가.)

무대는 점점 밝아지고, 배경은 서막과 같다. 다시 십 년 후 섣달 그믐날 오후. 노부인(루스핑)이 아직도 무대 중앙에 비스듬히 쓰러져 있고, 남매가 옆에 있다.

누나　네가 물어봐. 저 사람은 알 거야.
동생　싫어, 무섭단 말이야. 누나, 누나가 가 봐. (누나를 민다. 밖에서 들리던 합창 소리가 멈춘다.)

(수녀 을이 가운데 문으로 들어온다. 노부인이 바닥에 쓰러져 있는 것을 보고, 깜짝 놀라서 급히 그녀를 부축한다.)

수녀 을 (그녀를 부축하며) 일어나세요, 할머니! 일어나세요! (그녀를 부축하여 오른쪽 벽난로 옆에 앉히고, 급히 남매에게 가서 위로하듯) 얘들아, 놀라지 않았니? 얼른 가거라. 엄마가 밖에서 기다리셔. 누나가 동생 좀 데리고 가렴.

누나 고맙습니다, 수녀님. (동생에게 옷을 입힌다.)

수녀 을 밖이 아주 춥구나, 모두 옷 잘 입고 나가렴.

누나 네, 안녕히 계세요!

수녀 을 잘 가라.

(누나가 동생을 데리고 가운데 문으로 나간다.)

(수녀 을이 급히 벽난로 앞으로 가, 노부인을 보살핀다.)

(수녀 갑이 오른쪽 문 식당 쪽에서 들어온다.)

수녀 을 쉿, (루스펑을 가리키며) 나오셨어요.

수녀 갑 (작은 소리로) 조우 선생님께서 곧 내려와서 만나실 테니, 잘 좀 보살펴 드려요. 난 가 봐야 해요.

수녀을 네, 잠깐만요. (구석에서 우산을 들고 나와) 밖에 눈이 내릴 것 같아요. 이 우산 가지고 가세요.

수녀갑 (상냥하게) 고마워요. (우산을 들고 가운데 문으로 나간다.)

(노인이 왼쪽 홀에서 나와, 문 앞에 서서 바라보고 있다.)

수녀을 (루스핑을 가리키며, 노인에게) 여기 계세요!

노인 음.

(잠시 고요.)

노인 (관심을 보이며, 수녀 을에게) 요즘은 좀 어때요?

수녀을 (가볍게 한숨을 쉬며) 여전하세요!

노인 식사는 잘 하나요?

수녀을 별로요.

노인 (머리를 가리키며) 여기는요?

수녀을 (고개를 저으며) 아직, 아직 사람을 못 알아봐요.

(잠시 고요)

수녀을 위층의 부인은 만나 보셨어요?

노인 (멍하게) 음.

수녀을 (격려하며) 요새는 오히려 좋은 편이에요.

노인 그렇군……. (루스핑을 가리키며) 요 며칠 만나러 오는 사람은 없었나요?

수녀을 아들 말씀이시죠?

노인 네. 루씨 성에 이름이 다하이.

수녀을 (동정하며) 없었어요. 불쌍하게도 할머니는 아들 생각뿐이에요. 매년 섣달 그믐이면 창문 앞에 서서 밤늦도록 기다리세요.

노인 (한숨을 쉬며, 절망적으로 혼잣말을 한다.) 그 애가 죽지나 않았나 걱정이오.

수녀을 (희망적으로) 설마 그럴 리야 있겠어요?

노인 (고개를 저으며) 십 년을 찾았는데…… 그림자조차 안 보이는군.

수녀을 아, 그 아들이 돌아온다면, 할머니가 분명 알아보실 텐데.

노인 (벽난로 앞으로 가서, 고개를 숙이고) 스핑!

(노부인이 고개를 돌리고 멍하니 그를 바라본다. 마치 알아보지 못하는 듯, 일어서는데 얼굴이 무표정하다. 잠시 후 그녀가 앞쪽 창문으로 다가간다.)

노인 (작은 소리로) 스핑! 스…….

수녀을 (노인을 향해 손짓하며, 작은 소리로) 가게 두세요. 부르지 마시고!

(노부인이 창 앞으로 가서 천천히 커튼을 걷고는, 멍하니 창문 밖을

내다본다.)

(노인이 절망적으로 고개를 돌려, 벽난로의 불꽃을 바라본다. 밖에서 갑자기 아이들이 즐겁게 웃는 소리와 발자국 소리가 들린다. 가운데 문이 열리고, 남매가 들어온다.)

누나　(동생에게) 여기? 분명 여기 있어?

동생　(눈물을 흘리면서 고개를 끄덕인다.) 응! 응!

수녀 을　(아이들이 와서 침묵을 깨 준 것을 반기며) 너, 왜 우니?

동생　(울면서) 장갑을 잃어버렸어요. 밖에는 눈이 오는데, 내 장갑, 내 새 장갑을 잃어버렸어요.

수녀 을　괜찮아. 내가 찾아볼게.

누나　얘, 우리 찾아보자.

(세 명이 왼쪽 구석에서 장갑을 찾는다.)

수녀 을　(누나에게) 있니?

누나　없어요!

동생　(소파 뒤로 기어들어갔다가, 갑자기 튀어나오면서) 여기 있어요! 여기! (장갑을 흔들면서) 엄마, 여기 있어요! (뛰어 간다.)

수녀 을　(잘 됐다는 듯이) 잘됐다. 가.

누나　고맙습니다. 수녀님!

(누나가 가운데 문으로 사라지고, 수녀 을이 문을 닫는다.)

(잠시 고요)

노인 (고개를 들고) 아니? 밖에 또 눈이 오나?

수녀 을 (조용히 고개를 끄덕이며) 네.

(노인이 또 창문 앞에 선 노부인을 바라보다가 몸을 돌려 벽난로 옆 팔걸이의자에 앉아서, 멍하니 불을 바라본다. 이때 수녀 을이 왼쪽 긴 소파에 앉아 성경책을 들고 읽기 시작한다.)

(무대가 점점 어두워진다.)

(막이 내려간다.)

부록

『뇌우』 서(序)

나는 나 자신을 어떻게 표현해야 하는지 모르겠다. 평소에는 좀 우울하고 어두운 구석이 있는 편이다. 사람들 앞에서는 기쁜 기색을 보일 때도 있지만, 고독할 때면 정신적으로 굳어지지 않기 위해 애쓰는 많은 사람들처럼 계속 자신을 괴롭힌다. 요 몇 년은 고요함이 무엇인지 알지 못한 채 지내 왔다. 나 자신을 잘 모르겠다. 내게는 그리스인들이 귀하게 여겼던 자기 자신을 아는 지혜가 없다. 마음속이 늘상 뒤얽힌 구름처럼 분주하고 긴박할 뿐, 삶에서 영 두서를 찾을 수 없다. 그래서일까, 내 작품을 해석하려니 오히려 망연할 뿐이다.

많은 사람들이 시간과 정력을 들여 끝없는 언어들로 내 희곡에 해설을 다는 것을 보면 존경스럽기까지 하다. 국내에서 몇 차례 공연이 있은 후, 종종 사람들이 나를 입센의 신봉자로 단정하거나, 작품 중의 어떤 부분은 에우리피데스의 「히포리

토스」나 라신의 「페드르」로부터 영감을 얻어 온 듯하다고 추측하기도 한다. 솔직히 말해서 나는 그러한 설명들이 매우 놀랍다. 나는 나 자신이다. 그것도 아주 하잘것없는 자신. 검은 밤의 벌레가 대낮의 밝음을 상상할 수 없듯이 나는 그런 대가의 깊이를 엿볼 수도 없다. 지난 십여 년간 여러 희곡을 읽어 보기도 하고 공연해 보기도 했다. 그러나 아무리 생각해 보아도 어떤 점에서 일부러 누구를 모방한 기억은 없다. 어쩌면 잠재의식의 저변에서 스스로를 속이고 있는지도 모르겠다. 은혜도 모르는 노예같이 한 가닥 한 가닥 주인의 금실을 뽑아내어 자신의 추한 의복을 짜 놓고도 내 손에 왔기 때문에 이미 퇴색해 버린 금실이 주인의 것임을 부인하는 건지도 모른다. 사실 남의 간단한 이야기나 약간의 에피소드를 훔치는 것은 그리 부끄러운 일이 아니다. 같은 진술이 얼마나 많은 고금 대가들의 손길을 거쳐 시가와 희곡, 소설, 전기 작품으로 재창작되어 왔던가. 그러나 아무리 객관적으로 작품을 분석하려 해도(작가는 아무래도 자기 작품에 편애가 있어서 그렇게 할 수 없겠지만) 나는 『뇌우』를 집필할 때 어떤 작품을 염두에 두고 창작했는지 생각해 낼 수가 없다. 비록 그 몇몇 대가의 힘 있고 아름다운 필치를 한 점, 한 획, 한 문장이라도 모방할 수 있다면 큰 영광이겠지만 말이다.

나는 그다지 냉정하지 못한 사람이다. 내 작품에 대해 말할 때도 마찬가지다. 『뇌우』에 대한 나의 사랑은 얼음이 녹은 봄날에 장난꾸러기 아이가 햇볕 아래서 뛰노는 것을 보거나 맑은 들판 연못가에서 우연히 청개구리 소리를 듣는 기쁨 같은 것이다. 이러한 작은 생명들을 불러낼 수 있다는 것이 내게 얼마나 큰 영감과 흥분을 주는지 모른다! 나는 심리학자처럼 한편에 서서 아이의 행동을 관찰하거나, 실험실의 생물학자처럼 이지적인 해부도를 가지고 개구리의 생명을 해부할 수 없다. 그런 일은 『뇌우』를 비평하는 이들에게 맡길 일이다. 그들은 어떻게 해야 연극의 원칙에 맞는지, 어떻게 하면 그것에 어긋나는지, 어떻게 해부하고 논단해야 할지 알 것이다. 『뇌우』에 대해 내가 느끼는 것은, 아기를 쓰다듬는 어머니 같은 단순한 기쁨이며, 원시적인 생명감뿐이다. 나는 비평을 할 만큼 냉철하지도 않고, 기묘한 언사로 교묘하게 내 작품을 두둔할 생각도 없다. 따라서 하늘이 주신 이 기회에도 따로 할 말이 생각나지 않는다. 이 한 해 동안 『뇌우』에 쏟아진 평론들은 나를 완전히 압도해서, 나의 자괴감을 자극했고, 나의 무능을 깊이 느끼게 했다. 나는 문득 그 평론의 주인들이 나보다 내 작품을 더 명확하게 이해하고 있다는 걸 알게 되었다. 그들은 바늘 한 땀 한 땀까지 그 이유를 찾아내고 이면의 뜻을 지적해 냈지만, 나는 그저 보편적으로 부족함과 불만스러움을 느낄 뿐이었다. 매번 『뇌우』가 공연되거나 『뇌우』가 거론될 때면, 나는 나도 모르게 위축되어 자유롭지 못한 느낌을 받았다. 마치 손이 무딘 장인이 이리저리해서 그릇을 만들어 놓고는 손님들이 그릇의 무늬가 형편없다고 무시무시하게 트집 잡는 얘기가 듣기 두려워 한쪽 구석에 숨어 있는 것과 같은 꼴이다.

나는 별로 할 말이 없다고 했다. 이런 말이 내게 관심을 베풀어 준 벗들에게 실망을 줄지도 모르겠다. 사람들이 누차 내게 『뇌우』가 어떻게 창작되었는지, 왜 『뇌우』를 창작했는지 같은 문제들을 물었다. 사실 첫 번째 질문에 대한 답은 나도 잘 모른다. 두 번째 질문에 대해서는 다른 사람들이 이미 나 대신 주석을 달아 놓았다. 그 주석들 중 어떤 것, 예를 들어 대가정의 죄악을 폭로하는 것 같은 것은 나도 추인한다. 하지만 삼 년 전 붓을 들었을 때를 회상해 보면, 괜히 거창한 포장으로 자신을 드러내서는 안 된다고 생각한다. 나는 그렇게 분명하게 뭘 바로잡고 풍자하거나 공격하려는 의식이 없었다. 어쩌면 거의 다 썼을 때쯤에는 은연중에 북받치는 감정이 날 추동해서 억눌린 분노들을 발산하고 중국의 가정과 사회를 비판하고 있었던 것 같다. 그러나 처음 막연히 『뇌우』를 구상했을 때 나의 흥미를 끈 것은 그저 한두 가지 에피소드, 몇몇 인물, 그리고 매우 복잡하고 원시적인 정서 같은 것들이었다.

『뇌우』는 내게 유혹이었다. 『뇌우』와 함께 내게 다가온 정서는 이 우주의 많은 신비한 사물에 대한 말로 표현할 수 없는 동경이었다. 『뇌우』는 마치 원시의 조상들이 이해할 수 없는 현상들을 놀라움의 눈으로 바라보았던 것처럼, 내 '야만적 정서의 남은 부분'이라고 할 수 있다. 나는 『뇌우』를 추동한 것이 귀신인지 운명인지 혹은 뭔가 영험한 힘에 근원한 것인지 단정할 수 없다. 감정적으로 『뇌우』가 상징하는 것은 내게 어떤 신비한 매력, 내 심령을 틀어쥔 마력 같은 것이었다. 『뇌우』가 드러내 보여 주는 것은 인과나 보응 같은 것이 아니라, 이 세계의 '잔혹함'이다.(이러한 자연의 냉혹함을 대표하는 것이 쓰펑과 조우충의 죽음이다. 그들의 죽음은 그들 자신에게는 전혀 책임이 없기 때문이다.) 만약 독자들이 이런 뜻을 잘 이해하려 한다면, 이 작품은 비록 몇몇 긴장되는 장면이나 인물 성격이 주의를 끌긴하지만, 끊이지 않고 있는 듯 없는 듯이 은밀한 비밀(이 우주에서 벌어지는 각종 투쟁의 잔인하고 냉혹함)을 보여 주고 있다. 그 투쟁의 배후에는 어떤 주재자의 섭리가 있을지도 모른다. 히브리의 선지자들은 그 주재자를 '하나님'이라 했고, 그리스의 극작가들은 '운명'이라 했고, 근대인들은 그런 막연하고 불분명한 관념 대신 '자연의 법칙'이라고 했다. 나는 아직 그에게 어떤 이름을 붙이지 못했을 뿐만 아니라 그 진짜 모습을 그려 낼 능력도 없다. 그 존재는 너무 크고 복잡하기 때문이다. 나의 감정이 내게 표현하라고 요구하는 것은 그저 우주에 대한 그러한 동경(憧憬)뿐이다.

『뇌우』는 감정의 절박한 필요에 의해 창작되었다. 인류가 얼마나 가련한 동물인지를 생각하면 근심이 가득해진다. 스스로 운명을 주재하는 것 같지만 전혀 그렇지 않기 때문이다. 자신의 감정 또는 이해의 지배를 받아, 기회 또는 환경의 알 수 없는 힘의 지배를 받아, 좁은 새장 안에 살면서도 득의양양 교만해져서 자유로운 세계에서 노닌다 여기기도 하니, 스스로를 만물의 영장이라고 일컫는 인간이 가장 어리석지 않은가? 나는 연민의 심정으로 극 중 인물들의 갈등을 써 내려갔다. 연극을 보는 분들도 연민의 심정으로 이 지상의 인간들을 내려다보기 바란다. 그래서 나는 나의 관객을 가장 존중하며, 그들을 신선이나 부처님, 선지자로 여겨서, 그들에게 미래 선지자의 신비를 바친다. 자신들의 위기를 알게 되기 전까지 등장인물들은 어리석게도 감정에 의지하여 마음을 쓰고 수단을 부린다. 관객은 이들의 복잡한 관계를 철두철미하게 파악하고 있다. 나는 관객들이 징조를 통해 점차 무르익어 가는 어두운 분위기를 느끼고 이렇게는 좋은 결과가 이끌어져 나오지 않을 것임을 예감하게 한다. 나는 가난한 주인이지만, 관객들을 높이 하나님의 자리에 앉혀서 연민을 가지고 이 아래에서 꿈틀대는 생물들을 내려다보게 한다. 그들이 어떻게 맹목적으로 다투는지, 미꾸라지처럼 감정의 불구덩이 속에서 혼미한 몸부림을 치며, 모든 생각과 힘을 다해 자신을 구해 내려 하는지 말이다. 그러나 그들은 바로 눈앞에 천만 길의 심연이 큰 입을 벌리고 있다는 것을 알지 못한다. 늪에 빠진 한 마리 지친 말처럼 허우적댈수록 그들은 더욱 깊은 죽음의 늪으로 빠져든다. 조우핑은 '과거의 죄악'을 후회하고 고치려 한다. 새로운 영감으로 자신을 씻어 내고자 쓰펑을 붙잡고 놓지 않는다. 그러나 이렇게 자기도 모르는 사이 더 큰 죄악을 범하게 되고 결국 이 길은 그를 죽음으로 인도한다. 판이는 가장 연민을 자아내는 인물이다. 그녀는 후회하지도 고치려 하지도 않는다. 한 필의 고집스러운 말처럼 전혀 의심 없이 낡고 험한 길을 걸어 나간다. 그녀는 조우핑을 붙들고 놓지 않는다. 이미 깨어진 꿈을 다시 주워 자신을 구원하려 하지만, 이 길도 죽음으로 이어진다. 『뇌우』에서 우주는 잔혹한 우물처럼 그 안에 떨어지면 아무리 소리쳐도 빠져나올 수 없는 흑암의 구덩이다. 한편으로 보면, 『뇌우』는 일종의 감정의 동경이고 이름을 알 수 없는 공포의 상징이다. 이러한 동경의 매력은 얼굴에 경험의 주름을 아로새긴 어르신들이 어릴 적 깊은 밤중에 흥미진진하게 풀어 내 주시던 무덤가 귀신과 황막한 절의 강시 이야기를 듣는 것과 같다. 공포로 온몸에 소름이 돋고, 담 모서리에는 흔들거리는 귀신 그림자가 보이는 것 같다. 그런데 이상하게도 이 '두려움'이 바로 유혹이다. 몸을 움직여 다가가고, 흥미가 동해 침을 삼키며, 겁이 나서 심장은 턱턱 막히는데도 할머니의 말라빠진 손을 붙잡고 '하나만 더 해 줘요, 하나만요.' 하고 조르게 된다. 『뇌우』의 탄생은 바로 그런 심정에서, 그런 감정이 발효되어 나온 것이다. 이 작품이 우주의 감추어진 비밀을 이해하는 것이라 한다면 망령된 과장이겠지만, 이것으로 개인의 일시적인 성정의 추이와 '이해할 수 없는' 신비에 대한 호기심을 대표하며, 나 개인의 짧은 생명 속에 분명한 한 단계를 구획하는 것이다.

이렇게 원시적이고 야성적인 정서와 함께 다른 측면이 존재한다면 그건 내 성격에 자리한 우울한 분위기이다. 여름은 답답하고 일이 많은 계절이라 무더위는 사람의 이성을 마비시킨다. 여름날 더위가 심해지면, 하늘은 붉게 단 쇠처럼 드리우고 사람들은 자기도 모르는 사이 원시적인 야성의 길로 돌아가 피를 흘리며 미움이 아니면 사랑, 사랑이 아니면 미움을 택하는 극단의 길을 가게 된다. 번개처럼, 우레처럼 콰르릉콰르릉 한바탕 태워 버리고 절충의 여지를 두지 않는다. 이런 성격을 대표하는 사람이 조우판이요, 루다하이이고, 심지어 조우핑도 그렇다. 반대되는 성격으로는 매사에 타협하고 절충하고 부연하는 조우푸위안과 루구이를 들 수 있다. 그러나 후

자는 전자의 그림자로, 그 전자가 있어야 그 모습이 더욱 뚜렷해진다. 루스핑과 루쓰펑, 조우충은 이 명암의 중간자로, 두 극단의 연결 계단 역할을 한다. 그래서인지 『뇌우』의 분위기에서는 조우판이가 가장 두드러진다. 그녀의 생명은 전깃불처럼 하얗게 타오르고 또 그렇게 짧다. 감정과 우울한 열정, 환경이 한 송이 화려한 불꽃을 만들어 내서 그 불꽃이 소멸할 때, 그녀의 생명력도 홀연 사라진다. 그녀는 가장 '뇌우적'(이건 내가 만든 말이다. 다른 적당한 말을 찾을 수 없었다.)인 성격이다. 그녀의 생명은 가장 잔혹한 사랑과 가장 참을 수 없는 증오로 교직되어 모순된 행위에도 불구하고 어떤 모순도 극단이 아닌 것이 없다. '극단'과 '모순'은 『뇌우』의 뜨거운 분위기에서 두 가지 기조를 이루며, 이를 기본으로 하여 이야기가 전개된다.

『뇌우』의 등장인물 여덟 명 중에서 내가 가장 먼저 생각하고 또 비교적 진실된 인물이 조우판이이고, 두 번째가 조우충이다. 그 외에 루쓰펑, 조우푸위안, 루구이는 모두 처음 생각해 내는 과정에서 내게 고통과 위안을 주었지만, 후에 보니 그리 만족스럽지 않았다.(이렇게 말한다고 해서 앞의 두 인물이 성공적이었다는 것은 아니다. 내가 특별히 언급한 것은 그 두 인물이 나의 상상력을 지탱해 주었기 때문이다.) 나는 판이 같은 여성을 보는 것이 기쁘다. 그러나 재주가 부족한 탓에 무대 위의 그녀는 내 원래의 기대에 영 못 미치는 모습이었다. 그러나 작가에게는 자기도 어쩔 수 없는 습관들이 있어서 판이에 대해 나는 친구처럼 친근한 감정을 느끼면서도, 그 진실한 모습을 그려

낼 수는 없었다. 조만간 영혼과 능력이 있는 배우가 그녀 역을 맡아서 그녀에게 피와 살을 부여해 주기를 기대한다. 그녀가 나의 연민과 존경을 이끌어낼 것이고 나는 눈물을 흘리며 이 가련한 여인을 애도할 것이다. 어머니라는 신성한 천직을 내동댕이치는 무시무시한 죄를 저지른 그녀를 나는 용서할 것이다. 나는 얼마나 많은 판이를 보았는지 모른다.(물론 그들은 판이가 아니고 그들 대부분은 판이처럼 용감하지 못했다.) 그들은 모두 음울한 골짜기에서 삶을 영위했지만, 마음은 하늘처럼 고고했다. 열정은 본래 꺼지지 않는 불길임에도, 하나님은 하필이면 그녀들을 삐쩍 마른 모습으로 모래 위에서 자라게 하셨다. 이런 종류의 여인들은 대개 그 성정이 아름답다. 그러나 비정상적으로 발전되거나 혹은 환경에 억눌려서 이상하게 바뀌었고, 사람들이 그녀를 이해할 수 없게 된 것이다. 사람들의 질시와 사회의 억압 아래, 평생 억눌린 채 우울하게 살아간다. 우리가 마주한 현실 속에 이렇듯 자유로운 공기를 호흡하지 못하는 여인들이 얼마나 많은가? 이런 불행을 만난 여인들 가운데서도 판이는 찬미할 만하다. 그녀는 뜨거운 열정과 강직한 마음을 가지고 모든 질곡을 극복하고 묶여 있는 짐승처럼 벗어나기 위해 싸웠다. 비록 끝내 불구덩이에 떨어져, 열정으로 인해 미쳐 갔지만, 그래서 더욱 우리의 연민과 존경을 받을 만하지 않은가? 이것이 거세한 닭 같은 남자들이 평범한 삶을 위해 나약하게 하루하루 살아가는 것보다 더 사람들의 존경을 받을 만하지 않은가?

한 친구가 내게 판이에게 반했다고 말했다. 그는 판이의 사랑스러움은 그녀의 사랑스러운 면에 있는 게 아니라, 사랑스럽지 않은 면에 있다고 답했다. 일반적인 잣대로 보면, 그녀는 사실 남보다 나을 게 없는 여인이다. 그러나 많은 사랑스러운 여인들과 함께 모아 놓고 보면 가장 매혹적인 여인임을 발견할 수 있다. 마치 생강편 씹기를 즐기는 사람이라야 그 매운맛의 좋은 점을 알듯이 보통 사람들이 이런 매력을 깨닫기는 쉽지 않다. 판이를 잘 이해하는 사람이라야 그녀의 매력을 파악할 수 있다. 그렇지 않으면 그녀가 너무 어둡고 공포스럽다고만 생각할 것이다. 사실 이런 부류의 여인에게는 그녀대로의 마성(魔性)이 있다. 마성이라 하면 나름의 날카로움이 있기 마련이다. 판이가 사람을 끄는 건 바로 그녀의 날카로움 때문일지도 모른다. 그녀는 날카로운 칼 같아서 사랑할수록 깊은 상처를 남긴다. 그녀는 억눌린 '힘'을 최대한으로 키워 놓았다. 그 어두운 힘이 어쩌면 그 친구가 반한 이유인지도 모른다. 이런 여인을 사랑하려면 반드시 넉넉한 취향과 무쇠 같은 팔뚝, 바위 같은 항심이 필요하다. 그런데 조우핑은 감정과 모순의 노예여서 전혀 그렇지 못하다. 혹자는 그럼 왜 그녀가 이렇게 약해 빠진 풀잎 같은 인물을 사랑하는지 물을 것이다. 답을 알고 싶다면 그녀의 운명에게 왜 그녀가 조우푸위안의 집에 오게 되었는지를 묻는 수밖에 없다.

판이의 아들 조우충은 내가 매우 좋아하는 인물이다. 나는 『뇌우』 공연을 한 번 본 일이 있는데, 매우 실망스러웠다. 거기서 조우충을 연기한 사람은 자신의 역할을 영 무시하는 것 같았다. 조우충을 이해하지 못하고 그저 바보 같은 용기를 지닌 인물로만 묘사했다. 그건 그저 조우충의 건장한 육체일 뿐 그의 정신을 홀시한 것이다. 조우충은 원래 매우 매력적인 성격으로, 가장 무고한 인물이지만 쓰펑과 함께 가장 참혹한 죽음을 당했다. 그는 이상의 보루에 숨어서 사회와 가정 그리고 사랑을 동경했다. 그는 자신을 잘 알지 못했고, 자신의 주변도 잘 이해하지 못했다. 겹겹의 환상에 둘러싸여, 사회와 또 자신이 사랑하는 사람들을 제대로 보지 못했다. 또 보통의 젊은 사람들처럼 돈키호테 병에 걸려 대부분의 청년들과 마찬가지로 현실에 대해 거리감을 가지고 있었다. 때문에 현실의 쇠방망이가 하나씩 하나씩 꿈을 깨뜨려 버리는 것을 경험해야 했다. 어머니가 약 먹는 장면에서 그는 비로소 확실하게 아버지 권위 아래 있는 가정의 모습을 깨닫게 된다. 루구이의 집에서 루다하이의 무시를 당하고서야 비로소 자신과 다하이 사이에 메울 수 없는 큰 간격이 있음을 발견한다. 말미에서 판이가 쓰펑과 조우핑이 함께 도망가려는 걸 저지하기 위해 그를 불러냈을 때, 그는 비로소 자신의 어머니가 전혀 자신이 생각했던 사람이 아니고, 쓰펑도 그와 함께 겨울날 아침 환한 바다에서 하얀 범선을 타고 가없는 이상을 향해 항해할 반려자가 아님을 알게 된다. 끊임없이 계속되는 실망은 그의 발을 묶어 버렸고, 날카로운 송곳이 되어 그가 받아야 하는 형벌이 되었다. 그는 고통스럽게 현실의 추악함을 알게 되고 환멸의 비애에 마음을 공격당했다. 잔인한 운명이 자신을 파괴하지 않더라도, 조만간 끝이 없는 미망의 꿈속에 묻혀 세상과 분리되어 버릴 인물이다. 애정에 있어서도 그는 현실을 알지 못했다. 그의 마음을 붙잡은 것은 쓰평도 아니고, 다른 아름다운 여인도 아니다. 그는 그저 추상적인 관념으로 아득한 꿈일 뿐인 '사랑'을 사랑한 것이었다. 쓰평이 어쩔 수 없이 자신과 조우핑의 사랑을 털어놓았을 때 그를 상심케 한 것도 쓰평이 자신을 떠나서가 아니었다. 그는 아름다운 꿈의 사멸을 애도했다. 열일곱 살 소년의 꿈속에서 가장 총기 있고 자상했던 어머니마저 애정 때문에 추악한 모습으로 경련을 일으키며 외쳐 댈 때, 그는 비로소 현실의 추악함을 철저히 느끼게 된다. 그는 더 이상 살아갈 수 없었다. 청춘기 아들이 최후의 보루로 간직했던 어머니에 대한 최소한의 동경마저 무너졌기 때문이다. 그래서 그는 삶의 가장 고귀한 부분인 감정의 격동까지도 다 죽여 버렸다. 그 후에 찾아온 돌발적이고 잔혹한 육체의 죽음은 그에게 그리 큰 고통이 아니었다. 어쩌면 가장 적절한 결말이었다고 할 수 있다. 사실 살아 있을 때 그도 이미 약간은 자신이 다다를 수 없는 이상을 쫓고 있다는 것을 알고 있었다. 그는 루구이의 집에서 자신의 백일몽을 얘기한다. 그의 말귀를 잘 알아듣지 못하는 쓰평 앞에 펼쳐 놓는 "바다와…… 하늘…… 배…… 광명…… 기쁨" 같은 얘기 말이다.(그것은 어쩌면 무심결에 나온 풍자일 수도 있는데, 그는 굳이 그런 곳에서 꾸역꾸역 자신의 가장 탈속적인 꿈을 얘기하고 있다. 그곳은 온통 언제나 더러운 냄새가 피어오르고, 장님들이 끝없이 외설적인 노래를 부르며, 더러운 연못가 두꺼비처럼 흉물스러운 루구이가 한도 끝도 없이 자신의 추악한 장삿속을 떠벌리고 있는 곳인데 말이다.) 쓰평이 조우핑과 함께 간다고 했을 때, 그는 그저 (의혹에 빠진 채 생각에 잠겨)

"내가 정말 쓰펑을 사랑했던 건 아닌 것 같아. (아득해져서) 예전에는…… 내가, 내가 뭘 몰랐나 봐!"라고 내뱉었다. 시원스레 쓰펑에게 조우핑과 함께 떠나라고 할 수 있었던 것도 그런 이유이다. 이건 누굴 사랑했던 사람의 말 같지가 않다. 꿈꾸는 사람이 스스로를 찾는 모습이다. 이런 초탈함을, 열정의 불구덩이에 빠져 있는 판이는 도저히 이해할 수 없다.

이상이 동글동글 투명한 비눗방울처럼 그의 눈앞에 떠 있을 때, 현실의 바늘이 그것들을 가볍게 찔러 터뜨려 버린다. 이상이 깨지면 생명도 자연스레 빈 그림자가 되어 버린다. 조우충은 무덥고 번잡한 여름날의 일장춘몽이다. 『뇌우』의 우울하고 더운 분위기와 그는 어울리지 않는다. 그가 있기에 『뇌우』의 명암은 더 뚜렷이 드러난다. 그의 죽음과 조우푸위안의 건재는 지혜로운 하나님이 주재하는 우주는 없다고 느끼게 한다. 그러나 조우충이 이렇게 짧게 왔다 가는 것, 하필이면 이렇게 사랑스러운 생명이 가장 짧고 가슴 아프게 가 버리는 것을 보며 우리는 '이건 정말 너무 잔인해.'라고 외치게 된다.

『뇌우』를 쓸 때 나는 내 작품이 무대에 올려지리라고는 생각하지 못했다. 다만 독자의 편의를 위해 나는 많은 지면을 할애해서 매 인물의 성격을 설명해 놓았다. 지금은 『뇌우』의 배우들이 그것들을 근거로 인물의 윤곽을 파악할 수 있을 것이다. 그러나 어떤 조각가든 먼저 자신의 재료에 어떤 부족함이 있는지 알아야 비로소 도끼를 가지고 어떤 부분은 더 조심조심 다루어야 하는지 알 수 있다. 그래서 배우들은 이 몇몇 인물들의 약해서 깨지기 쉬운 부분을 분명히 알아야 한다. 이 인물들 가운데 전혀 새지 않아서 힘들이지 않고 관객의 칭찬을 낚을 수 있는 그물은 하나도 없다. 예를 들어 루구이를 연기할 때도 반드시 조심조심 아주 적절한 정도로 연기해야지, 어릿광대처럼 머리에 혹이 나고 궁뎅이에 꼬리가 달린 듯한 우스꽝스러운 괴물로 만들어서는 안 된다. 루스핑과 쓰펑을 연기할 때는(물론 전혀 감정을 쓰지 말라는 건 아니지만) '절제'가 필요하다. 스스로 탄식에서 헤어나지 못하거나 바다를 이룰 듯 울어 대서는 안 된다. 과도한 비통함이라는 자극은 관객의 신경을 고통스럽고 피곤하게 하여, 더 이상 연민을 느낄 수 없게 만들기 때문이다. 감정의 기초 없이 표면적으로 힘을 쓰는 것은 오히려 혐오감만 더하므로, 진정한 감정이 필요하다. 그러나 어떻게 수렴하고 자신의 정력을 운용할 것인지를 배워야 하며 '쇠는 가장 뜨겁게 달았을 때 쳐야 한다.'라는 경지에 이르렀으면, 내재한 모든 역량을 다 사용해서 풀무질을 해야 한다. 특히 제4막에서 쓰펑이 어머니와 맞부딪혔을 때가 가장 신경을 써야 할 대목이다. 두 배우 모두 여러 해 연극을 한 경험과 숙련된 기교를 지니고 있어서, 자신의 감정의 초점을 찾아낼 수 있어야 한다. 그 초점을 기준으로 합리적으로 자신을 조절해서 운치 있는 파장을 만들어 내야 한다. 감정의 광풍에 중심이 휘둘려서, 일거일동에 이성적 근거와 계산이 있어야 함을 망각해서는 안 된다. 구체적으로 말해서 있는 대로 소리를 지르거나 단조롭게 우는 것을 반복해서는 안 된다. 눈물을 흘릴 일이 매우 많으므로 이 장면에서는 이미 관객의 신경을 너무 자극하여, 그들의 감각이 권태로움이나 심지어 괴로움을 느끼지 않도록 미리 배려해야 한다. 각종 다른 기교를 통해 단순하게 비통한 정서를 표현할 수 있어야 한다. 좀 억제하고 다 표현하지 않는 것이 좋다. 만약 격렬한 동작이 필요하다면 '무성의 음악이 더 감미롭다.'라는 사실을 기억해야 한다. 무대 위에서는 깊은 생각을 거친 절제와 고요함이 더 빛을 발하기 때문이다.

가장 연기하기 어려운 인물은 조우핑이다. 이 역의 성공 여부는 얼마나 적합한 배우를 선택하느냐에 달려 있다. 그의 행위는 일반 관객의 동정을 얻기 어렵고 그의 성격은 복잡하다. 그를 연기하는 데 단조로움은 금물이다. 온갖 방법을 강구하여 그의 성격을 충실하게 표현함으로써 관객이 일종의 진정성을 느끼게 해야 한다. 또한 가능하다면 좋은 배우가 그의 성격에 드리운 구름 장막을 걷어 내고 처음부터 분명하게 몇 획의 간단한 선을 그어 주었으면 좋겠다. 먼저 분명한 윤곽을 그리고 다시 천천히 세부 묘사에 들어가라는 말이다. 그럼 설득력이 생기고 복잡하면서도 간단하여 관객들도 오리무중 안개 속으로 떨어지지 않을 것이다. 그를 연기하는 배우는 모든 방법을 강구해서 그를 동정하게 만들어야 한다.(판이를 연기할 때도 마찬가지다.) 그렇지 않으면 뒷막에 가서 선이 그어져 연기를 이어 갈 수 없게 된다. 조우푸위안의 성격은 비교적 파악하기가 쉽다. 그 역시 연기를 할 수 있는 기회가 많다. 약 먹는 장면, 루스핑을 핑의 어머니로 인정하는 장면, 제4막에서 혼자 고독을 느끼는 장면 등 모두 좀 생각을 해야만(더욱이나 사고 후 자제까지 요한다.) 깊이 있는 연기가 나올 수 있다. 루다하이는 내적인 강인함이 있는 배우가 연기해야 한다. 언어나 동작 면에서 우물쭈물하거나 미적대서는 안 되며 시원시원하게 행동해야 한다. 그의 성공 여부 역시 적합한 배우의 선택에 달려 있다.

『뇌우』에는 사람들이 의문을 갖는 부분이 많다. 그러나 그중에서도 두드러진 것이 '서막'과 '미성'이다. 총명한 비평자들은 이에 대해 일부러 언급하지 않기도 한다. 그래야 결론이 나지 않는 논쟁을 생략할 수 있기 때문이다. 모든 연극의 책략은 관객의 여과를 거친다. 시간의 세탁을 거쳐, 좋은 것은 남고 조악한 것은 걸러지게 된다. 그래서 나는 여기에서 '서막'과 '미성'이 남을 수 있을 것인지는 논하지 않겠다. 그 여부는 이것을 잘 이해하는 연출가가 나와서 교묘하게 무대화하느냐, 그렇지 않으냐에 달려 있기 때문이다. 이것은 모험적인 시도여서, 연출가의 지혜에서 도움을 얻어야 한다. 실제적인 어려움과 기교로 해결해야 할 부분이 매우 많을 것이다. 이후 기회를 만들어 실험해 볼 수 있었으면 좋겠다. 여기서는 그저 '서막'과 '미성'의 의도만을 밝히려고 한다. 간단히 말해서 좀 애잔한 심정으로 공연을 본 사람들을 전송하려는 의미였다. 고개를 숙이고 깊이 생각하며 정열과 몽상 속에서 혹은 계산 속에서 볶아 대던 사람들을 기억하기 위해. 그들 마음속에서 흔들리던 것은 물과 같은 비애이다. 당혹스럽거나 공포스럽지 않고, 끝없이 흐르는 비애. 돌이켜 보면 『뇌우』는 한바탕 악몽과도 같다. 죽음과 비참한 고통이 집게처럼 인간의 심령을 조여서 숨도 쉴 수 없다. 『뇌우』는 진실로 어떤 벗이 말한 것처럼, 대단히 긴장감이 높다.(이건 높이는 의미가 아니다.) 그 중에서도 4막이 가장 높다. 사실 나는 이런 식으로 갑자기 마무리하고 싶지 않았다. 나는 사람들 사이에 시와 같은 정서가 출렁이길 바랐다. '서막'과 '미성'은 이런 의도에서 나온 것으로, 마치 그리스 비극의 코러스가 그랬던 것처럼 관객의 정서를 더욱 넓은 사유의 바다로 인도하고 싶었다. 『뇌우』가 동경에서 공연될 때 그들은 '서막'과 '미성' 때문에 꽤나 고민을 한 듯, 결국 내게 물어 왔다. 나는 개인적으로 편지를 써서(나는 그 편지가 공개되리라고는 전혀 생각지 못했다.), 『뇌우』를 한 편의 시처럼, 하나의 이야기처럼 읽는다고 말한 적이 있다. '서막'과 '미성'은 복잡하게 얽힌 죄악을 시간적으로 요원한 곳으로 밀어 낸다. 사건의 변화 폭이 놀랍게 커서 그 안에 은밀히 감추어져 알 수 없는 것을 요즘의 일반적인 관객 정서로는 쉽게 이해할 수 없을 것 같아, 나는 베일을 한 겹 덮기로 했다. 그 '서막'과 '미성'의 베일은 소위 '감상을 위한 거리'를 제공한다. 이렇게 하면 관객들은 적절한 위치에서 공연을 보고 감정적으로나 이해하는 데 있어 너무 큰 충격을 받지 않을 것이다. 그러나 '서막'과 '미성'까지 공연하면 현실적으로 너무 시간이 길어진다는 어려움이 있다. 『뇌우』는 실제로 시간이 너무 길어서 수미를 좀 잘라도 네 시간 정도나 소요된다. 거기에 이 '군더더기'까지 붙이면 또 얼마나 관객들을 지루하게 할지 모른다. 전에는 '서막'과 '미성'까지 공연하기 위해 4막을 좀 덜어 내려고 한 적도 있는데, 아무리 생각해도 두서가 없어서 결국 포기하고 말았다. 이 문제는 훌륭한 연출가가 나와서 해결해 주기를 기대한다. 아마도 언젠가는 『뇌우』가 적절한 각색을 통해 새로운 면모로 재창조되리라 믿는다. 그러나 현재로서는 나 자신의 취향에 따라 『뇌우』를 재단해서 진지하게 무대에 올릴 수 있는 좋은 기회를 기다릴 뿐이다.

그러나 이 대본도 원래와는 좀 다르다. 많은 사소한 부분들이 수정되었고, 그러기까지는 잉루[穎如][1]와 내 친구 바진[巴金](그의 우정에 감사한다. 그는 와병 중에도 나를 위해 세심하게 대조와 수정을 해 주었다.), 샤오쩡[孝曾], 진이[靳以]의 도움을 받았다. 그들에게 감사한다. 그들은 날 독촉하고 격려하여 『뇌우』가 지금의 모양을 갖추게 했다. 일본에서는 아키타 우자쿠[秋田雨雀] 선생, 가게야마 지로[影山三郎] 군, 싱전둬[邢振鐸] 군에게 감사드린다. 그들의 열성과 노력으로 『뇌우』의 일본어판이 나올 수 있었고, 새로운 세상을 열었다.

끝으로, 이 작품을 나의 스승 장펑춘[張彭春] 선생님께 바친다. 처음으로 나를 연극에 다가가도록 이끌어 주신 분이다.

---

1) 차오위의 첫 번째 아내 정슈[鄭秀]의 별명.

작품 해설

중국 근대극의 이정표: 『뇌우』

『뇌우』가 창작되기까지

차오위의 본명은 만가보(萬家寶)로, 만(萬)을 '草'와 '禺'로 풀고 '草'와 음이 같은 성씨인 '曹'를 취해 차오위[曹禺]를 필명으로 썼다. 생후 사흘 만에 생모가 돌아가시고 이모가 계모로서 그를 양육하였다. 만년의 부친은 벼슬길이 여의치 못한 데다 자녀들에게 엄격하여서 집안 분위기가 늘 무겁고 우울했다. 열네 살에 늘 그를 아끼며 함께 했던 큰 누이가 불행한 혼인으로 일찍 세상을 뜨고, 열아홉 살에 부친이 중풍으로 돌아가시는 등 가정사가 불행했다. 그러나 본래 연극 애호가였던 계모가 어릴 때부터 많은 이야기를 들려주고 서너 살 때부터 경극, 방자희, 문명희 등 다양한 연극 구경에 데리고 다닌 것이 그의 문학과 연극에 대한 흥미와 관심을 키우는 데 중요한 기초가 되었다. 그래서 어렸을 때부터 연극을 좋아했고 전통극에 대한 조예도 깊었다. 난카이 중학교에 입학하면서 본격적으로 신사조인 5·4 신문학 운동을 접했고, 그 흐름에 깊은 공감을 느껴 문학회 활동을 하였다. 당시 후쓰 등이 중심이 되어 반봉건과 민주, 과학 정신을 추구했던 신문화운동, 그리고 루쉰[魯迅], 궈모뤄[郭沫若], 위다푸[郁達夫]의 신문학 창작은 그에게 큰 영향을 주었다. 그는 5·4 신문학의 흐름 속에서 낭만적 서정과 반항 정신이 충만한 청년 작가로 성장하였다. 그 후 신극운동이 본격화되어 입센의 사회문제극과 함께 궈모뤄, 티엔한[田漢] 등이 낭만파 연극을 창도하고 있던 1925년, 그는 난카이신극단[南開新劇團]에 가입하였고 곧 공연예술에 대한 재능을 드러내기 시작했다. 처음엔 배우로서 입센의 「민중의 적」에서 페트라, 「인형의 집」에서 노라 역을 맡았고, 딩시린[丁西林]의 「핍박[壓迫]」, 오스카 와일드 원작, 훙선[洪深] 연출의 「작은 마님의 부채[少奶奶的扇子]」, 티엔한의 「호랑이 잡던 밤[獲虎之夜]」 등에 출연했다. 열정이 넘치던 난카이 시절 그는 음악과 마라톤에 빠지기도 했다. 1929년 은사이자 난카이신극단의 리더였던 장펑춘[張彭春]과 함께 영국 작가 존 골즈워디[John Galsworthy]의 『쟁의(Strife)』(중국어 판 제목은 爭强)를 각색하였는데, 이는 『뇌우』 창작의 중요한 기초가 되었다.

아버지가 돌아가신 후 1930년 여름, 그는 톈진을 떠나 베이징의 칭화대학 서양문학과 2학년으로 편입하였다. 아름다운 캠퍼스와 민주적인 분위기에서 그리스 비극과 셰익스피어, 체호프, 오닐 등의 작품을 섭렵하며 본격적으로 외국 희곡

문학 연구에 힘을 쏟았다. 입센에 대한 이해도 과거의 단순한 입센주의에 머무르지 않고 예술가로의 입센을 만나며 인물의 진실성과 복잡성, 그리고 다양한 표현 방식에 눈뜨게 되었다. 이 과정에서 이들 위대한 극작가가 모두 시인이고 희곡은 극시라는 깨달음을 얻게 되는데, 이것이 이후 극작가로서 그의 기본 방향이 되었다. 칭화대학에서 다시 한 번 음악, 특히 교향악에 빠지게 되고 이는 그 후 극작에서 중요한 통일감과 리듬감의 근원이 되었다. 당시 최고 학부인 대학에서 연극은 매우 선진적인 문화 활동으로 인기를 누렸으며 선망의 대상이었다. 칭화대학에도 연극 전통이 있어서, 「노라」에서 연출을 맡으며 동시에 노라 역을 하는 등 활발한 연극 활동을 벌였다. 특히 1932년 존 골즈워디의 「처음과 마지막(The First and The Last)」을 각색한 「죄」를 공연할 때 애인 역으로 나온 정슈[鄭秀]에게 반하여 열정적으로 구애에 나섰고, 그들의 연애는 당시 캠퍼스에서 모르는 이가 없을 정도였다.

9·18 사변이 터지자 많은 젊은 지식인들 특히 칭화의 대학생들도 구국 항일 투쟁에 나섰고, 차오위 등도《구망일보(救亡日報)》를 발간하는 등 그 대열에 뛰어들었다. 그러나 칭화 시절의 최대의 열매는 『뇌우』 창작이었다. 졸업을 앞두고 이미 3년 넘게 구상해 온 『뇌우』를 원고지에 옮기기 시작하였고, 정슈의 격려 속에 1933년 여름 초고를 완성하여《문학계간》의 주편을 맡고 있던 친구 진이[靳以]에게 넘겼다. 칭화대학 졸업 논문의 제목은 「입센을 논함」이었다.

우리에게도 잘 알려진 소설 『집[家]』의 작가인 바진[巴金]

은 『뇌우』 최초의 공식 독자이자 천리마를 알아본 백락이었다. 『뇌우』 초고를 받아 본 바진은 즉시 진이에게 게재를 권했고, 1934년 7월 《문학계간》 제3기에 발표되었다. 그러나 『뇌우』의 초연은 일본에서 이루어졌다. 일본의 중국 현대 문학 연구자 다케다 다이준과 다케우치 요시미가 이 작품을 읽고 중국 유학생이던 두슈엔[杜宣]에게 추천하면서, 1935년 4월 27일~29일 중화화극동호회 이름으로 도쿄 간다 히토쓰바시 강당에서 초연되었다. 중국에서는 8월 17일 톈진시립사범학교의 학생들로 구성된 구숭극단[孤松劇團]에서 처음으로 공연을 올렸으며, 그 후 직업극단인 중국여행극단(中國旅行劇團)이 톈진, 베이핑, 상하이, 난징 등지를 순회하며 수준 높은 공연을 보임으로써 작품의 영향력을 크게 확대하였다. 상하이에서는 푸단극사[復旦劇社]에서 오우양위첸[歐陽予倩] 연출로 공연되었으며, 당시 전통극 극단들도 극종마다 『뇌우』 버전을 갖고 있었다고 한다.[1)]

시극(詩劇) 『뇌우』

『뇌우』는 1920년대 자본가 조우씨[周氏] 집안에서 일어나

---

1) 潘克明, 『曹禺研究伍十年』, 天津教育出版社, 1987, 田本相 胡叔和, 『曹禺研究資料』上下, 中國戲劇出版社, 1991, 田本相 『曹禺評傳』, 重慶出版社, 1993, 田本相 劉一軍, 『曹禺訪談錄』, 三聯書店, 2000. 錢理群, 『大小舞臺之間 — 曹禺戲劇新論』, 北京大學出版社, 2007. 참고.

는 갈등을 중심으로 당시의 봉건적 가족 제도와 사회 질서 하에서 일어난 죄악을 폭로하고 그 파멸을 그리고 있다.

1925년 전후 광산 경영주 조우푸위안의 집안에서 어느 무더운 여름날 하루 동안 벌어지는 일이다. 봉건적 권위를 내세우는 남편의 강압에 반항하는 아내 조우판이와 부친의 봉건적 가치에 반항하는 전처 소생 장남 조우핑이 서로에 대한 동정으로부터 불륜 관계에 빠지고, 그것에 온 삶을 던지는 계모와 거기에서 빠져나가고자 하는 조우핑이 하녀 루쓰펑에게서 출구를 찾으면서 이들의 삼각관계는 긴장을 더한다. 여기에 루쓰펑의 모친이 바로 조우핑과 루다하이의 생모라는 사실이 밝혀지면서, 쏟아지는 뇌우처럼 걷잡을 수 없는 비극으로 치닫는다.

가부장적 부권 아래 계모와 아들의 불륜 관계에서는 『페드라』와 나아가 『느릅나무 밑의 욕망』이 보이고, 근친상간의 비밀이 드러날 때는 『오이디푸스 왕』이 보인다. 그리스 비극의 구조와 입센 이래 근대극의 플롯이 교묘하게 결합되어 있고, 우연과 필연이 긴밀하게 맞물려 있다. 『뇌우』의 분위기는 차오위가 어릴 적 그의 가정에서 느꼈던 답답함, 바로 그것이었다. 『뇌우』에서는 "울열(鬱熱)"이라고 표현한 찌는 듯한 무더위 속의 답답함과 억눌린 갈망이 격정적으로 분출되면서 제어할 수 없는 운명에 의해 극단으로 치달으며 비극에 이른다. 그러나 차오위는 감상적으로 운명적인 비극을 던져 놓은 것이 아니라 치밀한 구조로 갈등들을 엮어 비극을 만들어 냈다. 제1막, 제2막, 제4막은 조우씨의 저택 거실을 배경으로 하고 3

막은 루씨 집의 좁고 누추한 방을 배경으로 하여 부유한 자본가 조우푸위안 집안과 빈궁한 노동 계층 하인 루구이 집안이 대조를 이룬다. 또한 가족 내에서는 부모와 자식이 봉건적 사고와 새로운 시대를 동경하는 사고로 대립하며, 어그러진 남녀의 사랑과 욕망이 인물 간의 갈등을 직조하면서, 탄탄한 갈등 구조가 시종 팽팽한 극적 긴장감을 조성한다. 작가는 4막의 형식 앞뒤에 10년 후 상황인 서막과 미성(尾聲)을 더해 액자식 구성으로 거리를 확보하고자 하였다. 그간에는 주로 이 액자를 들어내고 4막만을 무대에 올린 경우가 많았지만 본 번역은 초고의 형식을 그대로 살렸다.

무엇보다도 『뇌우』의 최대 성과로 꼽히는 것은 전형 인물의 창조이다. 인물마다 가장 어울리는 대사로 그 성격을 창조한 솜씨가 뛰어나다. 위선적인 악덕 자본가이자 봉건적인 가장, 억압으로부터 벗어나기 위해 왜곡된 욕망에 매달리는 아내, 사랑하는 사람에게 버림받고 고통 속에서 강인한 생명력으로 삶을 개척해 나가는 여인, 비굴하며 사악하지만 생존의 방법을 잘 터득하고 있는 하인, 나약하고 자기중심적인 부잣집 자제, 새로운 세계를 꿈꾸지만 현실의 한계를 알지 못하는 몽상가 젊은이, 자본가의 수탈과 억압을 경험하고 운동가가 된 노동자, 생명력 넘치는 순박한 아가씨 등 여덟 명의 인물이 섬세한 심리 묘사를 통해 각기 전형적이면서도 개성 넘치는 인물로 등장한다. 작가는 특히 조우판이의 성격 묘사에 심혈을 기울였다고 한다. 그녀는 유혹, 두려움, 억눌림, 집착과 광기를 상징하며 '타오르는 불꽃같이 순간에 타 버리는' 성격으

로, 가장 '뇌우'적인 인물이다.[2)]

사실 작가는 여덟 명의 등장인물 외에 보이지 않는 아홉 번째 배역이 나머지 여덟 명을 조종하는 주재자라고 말한다. 그것이 바로 '뇌우'이다. 작품에서 천둥 번개와 함께 쏟아지는 뇌우는 리얼리즘극에서 사실적 무대를 구현하는 하나의 수단으로 활용되기도 했지만 실은 전체 작품을 관통하는 상징적인 분위기요, 극의 주제이고 리듬이며 작가의 격정이 극적인 역할을 부여받은 것이라고 했다.[3)] 잔인하고 냉혹하기까지 한 정서의 격동, 운명이라 할 수도 있다. 조우판이가 자신의 욕망과 격정 때문에 폭우 속을 헤맬 때의 광기, 루쓰평이 어머니에게 자신의 결백을 거짓 맹세할 때 번쩍이던 번개와 천둥이 보여주는 위협적 힘을 상징하기도 한다. 차오위가 『뇌우』 서문에서 "내가 쓴 것은 한 편의 시였다.[我寫的是一首詩]"라고 술회한 것처럼, 이러한 원시적인 정감, 순수한 동경과 격정이 어우러져 살아있는 한 편의 시로 탄생한 것이다. 그의 의식은 리얼리즘의 추구였으나 그의 온 생명과 영혼을 쏟아낸 방식은 극시였다. 그래서 그의 문학세계를 우리는 "시적 리얼리즘"이라고 부른다. 그 현실을 냉혹하게 그려 내지만, 그 저변에는 이 세계와 인간에 대한 강렬한 애증이 깔려 있다. 이상에 대한 동경으로부터 현실을 보고 거기에서 시적 진실을 발견해 내기 때문이다. 각 인물의 내면세계를 풀어낸 독백들도 모두 한 편의 시

2) 曹禺, 「《雷雨》序」, 『曹禺全集』 1, 花山文藝出版社, 1996, 8-9쪽.
3) 曹禺, 「《日出》跋」, 『曹禺全集』 1, 385쪽.

를 낭송하는 듯하며, 심지어 지문조차도 시적 감성이 넘쳐난다. 쏟아지는 뇌우와 같이 격정의 시편들로 『뇌우』의 무대가 구축된다.

이렇게 『뇌우』는 젊은 작가의 열정이 담긴 한 편의 '시극'으로 탄생하여, 중국 근대극이 성숙한 단계로 들어가는 이정표가 되었다.

『뇌우』, 그 이후

차오위는 『뇌우』 발표 이후 창작 열정이 더욱 강해져서 『일출(日出)』 창작으로 현실에 대한 시각을 보다 강화하며 또 다시 새로운 연극의 길을 모색했다. 그러나 여전히 시적 진실을 추구한 한 편의 시라는 점에서는 유사하다. 『일출』은 《대공보(大公報)》의 문예상을 받으며 무대에 올려졌다. 그는 당시 난징국립연극학교[南京國立劇校]에서 교사로 재직하며, 직접 『뇌우』를 연출하고 또 조우푸위안 역을 맡기도 했다. 새로운 탐색이 계속되었고, 『원야(原野)』를 창작했다. 유진 오닐의 「황제 존스(The Emperor Jones)」로부터 영감을 받아 인간 내면의 공포와 신비로운 느낌을 무대에 구현하려 했다. 톈진에서 7·7사변을 맞아 큰 충격을 받았으며, 이 시기에 『태변(蛻變)』을 창작하였고, 후에 두 번째 부인이 되는 팡뤠이[方瑞]를 만났다. 『지금 생각 중[正在想]』과 『북경인(北京人)』을 창작하였다. 『북경인』의 창작과 함께 창작 경향이 바뀌기 시작하여 중국적인 분위기의 작품에 관심을 갖게 되고, 이어 바진의 『집』을 각색하였다. 라오서[老舍]와 함께 미국을 방문하고 돌아와 영화 시나리오 「뜨거운 여름날[艷陽天]」을 쓰고 제작하였다. 그 후 홍콩을 거쳐 베이징으로 갔다.

1949년 신중국이 서자 새로운 세계가 열렸다고 믿었지만, 언론과 표현의 자유가 보장되지 않았고 작품 창작에는 사상적으로 더 엄격한 제약이 가해졌다. 그의 모든 작품이 수정되어야만 했다. 문제가 될 부분들을 잘라내는 자체 검열이 행해졌고, 베이징인민예술극원 원장으로서 연극계 지도자의 역할이 요구되었다. 감퇴된 창작 의욕으로 어려움을 겪으며 겨우 사회주의리얼리즘을 구현하는 작품으로 『맑은 하늘[明朗的天]』을 창작하였고, 『담검편(膽劍篇)』을 공동 창작하였다. 그러나 문화대혁명의 폭풍을 피해 갈 수 없었고, 급기야 그를 지탱해 준 부인 팡뤠이가 과도한 고통을 견디지 못해 수면제에 의존하다 죽음을 맞는다. 문화대혁명의 풍파가 지나자 그는 “마치 지옥에서 도망 나온 것 같다.”고 술회하였다.

차오위는 현실 개혁에 대한 열정과 이상에 대한 동경으로 리얼리즘 문학을 선택하였고 자신의 성향에 따라 시적리얼리즘을 구현하였다. 그러나 초기의 활발한 창작에 비해, 사회주의 혁명을 완수한 신중국 시기 더 이상 창작의 영감을 끌어내지 못해 괴로워했다. 개혁개방 이후 비로소 다민족 화합을 주제로 역사를 재해석한 『왕소군(王昭君)』을 창작하였지만, 초기 창작에서 보이는 열정을 찾기는 어렵다. 이념이 예술에 앞서는 중국의 연극계를 이끌었던 그의 위치에서 창작이 나올 수 없었음은 당연하다. 80년대 초기 베이징인민예술극원 원장 시절, 비판의 대상이 될 뻔한 가오싱젠의 실험극 창작을 격려하고 지지했다. 자신은 이미 사상의 질곡에 매여 더 이상 창작의 길을 갈 수 없음을 깨달은 노작가가, 자유로운 창작을 갈망하며 새로운 중국 실험극의 길을 열어가는 후배 작가의 창작을 지지하는 것으로, 자신의 문학과 연극에 대한 생각을 표명한 것으로 읽힌다.

한국의 『뇌우』 수용

사실 『뇌우』는 우리 공연사에서도 매우 중요한 작품이다. 1946년 초연된 이래 국립극단이 1950년, 1988년, 2004년에 공연을 제작했으며, 2012년에는 중국 본토 다롄화극단의 『뇌우』가 명동예술극장에서 공연되기도 했다.

1946년 7월 5일~11일 극단 낙랑극회가 국도극장에서 『뇌우』(이서향 연출)를 처음 한국 무대에 소개했으나, 리얼리즘의 정수를 충분히 소화하기에 역부족이었던 대중 극단의 연출과 연기로 인해 그리 큰 주목을 받지는 못한 것 같다. 그 해 김광주 역 『뇌우』가 선문사에서 출판되었다. 그 후 극단 혁명극장이 「원야」를, 1947년 10월 신지극장이 이진순 연출의 「태양이 그리워」라는 제목으로 「일출」을 공연하였고, 1950년 3월에는 여인소극장이 박노경 연출로 「태변」을 그리고 6월에 다시 국립극단이 부민관에서 『뇌우』를 공연했다.[4] 네 작품 모두 김광주의 번역에 의존했다. 소설가 김훈의 부친이기도 한 김광주는 20세기 초중반에 루쉰, 차오위 등의 중국 현대소설과 희곡을 한국에 소개하는 데 큰 역할을 하였다.

특히 1950년 공연은 주목할 만한 성공을 거두었다. 국립극장이 설립된 후, 국립극단으로 재정비된 극단 신협(新協)이 「원술랑」에 이은 두 번째 공연으로 6월 6일부터 15일까지 『뇌우』(유치진 각색·연출)를 무대에 올렸다. 조우푸위안 역 김동원, 조우핑 역 이해랑, 루스핑 역 김선영, 루쓰펑 역 황정순 등 최고의 캐스팅에다, 장치를 맡은 김정환이 폭우가 내리는 장면을 사실적으로 구현한 것도 화젯거리가 되어 폭발적인 인기를 얻었고, 19일부터 23일까지 연장 공연되었다. 유치진은 15일간 7만 5천 명의 관객을 동원하였다고 하였는데, 이는 상당히 과장된 숫자로 보이지만 당시 40여만의 서울시 인구를 감안할 때 대단한 반응이었음에 틀림없다. 당시 조우판이로 출연했던 백성희는 "표를 사겠다는 사람들이 한 줄은 광화문 네거리까지, 한 줄은 덕수궁까지 이어졌다."라고 증언했고, 조우푸위안 역을 맡았던 김동원은 당시를 회고하며 "이 연극을 보지 않고는 문화인이 될 수 없다고 했을 만큼 지식인층의 호응을 받은 것도 우리 연극사에서 전무한 일이었다."라고 밝힌 바 있다.[5] 이는 6·25 전쟁이 터지기 직전 서울의 모습을 보

4) 1950년 6월 3일자, 경향신문, 김광주의 "비극의 연원", 김남석 「《뇌우》공연의 변모 과정에 대한 연구」, (『한국연극학』 22호, 2004)에 근거하여 수정 보충.

여준다. 이후 전쟁이 발발하자 모두 피난길에 오르게 되면서 거의 모든 문화 활동이 중단되었으나 피난 중에도 대구, 부산 등지에서 『뇌우』가 공연되었다고 한다. 정전 후 1954년 7월 18일에 시공관에서 유치진 연출로 재공연되었다. 그러나 차오위가 중국 공산당 간부라는 사실이 알려지면서 연장 공연은 취소되었고 그 후 오랫동안 공연될 수 없었다. 1950년 유치진 연출본은 원작에서 상당 부분을 덜어 내고 각색하였으나 대중 극단인 낙랑극회의 공연에 비해 사실주의 무대와 인물 심리를 구현하는 데 큰 성공을 거두었다. 치정극으로 흐르지 않도록 조우판이보다 루스핑의 비중을 강화하고 작품의 품위를 잃지 않도록 세심한 주의를 기울였다고 한다. 절제된 연기의 앙상블과 관객들이 집에 갈 때 우산 걱정을 하도록 만들 정도로 폭우를 잘 구현한 사실적 무대로, 『뇌우』 공연은 중국에서뿐 아니라 우리 연극사에서도 리얼리즘 연극의 확립에 중요한 기초를 닦았다.[6)]

1988년 10월 16일부터 25일까지 국립극장 대극장과 소극장에서 국립극단 134회 정기 공연으로 이해랑(李海浪) 연출의 『뇌우』가 다시 무대에 올랐다. 중국의 개혁개방과 함께 양국의 해빙 무드가 조성되었고, 1988년 그해 개최된 제24회 서울 올림픽을 계기로 중국 작품의 공연이 암묵적으로 허용된 것이다. 이해랑은 1950년 유치진 각색본을 재각색하여 공연하

---

5) 김동원, 「국립극단 창단 전후」, 『《태》공연팜플렛』, 2000년 4월.
6) 윤일수, 「중국화극 《뇌우》의 한국공연 연구」(『배달말』 37호, 2005)

였으나 예전과 같은 반향을 불러일으키지는 못했다. 이미 '반봉건'의 주제가 시의를 잃었고 조우판이의 성격을 이기주의적 욕망으로 해석한 것도 새로운 의미나 극적 효과를 내지 못했기 때문이다. 그럼에도 불구하고 많은 이들이 백성희의 조우판이를 기대하며 극장으로 모였다. 그 후 2004년 4월 1일부터 7일까지 국립극장 달오름극장에서 국립극단 201회 공연으로 이윤택 예술감독 연출의 『뇌우』가 다시 한 번 공연되었다. 가능한 한 삭제 없이 원작에 충실한 공연을 지향하여 네 시간에 걸친 공연이 이루어졌다. 경사 무대를 사용한 사실적인 폭우 효과와 심리적 리얼리즘을 구현하려는 연출의 열망이 강렬한 인상을 남겼지만, 역시 관객의 기대를 충족시키지는 못했다. 두 경우 모두 시극 『뇌우』의 본질에 대한 통찰이 필요한 것이 아닐까 생각된다.

2012년에는 제19회 베세토연극제 중국 참가작으로 다롄화극단의 『뇌우』가 초청되어 명동예술극장에서 공연되었다. 다롄화극단의 『뇌우』는 베이징인민예술극원의 리얼리즘 버전을 계승한 것이어서, 조우판이에 중점을 둔 해석과 절제된 사실적 무대라는 두 가지 점에서 전형적인 중국판 『뇌우』의 맥을 잇는 공연으로, 중국 리얼리즘극의 전형을 볼 수 있었다.

『뇌우』는 중국 희곡 가운데 가장 많은 번역과 연구가 나온 희곡이기도 하다. 1946년 선문사에서 김광주 번역이 출판된 이래, 한상덕 번역(한국문화사, 1996), 하경심 신진호 공역(학고방, 2013) 등이 나와 있다. 본 번역은 베이징인민문학출판사

2008년도 본을 근거로 하였으며, 이는 초판본을 근거로 한 것이다.

2016년 6월

오수경

작가 연보

1910년 9월 24일 톈진[天津]에서 부친 완더쥔[萬德尊]과 모친 쉐[薛] 사이에서 출생. 이름은 쟈바오[家寶], 자는 샤오스[小石]. 모친이 산후열로 사망하고 이모 쉐융난[薛泳南]이 계모로서 양육.

1923년 난카이중학[南開中學] 2학년에 입학.

1926년 톈진《용보(庸報)》부간인《현배(玄背)》에 첫 소설 「오늘 밤 어디에서 술이 깰까[今宵酒醒何處]」 연재.

1927년 난카이신극단 참여.

1928년 난카이대학 정치경제학과 예과 입학.
입센 「인형의 집」에 노라 역으로 출연.

1929년 부친, 중풍으로 사망.

1930년 난카이대학에서 칭화대학 서양문학과 본과 1학년으로 편입.

1931년 칭화대학 항일선전대 대장을 맡음.

1933년 『뇌우』 집필.

칭화대학 졸업 후 바오딩[保定] 밍더중학[明德中學]의 영어 교사로 근무.

1934년 필명 차오위로《문학계간》에 「뇌우」 발표.

1935년 중화화극동호회, 도쿄 간다[神田] 히토쓰바시[一僑] 강당에서 「뇌우」 초연.

톈진시립사범학교 구숭[孤松]극단, 「뇌우」 중국 초연.

중국여행극단, 톈진 신신영희원에서 「뇌우」 공연 후 각지 순회 공연.

1936년 『뇌우』 일역본 출판.

루쉰, 바진 등과 연명하여 「중국문예공작자선언」 발표.

「일출(日出)」 창작 및《문계월간(文季月刊)》 제1기에서 제9기까지 연재.

1937년 중국희극학회, 난징 세계대희원에서 「뇌우」 공연. 차오위, 마이엔샹[馬彦祥] 공동 연출 및 조우푸위안 역으로 출연.

『일출』로《대공보》'문예상' 수상.

상하이희극공작사, 칼튼대희원에서 오우양위첸[歐陽予倩] 연출로 「일출」 초연.

《문총(文叢)》 1권 2기에서 5기까지 「원야」 연재.

상하이아마추어실험극단이 칼튼대희원에서 잉윈

웨이[應雲衛] 연출로 「원야」 초연.
창사에서 정슈[鄭秀]와 결혼.

1938년 상하이신화영화사에서 「뇌우」 영화화.
화신영화사에서 「일출」 영화화.
장녀 완다이[萬黛] 출생.

1939년 『태변(蛻變)』 창작 및 공연.

1940년 『북경인』 창작.

1941년 중앙청년극사, 충칭 캉젠탕[抗建堂]에서 장쥔샹[張駿祥] 연출로 「북경인」 초연.
이녀 완자오[萬昭] 출생

1942년 바진 소설 『집(家)』을 희곡으로 각색.

1943년 중국예술극사, 충칭 은사에서 「집」 초연. 63회 공연.

1945년 문화계 인사 312인의 「대시국진언」.
국민당 선전부의 「원야」, 「뇌우」 공연 금지 및 「일출」 수정 지시.

1946년 라오서[老舍]와 함께 미국 국무원 초청으로 방미.
낙랑극회, 「뇌우」 한국 초연.
김광주(金光州) 역 『뇌우』 한국어판 출판(서울 宣文社).
김광주 『원야』 번역, 공연.[1)]

1947년 상하이문화영업공사 전속작가로 유일한 영화 「뜨거운 여름날[艷陽天]」 창작 및 감독.

1) 田本相 胡叔和, 『曹禺研究資料』 上, 中國戲劇出版社, 1991, 51쪽.

1949년 중화전국민주청년연합회, 중화전국문학예술연합회, 중화전국희극공작자협회, 전국영화공작자협회 등 대표위원, 중국인민정치협상회의 대외문화교류 담당, 국립희극학원부원장 역임.

1950년 중앙희극학원 설립, 부원장 역임.
'중국 인민의 세계평화 보위 및 미국의 타이완, 조선 침략 반대를 위한 위원회' 전국위원회 위원 역임.
두 딸의 어머니 정슈와 이혼 후에 팡뤠이[方瑞]와 결혼.

1951년 「뇌우」, 「일출」, 「북경인」 대량 수정 후 『차오위선집[曹禺選集]』 출간.

1952년 베이징인민예술극원 설립, 원장 역임.
딸 완팡[萬芳] 출생.

1954년 상하이배우극단, 대중극원에서 「뇌우」 공연.
베이징인민예술극원 「뇌우」 공연, 「맑은 하늘[明朗的天]」 초연.

1961년 《인민문학》에 역사극 「담검편(膽劍篇)」 연재.

1966년 문화대혁명 시기 자산계급 반동분자로 노동 개조 받음.

1972년 베이징인민예술극원 수위에 오름. 베이징인민예술극원 숙사 수위에 오름.

1973년 문화대혁명의 충격으로 아내 팡뤠이 사망.

1978년 베이징인민예술극원 원장 정식 복권.

《인민문학》 제11기에 「왕소군(王昭君)」 발표.

1979년 베이징인민예술극원 「왕소군」 초연.

리위루[李玉茹]와 결혼.

1981년 상하이발레무극단, 발레극 「뇌우」 공연.

1984년 상하이영화제작소, 영화 「뇌우」 완성.

「일출」 영화 각색본 《수확》에 발표.

1988년 한국 국립극단, 국립극장에서 이해랑 연출로 「뇌우」 공연.

1996년 12월 13일 사망.

옮긴이의 말

차오위 『뇌우』와의 인연

2008년 8월 베이징올림픽이 끝날 때쯤 베이징 칭화대학에 도착했다. 일 년간 고급방문교수로 칭화대학 캠퍼스 안에서 살았다. 중국에서 가장 큰 캠퍼스일 뿐 아니라 가장 아름다운 캠퍼스 중 하나로 꼽히는 칭화대학 캠퍼스에서 지내는 것은 매우 행복한 일이었다. 그 안에서도 1911년에 만들어진 오리지널 캠퍼스인 칭화위안(淸華園) 바로 가까이에 칭화대학 도서관이 있다. 처음 그 도서관에 들어가서 둘러보다가 한 책상 위에 차오위를 기념하는 팻말이 세워져 있는 것을 보게 되었다. 바로 차오위가 『뇌우』를 집필한 곳이었다. 거기 앉아서 연극을 사랑했던 문학청년 차오위의 숨결을 느낄 수 있었고, 그 책상은 그 후 내가 갖가지 중국 연극에 관한 책을 보는 단골 자리가 되었다. 칭화 캠퍼스에서 시간을 넘어 개인적인 만남을 갖게 된 차오위의 『뇌우』를 다시 한 번 제대로 번역하고 싶다는 생각을 하게 되었다. 지금도 칭화대학은 서양문학과 4학년 때 『뇌우』를 창작한 차오위를 자랑스런 칭화인으로 기억한다. 1959년에 처음 칭화대학 학생문공단 연극대에서 『뇌우』 전막 공연을 올렸을 뿐 아니라, 수차 단막 공연을 올렸다. 2015년에는 칭화대학 극예술회가 바로 그 도서관에서 『뇌우』 제1막, 제2막을 공연하여 큰 뉴스가 되었고, 올해는 차오위 서거 20주년 및 칭화대학 개교 105주년 기념으로 동문극예술회가 전막 『뇌우』 공연을 올렸다고 한다.

그 후 2012년 9월 서울서 개최된 제19회 베세토연극제에 중국 작품으로 다롄화극단의 『뇌우』가 초청되었고, 그 자막 번역을 맡았다. 다롄화극단의 연출본은 연출가 가오지에[高傑]가 차오위의 원작을 좀 덜어내어 다듬은 것이긴 하지만, 자막 번역은 공연과 밀접하게 연계되어 있어서, 그 작품의 언어를 심도 있게 이해하는 데 큰 도움이 되기 때문이다. 1988년 우리나라 국립극단의 『뇌우』 공연에서 조우판이 역을 맡으셨던 백성희 선생님께서 직접 이 공연을 보시고 중국의 조우판이와 대화를 나누시기도 했다. 이 지면을 빌어, 올 초 우리를 떠나신 한국의 조우판이, 아름다운 여인 백성희 선생님의 명복을 빈다.

『뇌우』는 중국연극사를 공부하며 익숙하게 보아온 작품이자, 베이징인민예술극원의 쉬샤오중[徐曉鐘] 연출본 등 여러 공연 버전, 그리고 영화 버전까지 다양하게 접해온 작품이었지만, 이러한 두 차례의 인연으로 나는 젊은 차오위와 그의 『뇌우』를 더욱 깊이 만나게 된 데다, 우리 연극사에도 큰 의미를 갖는 작품이여서, 한국 독자에게 『뇌우』 원작을 제대로 소개하고 싶다는 작은 욕심을 갖게 되었다. 김광주 선생의 초역 이래 이미 많은 시간이 흘렀다. 때로 우리 관객들이 근자에 무대에 올려진 『뇌우』를 보고 흔한 드라마 속 치정극 정도로 여기게 될까 안타까움을 느끼면서, 문학으로의 원작을 통해 극중 인물과 작가를 다시 만나 보라고 권하고 싶다. '詩劇'이라 불린 원작에는 차오위의 젊은 열정과 지나온 시대의 비극이 처절하면서도 아름답게 담겨 있기 때문이다. 고전 희곡들이 무대 공연과 함께 여전히 문학으로 읽히는 이유일 것이다. 굳이 이 작품을 다시 충실한 번역으로 내고 싶었던 이유이기도 하다. 민음사에서 중국 현대 희곡 중의 고전인 『뇌우』 출판에 흔쾌히 응한 것은 오래 세계문학전집을 발간해 온 안목에 기인한다. 세계문학 가운데 우리에게 가장 취약한 중국 문학, 그중에서도 희곡 장르를 보완하려는 의미 있는 판단이라 여겨진다. 라오서의 「찻집」과 함께 20세기를 대표하는 중국 희곡 작품으로, 그 시대를 치열하게 살면서 중국의 전통 연극 양식을 넘어 새로운 연극 세계를 개척해 나간 작가 차오위의 젊은 시절의 열정을 가장 잘 만날 수 있는 수작이기 때문이다.

2016년 6월

오수경

세계문학전집 344

뇌우

1판 1쇄 펴냄 2016년 6월 27일
1판 7쇄 펴냄 2024년 7월 18일

지은이 차오위
옮긴이 오수경
발행인 박근섭, 박상준
펴낸곳 (주)민음사

출판등록 1966. 5. 19. (제 16-490호)
서울특별시 강남구 도산대로1길 62(신사동) 강남출판문화센터 5층 (우편번호 06027)
대표전화 02-515-2000 팩시밀리 02-515-2007
www.minumsa.com

ISBN 978-89-374-6344-0 04800
ISBN 978-89-374-6000-5 (세트)

* 잘못 만들어진 책은 구입처에서 교환해 드립니다.

민음사 세계문학전집

세계문학전집 목록

1·2 변신 이야기 오비디우스 · 이윤기 옮김 서울대 권장도서 100선
3 햄릿 셰익스피어 · 최종철 옮김 서울대 권장도서 100선 | 미국대학위원회 선정 SAT 추천도서
4 변신 · 시골의사 카프카 · 전영애 옮김 서울대 권장도서 100선
5 동물농장 오웰 · 도정일 옮김 미국대학위원회 선정 SAT 추천도서 | 《타임》 선정 현대 100대 영문소설
6 허클베리 핀의 모험 트웨인 · 김욱동 옮김 《뉴스위크》 선정 100대 명저
7 암흑의 핵심 콘래드 · 이상옥 옮김 미국대학위원회 선정 SAT 추천도서 | 《뉴스위크》 선정 10대 명저
8 토니오 크뢰거 · 트리스탄 · 베네치아에서의 죽음 토마스 만 · 안삼환 외 옮김 노벨 문학상 수상 작가
9 문학이란 무엇인가 사르트르 · 정명환 옮김
10 한국단편문학선 1 김동인 외 · 이남호 엮음 국립중앙도서관 선정 청소년 권장도서
11·12 인간의 굴레에서 서머싯 몸 · 송무 옮김
13 이반 데니소비치, 수용소의 하루 솔제니친 · 이영의 옮김 노벨 문학상 수상 작가
14 너새니얼 호손 단편선 호손 · 천승걸 옮김
15 나의 미카엘 오즈 · 최창모 옮김
16·17 중국신화전설 위앤커 · 전인초, 김선자 옮김
18 고리오 영감 발자크 · 박영근 옮김
19 파리대왕 골딩 · 유종호 옮김 노벨 문학상 수상 작가 | 《타임》 선정 현대 100대 영문소설
20 한국단편문학선 2 김동리 외 · 이남호 엮음
21·22 파우스트 괴테 · 정서웅 옮김 서울대 권장도서 100선 | 미국대학위원회 선정 SAT 추천도서
23·24 빌헬름 마이스터의 수업시대 괴테 · 안삼환 옮김
25 젊은 베르테르의 슬픔 괴테 · 박찬기 옮김 논술 및 수능에 출제된 책(1998~2005)
26 이피게니에 · 스텔라 괴테 · 박찬기 외 옮김
27 다섯째 아이 레싱 · 정덕애 옮김 노벨 문학상 수상 작가
28 삶의 한가운데 린저 · 박찬일 옮김
29 농담 쿤데라 · 방미경 옮김
30 야성의 부름 런던 · 권택영 옮김
31 아메리칸 제임스 · 최경도 옮김
32·33 양철북 그라스 · 장희창 옮김 노벨 문학상 수상 작가 | 서울대 권장도서 100선
34·35 백년의 고독 마르케스 · 조구호 옮김 노벨 문학상 수상 작가 | 서울대 권장도서 100선
36 마담 보바리 플로베르 · 김화영 옮김 서울대 권장도서 100선
37 거미여인의 키스 푸익 · 송병선 옮김
38 달과 6펜스 서머싯 몸 · 송무 옮김
39 폴란드의 풍차 지오노 · 박인철 옮김
40·41 독일어 시간 렌츠 · 정서웅 옮김
42 말테의 수기 릴케 · 문현미 옮김
43 고도를 기다리며 베케트 · 오증자 옮김 노벨 문학상 수상 작가 | 서울대 권장도서 100선
44 데미안 헤세 · 전영애 옮김 노벨 문학상 수상 작가
45 젊은 예술가의 초상 조이스 · 이상옥 옮김 서울대 권장도서 100선
46 카탈로니아 찬가 오웰 · 정영목 옮김
47 호밀밭의 파수꾼 샐린저 · 정영목 옮김 《타임》 선정 현대 100대 영문소설 | 미국대학위원회 선정 SAT 추천도서 | 《뉴스위크》 선정 100대 명저 | BBC 선정 꼭 읽어야 할 책
48·49 파르마의 수도원 스탕달 · 원윤수, 임미경 옮김
50 수레바퀴 아래서 헤세 · 김이섭 옮김 노벨 문학상 수상 작가 | 국립중앙도서관 선정 청소년 권장도서

51·52 **내 이름은 빨강** 파묵 · 이난아 옮김 노벨 문학상 수상 작가
53 **오셀로** 셰익스피어 · 최종철 옮김 서울대 권장도서 100선
54 **조서** 르 클레지오 · 김윤진 옮김 노벨 문학상 수상 작가
55 **모래의 여자** 아베 코보 · 김난주 옮김
56·57 **부덴브로크 가의 사람들** 토마스 만 · 홍성광 옮김 노벨 문학상 수상 작가
58 **싯다르타** 헤세 · 박병덕 옮김 노벨 문학상 수상 작가
59·60 **아들과 연인** 로렌스 · 정상준 옮김 《뉴스위크》 선정 100대 명저
61 **설국** 가와바타 야스나리 · 유숙자 옮김 노벨 문학상 수상 작가 | 서울대 권장도서 100선
62 **벨킨 이야기 · 스페이드 여왕** 푸슈킨 · 최선 옮김
63·64 **넙치** 그라스 · 김재혁 옮김 노벨 문학상 수상 작가
65 **소망 없는 불행** 한트케 · 윤용호 옮김 노벨 문학상 수상 작가
66 **나르치스와 골드문트** 헤세 · 임홍배 옮김 노벨 문학상 수상 작가
67 **황야의 이리** 헤세 · 김누리 옮김 노벨 문학상 수상 작가
68 **페테르부르크 이야기** 고골 · 조주관 옮김
69 **밤으로의 긴 여로** 오닐 · 민승남 옮김 노벨 문학상 수상 작가 | 미국대학위원회 선정 SAT 추천도서
70 **체호프 단편선** 체호프 · 박현섭 옮김
71 **버스 정류장** 가오싱젠 · 오수경 옮김 노벨 문학상 수상 작가
72 **구운몽** 김만중 · 송성욱 옮김 서울대 권장도서 100선 | 국립중앙도서관 선정 청소년 권장도서
73 **대머리 여가수** 이오네스코 · 오세곤 옮김
74 **이솝 우화집** 이솝 · 유종호 옮김 논술 및 수능에 출제된 책(1998~2005)
75 **위대한 개츠비** 피츠제럴드 · 김욱동 옮김 《타임》 선정 현대 100대 영문소설
76 **푸른 꽃** 노발리스 · 김재혁 옮김
77 **1984** 오웰 · 정회성 옮김 《타임》 선정 현대 100대 영문소설 | 《뉴스위크》 선정 100대 명저
78·79 **영혼의 집** 아옌데 · 권미선 옮김
80 **첫사랑** 투르게네프 · 이항재 옮김
81 **내가 죽어 누워 있을 때** 포크너 · 김명주 옮김 노벨 문학상 수상 작가
82 **런던 스케치** 레싱 · 서숙 옮김 노벨 문학상 수상 작가
83 **팡세** 파스칼 · 이환 옮김
84 **질투** 로브그리예 · 박이문, 박희원 옮김
85·86 **채털리 부인의 연인** 로렌스 · 이인규 옮김
87 **그 후** 나쓰메 소세키 · 윤상인 옮김
88 **오만과 편견** 오스틴 · 윤지관, 전승희 옮김 미국대학위원회 선정 SAT 추천도서
89·90 **부활** 톨스토이 · 연진희 옮김 논술 및 수능에 출제된 책(1998~2005)
91 **방드르디, 태평양의 끝** 투르니에 · 김화영 옮김
92 **미겔 스트리트** 나이폴 · 이상옥 옮김 노벨 문학상 수상 작가
93 **페드로 파라모** 룰포 · 정창 옮김
94 **차라투스트라는 이렇게 말했다** 니체 · 장희창 옮김 국립중앙도서관 선정 청소년 권장도서
95·96 **적과 흑** 스탕달 · 이동렬 옮김 국립중앙도서관 선정 청소년 권장도서
97·98 **콜레라 시대의 사랑** 마르케스 · 송병선 옮김 노벨 문학상 수상 작가 | BBC 선정 꼭 읽어야 할 책
99 **맥베스** 셰익스피어 · 최종철 옮김 서울대 권장도서 100선 | 미국대학위원회 선정 SAT 추천도서
100 **춘향전** 작자 미상 · 송성욱 풀어 옮김 서울대 권장도서 100선
101 **페르디두르케** 곰브로비치 · 윤진 옮김
102 **포르노그라피아** 곰브로비치 · 임미경 옮김
103 **인간 실격** 다자이 오사무 · 김춘미 옮김
104 **네루다의 우편배달부** 스카르메타 · 우석균 옮김

105·106 **이탈리아 기행** 괴테·박찬기 외 옮김
107 **나무 위의 남작** 칼비노·이현경 옮김
108 **달콤 쌉싸름한 초콜릿** 에스키벨·권미선 옮김
109·110 **제인 에어** C. 브론테·유종호 옮김 BBC 선정 꼭 읽어야 할 책
111 **크눌프** 헤세·이노은 옮김 노벨 문학상 수상 작가
112 **시계태엽 오렌지** 버지스·박시영 옮김 《타임》 선정 현대 100대 영문소설 | 《뉴스위크》 선정 100대 명저
113·114 **파리의 노트르담** 위고·정기수 옮김 미국대학위원회 선정 SAT 추천도서
115 **새로운 인생** 단테·박우수 옮김
116·117 **로드 짐** 콘래드·이상옥 옮김 《뉴스위크》 선정 100대 명저
118 **폭풍의 언덕** E. 브론테·김종길 옮김 미국대학위원회 선정 SAT 추천도서
119 **텔크테에서의 만남** 그라스·안삼환 옮김 노벨 문학상 수상 작가
120 **검찰관** 고골·조주관 옮김
121 **안개** 우나무노·조민현 옮김
122 **나사의 회전** 제임스·최경도 옮김 미국대학위원회 선정 SAT 추천도서
123 **피츠제럴드 단편선 1** 피츠제럴드·김욱동 옮김
124 **목화밭의 고독 속에서** 콜테스·임수현 옮김
125 **돼지꿈** 황석영
126 **라셀라스** 존슨·이인규 옮김
127 **리어 왕** 셰익스피어·최종철 옮김 서울대 권장도서 100선 | 《뉴스위크》 선정 100대 명저
128·129 **쿠오 바디스** 시엔키에비츠·최성은 옮김 노벨 문학상 수상 작가
130 **자기만의 방·3기니** 울프·이미애 옮김
131 **시르트의 바닷가** 그라크·송진석 옮김
132 **이성과 감성** 오스틴·윤지관 옮김
133 **바덴바덴에서의 여름** 치프킨·이장욱 옮김
134 **새로운 인생** 파묵·이난아 옮김 노벨 문학상 수상 작가
135·136 **무지개** 로렌스·김정매 옮김
137 **인생의 베일** 서머싯 몸·황소연 옮김
138 **보이지 않는 도시들** 칼비노·이현경 옮김
139·140·141 **연초 도매상** 바스·이운경 옮김 《타임》 선정 현대 100대 영문소설
142·143 **플로스 강의 물방앗간** 엘리엇·한애경, 이봉지 옮김 미국대학위원회 선정 SAT 추천도서
144 **연인** 뒤라스·김인환 옮김
145·146 **이름 없는 주드** 하디·정종화 옮김
147 **제49호 품목의 경매** 핀천·김성곤 옮김 《타임》 선정 현대 100대 영문소설
148 **성역** 포크너·이진준 옮김 노벨 문학상 수상 작가 | 퓰리처상 수상 작가
149 **무진기행** 김승옥
150·151·152 **신곡(지옥편·연옥편·천국편)** 단테·박상진 옮김 《뉴스위크》 선정 100대 명저
153 **구덩이** 플라토노프·정보라 옮김
154·155·156 **카라마조프가의 형제들** 도스토옙스키·김연경 옮김
157 **지상의 양식** 지드·김화영 옮김 노벨 문학상 수상 작가
158 **밤의 군대들** 메일러·권택영 옮김 퓰리처상 수상 작가
159 **주홍 글자** 호손·김욱동 옮김 서울대 권장도서 100선 | 미국대학위원회 선정 SAT 추천도서
160 **깊은 강** 엔도 슈사쿠·유숙자 옮김
161 **욕망이라는 이름의 전차** 윌리엄스·김소임 옮김
162 **마사 퀘스트** 레싱·나영균 옮김 노벨 문학상 수상 작가
163·164 **운명의 딸** 아옌데·권미선 옮김

165 **모렐의 발명** 비오이 카사레스 · 송병선 옮김

166 **삼국유사** 일연 · 김원중 옮김 서울대 권장도서 100선

167 **풀잎은 노래한다** 레싱 · 이태동 옮김 노벨 문학상 수상 작가

168 **파리의 우울** 보들레르 · 윤영애 옮김

169 **포스트맨은 벨을 두 번 울린다** 케인 · 이만식 옮김

170 **썩은 잎** 마르케스 · 송병선 옮김 노벨 문학상 수상 작가

171 **모든 것이 산산이 부서지다** 아체베 · 조규형 옮김 《타임》 선정 현대 100대 영문소설

172 **한여름 밤의 꿈** 셰익스피어 · 최종철 옮김 미국대학위원회 선정 SAT 추천도서

173 **로미오와 줄리엣** 셰익스피어 · 최종철 옮김 미국대학위원회 선정 SAT 추천도서

174·175 **분노의 포도** 스타인벡 · 김승욱 옮김 노벨 문학상 수상 작가 | 《타임》 선정 현대 100대 영문소설

176·177 **괴테와의 대화** 에커만 · 장희창 옮김

178 **그물을 헤치고** 머독 · 유종호 옮김 《타임》 선정 현대 100대 영문소설

179 **브람스를 좋아하세요...** 사강 · 김남주 옮김

180 **카타리나 블룸의 잃어버린 명예** 하인리히 뵐 · 김연수 옮김 노벨 문학상 수상 작가

181·182 **에덴의 동쪽** 스타인벡 · 정회성 옮김 노벨 문학상 수상 작가

183 **순수의 시대** 워튼 · 송은주 옮김 《뉴스위크》 선정 100대 명저 | 퓰리처상 수상작

184 **도둑 일기** 주네 · 박형섭 옮김

185 **나자** 브르통 · 오생근 옮김

186·187 **캐치-22** 헬러 · 안정효 옮김 《타임》 선정 현대 100대 영문소설

188 **숄로호프 단편선** 숄로호프 · 이항재 옮김 노벨 문학상 수상 작가

189 **말** 사르트르 · 정명환 옮김

190·191 **보이지 않는 인간** 엘리슨 · 조영환 옮김 《타임》 선정 현대 100대 영문소설

192 **왑샷 가문 연대기** 치버 · 김승욱 옮김 퓰리처상 수상 작가

193 **왑샷 가문 몰락기** 치버 · 김승욱 옮김 퓰리처상 수상 작가

194 **필립과 다른 사람들** 노터봄 · 지명숙 옮김

195·196 **하드리아누스 황제의 회상록** 유르스나르 · 곽광수 옮김

197·198 **소피의 선택** 스타이런 · 한정아 옮김 퓰리처상 수상 작가

199 **피츠제럴드 단편선 2** 피츠제럴드 · 한은경 옮김

200 **홍길동전** 허균 · 김탁환 옮김

201 **요술 부지깽이** 쿠버 · 양윤희 옮김

202 **북호텔** 다비 · 원윤수 옮김

203 **톰 소여의 모험** 트웨인 · 김욱동 옮김

204 **금오신화** 김시습 · 이지하 옮김

205·206 **테스** 하디 · 정종화 옮김 미국대학위원회 선정 SAT 추천도서 | BBC 선정 꼭 읽어야 할 책

207 **브루스터플레이스의 여자들** 네일러 · 이소영 옮김

208 **더 이상 평안은 없다** 아체베 · 이소영 옮김

209 **그레인지 코플랜드의 세 번째 인생** 워커 · 김시현 옮김 퓰리처상 수상 작가

210 **어느 시골 신부의 일기** 베르나노스 · 정영란 옮김

211 **타라스 불바** 고골 · 조주관 옮김

212·213 **위대한 유산** 디킨스 · 이인규 옮김 서울대 권장도서 100선 | BBC 선정 꼭 읽어야 할 책

214 **면도날** 서머싯 몸 · 안진환 옮김

215·216 **성채** 크로닌 · 이은정 옮김

217 **오이디푸스 왕** 소포클레스 · 강대진 옮김 서울대 권장도서 100선

218 **세일즈맨의 죽음** 밀러 · 강유나 옮김

219·220·221 **안나 카레니나** 톨스토이 · 연진희 옮김 서울대 권장도서 100선

222 **오스카 와일드 작품선** 와일드 · 정영목 옮김

223 **벨아미** 모파상 · 송덕호 옮김

224 **파스쿠알 두아르테 가족** 호세 셀라 · 정동섭 옮김 노벨 문학상 수상 작가

225 **시칠리아에서의 대화** 비토리니 · 김운찬 옮김

226·227 **길 위에서** 케루악 · 이만식 옮김 《타임》 선정 현대 100대 영문소설 | 《뉴스위크》 선정 100대 명저

228 **우리 시대의 영웅** 레르몬토프 · 오정미 옮김

229 **아우라** 푸엔테스 · 송상기 옮김

230 **클링조어의 마지막 여름** 헤세 · 황승환 옮김 노벨 문학상 수상 작가

231 **리스본의 겨울** 무뇨스 몰리나 · 나송주 옮김

232 **뻐꾸기 둥지 위로 날아간 새** 키지 · 정회성 옮김 《타임》 선정 현대 100대 영문소설

233 **페널티킥 앞에 선 골키퍼의 불안** 한트케 · 윤용호 옮김 노벨 문학상 수상 작가

234 **참을 수 없는 존재의 가벼움** 쿤데라 · 이재룡 옮김

235·236 **바다여, 바다여** 머독 · 최옥영 옮김

237 **한 줌의 먼지** 에벌린 워 · 안진환 옮김 《타임》 선정 현대 100대 영문소설

238 **뜨거운 양철 지붕 위의 고양이 · 유리 동물원** 윌리엄스 · 김소임 옮김 퓰리처상 수상작

239 **지하로부터의 수기** 도스토옙스키 · 김연경 옮김

240 **키메라** 바스 · 이운경 옮김

241 **반쪼가리 자작** 칼비노 · 이현경 옮김

242 **벌집** 호세 셀라 · 남진희 옮김 노벨 문학상 수상 작가

243 **불멸** 쿤데라 · 김병욱 옮김

244·245 **파우스트 박사** 토마스 만 · 임홍배, 박병덕 옮김 노벨 문학상 수상 작가

246 **사랑할 때와 죽을 때** 레마르크 · 장희창 옮김

247 **누가 버지니아 울프를 두려워하랴?** 올비 · 강유나 옮김

248 **인형의 집** 입센 · 안미란 옮김

249 **위폐범들** 지드 · 원윤수 옮김 노벨 문학상 수상 작가

250 **무정** 이광수 · 정영훈 책임 편집 서울대 권장도서 100선

251·252 **의지와 운명** 푸엔테스 · 김현철 옮김

253 **폭력적인 삶** 파솔리니 · 이승수 옮김

254 **거장과 마르가리타** 불가코프 · 정보라 옮김

255·256 **경이로운 도시** 멘도사 · 김현철 옮김

257 **야콥을 둘러싼 추측들** 욘존 · 손대영 옮김

258 **왕자와 거지** 트웨인 · 김욱동 옮김

259 **존재하지 않는 기사** 칼비노 · 이현경 옮김

260·261 **눈먼 암살자** 애트우드 · 차은정 옮김 《타임》 선정 현대 100대 영문소설

262 **베니스의 상인** 셰익스피어 · 최종철 옮김

263 **말리나** 바흐만 · 남정애 옮김

264 **사볼타 사건의 진실** 멘도사 · 권미선 옮김

265 **뒤렌마트 희곡선** 뒤렌마트 · 김혜숙 옮김

266 **이방인** 카뮈 · 김화영 옮김 노벨 문학상 수상 작가 | 미국대학위원회 선정 SAT 추천도서

267 **페스트** 카뮈 · 김화영 옮김 노벨 문학상 수상 작가 | 국립중앙도서관 선정 청소년 권장도서

268 **검은 튤립** 뒤마 · 송진석 옮김

269·270 **베를린 알렉산더 광장** 되블린 · 김재혁 옮김

271 **하얀 성** 파묵 · 이난아 옮김 노벨 문학상 수상 작가

272 **푸슈킨 선집** 푸슈킨 · 최선 옮김

273·274 **유리알 유희** 헤세 · 이영임 옮김 노벨 문학상 수상 작가

275 **픽션들** 보르헤스·송병선 옮김 서울대 권장도서 100선
276 **신의 화살** 아체베·이소영 옮김
277 **빌헬름 텔·간계와 사랑** 실러·홍성광 옮김
278 **노인과 바다** 헤밍웨이·김욱동 옮김 노벨 문학상 수상 작가 | 퓰리처상 수상작
279 **무기여 잘 있어라** 헤밍웨이·김욱동 옮김 미국대학위원회 선정 SAT 추천도서
280 **태양은 다시 떠오른다** 헤밍웨이·김욱동 옮김 《타임》 선정 현대 100대 영문 소설
281 **알레프** 보르헤스·송병선 옮김
282 **일곱 박공의 집** 호손·정소영 옮김
283 **에마** 오스틴·윤지관, 김영희 옮김
284·285 **죄와 벌** 도스토옙스키·김연경 옮김 미국대학위원회 선정 SAT 추천도서
286 **시련** 밀러·최영 옮김
287 **모두가 나의 아들** 밀러·최영 옮김
288·289 **누구를 위하여 종은 울리나** 헤밍웨이·김욱동 옮김 노벨 문학상 수상 작가
290 **구르브 연락 없다** 멘도사·정창 옮김
291·292·293 **데카메론** 보카치오·박상진 옮김
294 **나누어진 하늘** 볼프·전영애 옮김
295·296 **제브데트 씨와 아들들** 파묵·이난아 옮김 노벨 문학상 수상 작가
297·298 **여인의 초상** 제임스·최경도 옮김 미국대학위원회 선정 SAT 추천도서
299 **압살롬, 압살롬!** 포크너·이태동 옮김 노벨 문학상 수상 작가
300 **이상 소설 전집** 이상·권영민 책임 편집
301·302·303·304·305 **레 미제라블** 위고·정기수 옮김
306 **관객모독** 한트케·윤용호 옮김 노벨 문학상 수상 작가
307 **더블린 사람들** 조이스·이종일 옮김
308 **에드거 앨런 포 단편선** 앨런 포·전승희 옮김 미국대학위원회 선정 SAT 추천도서
309 **보이체크·당통의 죽음** 뷔히너·홍성광 옮김
310 **노르웨이의 숲** 무라카미 하루키·양억관 옮김
311 **운명론자 자크와 그의 주인** 디드로·김희영 옮김
312·313 **헤밍웨이 단편선** 헤밍웨이·김욱동 옮김 노벨 문학상 수상 작가
314 **피라미드** 골딩·안지현 옮김 노벨 문학상 수상 작가
315 **닫힌 방·악마와 선한 신** 사르트르·지영래 옮김
316 **등대로** 울프·이미애 옮김 《타임》 선정 현대 100대 영문소설 | 《뉴스위크》 선정 100대 명저
317·318 **한국 희곡선** 송영 외·양승국 엮음
319 **여자의 일생** 모파상·이동렬 옮김
320 **의식** 노터봄·김영중 옮김
321 **육체의 악마** 라디게·원윤수 옮김
322·323 **감정 교육** 플로베르·지영화 옮김
324 **불타는 평원** 룰포·정창 옮김
325 **위대한 몬느** 알랭푸르니에·박영근 옮김
326 **라쇼몬** 아쿠타가와 류노스케·서은혜 옮김
327 **반바지 당나귀** 보스코·정영란 옮김
328 **정복자들** 말로·최윤주 옮김
329·330 **우리 동네 아이들** 마흐푸즈·배혜경 옮김 노벨 문학상 수상 작가
331·332 **개선문** 레마르크·장희창 옮김
333 **사바나의 개미 언덕** 아체베·이소영 옮김
334 **게걸음으로** 그라스·장희창 옮김 노벨 문학상 수상 작가

335 **코스모스** 곰브로비치 · 최성은 옮김
336 **좁은 문 · 전원교향곡 · 배덕자** 지드 · 동성식 옮김 노벨 문학상 수상 작가
337·338 **암 병동** 솔제니친 · 이영의 옮김 노벨 문학상 수상 작가
339 **피의 꽃잎들** 응구기 와 시옹오 · 왕은철 옮김
340 **운명** 케르테스 · 유진일 옮김 노벨 문학상 수상 작가
341·342 **벌거벗은 자와 죽은 자** 메일러 · 이운경 옮김 퓰리처상 수상 작가
343 **시지프 신화** 카뮈 · 김화영 옮김 노벨 문학상 수상 작가
344 **뇌우** 차오위 · 오수경 옮김
345 **모옌 중단편선** 모옌 · 심규호, 유소영 옮김 노벨 문학상 수상 작가
346 **일야서** 한사오궁 · 심규호, 유소영 옮김
347 **상속자들** 골딩 · 안지현 옮김 노벨 문학상 수상 작가
348 **설득** 오스틴 · 전승희 옮김
349 **히로시마 내 사랑** 뒤라스 · 방미경 옮김
350 **오 헨리 단편선** 오 헨리 · 김희용 옮김
351·352 **올리버 트위스트** 디킨스 · 이인규 옮김
353·354·355·356 **전쟁과 평화** 톨스토이 · 연진희 옮김
357 **다시 찾은 브라이즈헤드** 에벌린 워 · 백지민 옮김
358 **아무도 대령에게 편지하지 않다** 마르케스 · 송병선 옮김
359 **사양** 다자이 오사무 · 유숙자 옮김
360 **좌절** 케르테스 · 한경민 옮김 노벨 문학상 수상 작가
361·362 **닥터 지바고** 파스테르나크 · 김연경 옮김 노벨 문학상 수상 작가
363 **노생거 사원** 오스틴 · 윤지관 옮김
364 **개구리** 모옌 · 심규호, 유소영 옮김 노벨 문학상 수상 작가
365 **마왕** 투르니에 · 이원복 옮김 공쿠르상 수상 작가
366 **맨스필드 파크** 오스틴 · 김영희 옮김
367 **이선 프롬** 이디스 워튼 · 김욱동 옮김 퓰리처상 수상 작가
368 **여름** 이디스 워튼 · 김욱동 옮김 퓰리처상 수상 작가
369·370·371 **나는 고백한다** 자우메 카브레 · 권가람 옮김
372·373·374 **태엽 감는 새 연대기** 무라카미 하루키 · 김난주 옮김
375·376 **대사들** 제임스 · 정소영 옮김
377 **족장의 가을** 마르케스 · 송병선 옮김 노벨 문학상 수상 작가
378 **핏빛 자오선** 매카시 · 김시현 옮김
379 **모두 다 예쁜 말들** 매카시 · 김시현 옮김
380 **국경을 넘어** 매카시 · 김시현 옮김
381 **평원의 도시들** 매카시 · 김시현 옮김
382 **만년** 다자이 오사무 · 유숙자 옮김
383 **반항하는 인간** 카뮈 · 김화영 옮김 노벨 문학상 수상 작가
384·385·386 **악령** 도스토옙스키 · 김연경 옮김
387 **태평양을 막는 제방** 뒤라스 · 윤진 옮김
388 **남아 있는 나날** 가즈오 이시구로 · 송은경 옮김
389 **앙리 브륄라르의 생애** 스탕달 · 원윤수 옮김
390 **찻집** 라오서 · 오수경 옮김
391 **태어나지 않은 아이를 위한 기도** 케르테스 · 이상동 옮김 노벨 문학상 수상 작가
392·393 **서머싯 몸 단편선** 서머싯 몸 · 황소연 옮김
394 **케이크와 맥주** 서머싯 몸 · 황소연 옮김

395 **월든** 소로·정회성 옮김
396 **모래 사나이** E. T. A. 호프만·신동화 옮김
397·398 **검은 책** 오르한 파묵·이난아 옮김 노벨 문학상 수상 작가
399 **방랑자들** 올가 토카르추크·최성은 옮김 노벨 문학상 수상 작가
400 **시여, 침을 뱉어라** 김수영·이영준 엮음
401·402 **환락의 집** 이디스 워튼·전승희 옮김
403 **달려라 메로스** 다자이 오사무·유숙자 옮김
404 **아버지와 자식** 투르게네프·연진희 옮김
405 **청부 살인자의 성모** 바예호·송병선 옮김
406 **세피아빛 초상** 아옌데·조영실 옮김
407·408·409·410 **사기 열전** 사마천·김원중 옮김 서울대 권장도서 100선
411 **이상 시 전집** 이상·권영민 책임 편집
412 **어둠 속의 사건** 발자크·이동렬 옮김
413 **태평천하** 채만식·권영민 책임 편집
414·415 **노스트로모** 콘래드·이미애 옮김
416·417 **제르미날** 졸라·강충권 옮김
418 **명인** 가와바타 야스나리·유숙자 옮김 노벨 문학상 수상 작가
419 **핀처 마틴** 골딩·백지민 옮김 노벨 문학상 수상 작가
420 **사라진·샤베르 대령** 발자크·선영아 옮김
421 **빅 서** 케루악·김재성 옮김
422 **코뿔소** 이오네스코·박형섭 옮김
423 **블랙박스** 오즈·윤성덕, 김영화 옮김
424·425 **고양이 눈** 애트우드·차은정 옮김
426·427 **도둑 신부** 애트우드·이은선 옮김
428 **슈니츨러 작품선** 슈니츨러·신동화 옮김
429·430 **세계의 끝과 하드보일드 원더랜드** 무라카미 하루키·김난주 옮김
431 **멜랑콜리아 I–II** 욘 포세·손화수 옮김 노벨 문학상 수상 작가
432 **도적들** 실러·홍성광 옮김
433 **예브게니 오네긴·대위의 딸** 푸시킨·최선 옮김
434·435 **초대받은 여자** 보부아르·강초롱 옮김
436·437 **미들마치** 엘리엇·이미애 옮김
438 **이반 일리치의 죽음** 톨스토이·김연경 옮김
439·440 **캔터베리 이야기** 초서·이동일, 이동춘 옮김
441·442 **아소무아르** 졸라·윤진 옮김
443 **가난한 사람들** 도스토옙스키·이항재 옮김

세계문학전집은 계속 간행됩니다.